講談社文庫

夜の歌　上

なかにし礼

講談社

夜の歌
上
*
目次

夜の歌

上

序章　穿破《せんば》

夜だ。愛する者たちの歌がめざめる。私の魂もまた愛する者の歌である。

——F・ニーチェ「夜の歌」『ツァラトゥストラ』

水に溺れているらしい。息ができない。真っ暗だ。顔の前に水がある。いや体がそっくり水の中につかっている。私は手足を動かしもがいている。両手で水をかきあげ上に向かって浮き上がろうとする。口を開けると海水がどっと流れこんでくる。口の中が海水であふれんばかりになる。あぐあぐと言葉にならない声を発し、のたうちまわるようにして水面に顔を出した。

上を向いたまま意識を取り戻し、その意識を頭に集中していると、どうやら私は夢を見ていたようだ。夢か。安堵《あんど》の吐息とともに口の中のものが外に飛び出しそうだ。私はあわてて口を手でおさえた。どういうことだ。口の中のものは海水ではない。ならばなんだ。血か。海水とは似ても似つかないぬめっとした生あたたかい液体のようなものが口中であふれそうになっている。血の臭いがする。むせかえりそうになりながらも、私は息を止め、ベッドから起き上がると、口をおさえたまま洗面室に急いだ。

　駆け込むやいなや白い洗面器に向かって口の中のものを出した。

　血だ。どす黒い血だ。出しても出してもなくならない。次から次へと湧いてくる。歯と歯茎《はぐき》の間に生き物めいたものがいて、そいつを指でこじると、口の右からも左からも、指の先にヒルのような血の塊《かたまり》がついてくる。その血の塊が水の流れを堰《せ》き止めているのか洗面器の血はなぜかどんどん溜まっていく。こんな大量の自分の血というものを見たことがない。洗面器の半分を超える量だ。

　ところどころに赤黒い塊のある血を見下ろし、口中に充満する血の臭いに、胸いっぱい悲しくなりながら、私はつぶやいた。

「穿破《せんぱ》だ！」

　そしてすぐ、

「こんなにも早く来るものなのか」

　私はその場にへなへなとくずおれそうになった。が、うろたえている場合ではない。私はなんども目をしばたたかせ冷静になろうとした。

　穿破とはがん細胞が隣接する他臓器の壁膜《へきまく》を食いちぎり突き破って侵入することをいう。これが起きてしまったらどんな医師であれ手の施しようがない。たちまち多臓器不全となり、長くても五日ほどで死ぬ。

「あと五日の命か……」

私は自分自身に宣告された日数をきわめて具体的にかぞえようとした。五日とは一二〇時間。その一二〇時間をどう生きればよいのか。思案してみるがなんの考えも浮かばない。視覚、聴覚、触覚、味覚、嗅覚、快感……それら生きている証拠のようなものが、音もなく遠のいていく。ちょっと待ってくれというこちらの制止も聞かず、私の五感は私自身から離れおぼろおぼろと消えていく。私の命そのものがまぼろしであるかのように。

「穿破は、術後一週間目に起きる可能性が一番高いです」

と執刀医のD医師に言われていたから覚悟はしていた。覚悟はしていたけれど、こうはっきりと目の前に突き付けられたらたじたじとする以外にどんな対処の仕方があるというのか。口をぽんやりと開いて、おのれの真っ白な頭をかしげて硬直するだけだ。

夜はすっかり明けているが曇っているらしく、窓のむこうの空は私の頭と同じく真っ白だ。妻を起こさねば、いや、その前にD医師に電話だ。

時計の針は六時四分前。D医師は緊急事態に備えて携帯電話を毎晩枕の下に置いて寝ているという。とはいえ朝の六時前に起こしては申し訳ない気がする。しかも今日は土曜日だ。せめて六時まで待とう。

目の前の鏡に映る私の顔は真っ青である。口のまわりには血がこびりついている。その血を水で洗い、洗面台にしがみつき、あと五日、あと一二〇時間、と意味ない言葉を意味あるごとくに繰り返している。涙こそ出ないが、それよりもなお悲しい思いにとらわれながら蛇口をひねり、洗面器の血をきれいに洗い流した。

この間を利用して妻の部屋のドアをたたいた。

「どうしたの？」

中から声がして寝間着姿の妻が廊下に出てきた。

「出血したよ」

「えっ？」

妻は一瞬で目が醒めた表情になったが、

「穿破かもしれない」

と私が言うと、よろっとたたらを踏み、壁に手をかけた。

「血は？」

洗面器をのぞくと妻が訊《き》いた。

「流したよ。お前が見たらびっくりするだろうと思って」

「沢山《たくさん》？」

「ああ、大量だ」

「ついに来たのかしら」

とは言いつつ、今ひとつ現実感のない表情をしている。

六時ちょうど。D医師の携帯を鳴らした。

「はい」

即座にD医師のよく響く声が聞こえた。

「先生。出血しました」

「えっ、出血？　大量に？」

「大量にです。これって穿破ですか」

「で、血は止まりましたか？」

「ええ。今は止まってます」

「止まってる。ふむ」

ちょっと間をおいてD医師が聞いた。

「なかにしさん、咳《せき》は出ませんか？」

私はふとわれに返ったが、咳のようなものは先程来出ていない。

「咳はありません」

「息はぜいぜいしませんか？」

それもなかった。

「それも大丈夫のようです」

「じゃ、すぐかけ直します。二分後に」

D医師は電話を切った。

電話が鳴った。D医師である。

「まだ確実には分かりませんけど、現段階で穿破の可能性は低いと思われます」

「なぜですか？」

「なかにしさん、あなたのがんは気管の壁膜に食らいついているわけですから、もし気管への穿破となったら、出血するだけでなく、咳が出て呼吸が困難になるはずです。それがないということは穿破でない可能性が濃厚です。他臓器からの出血でしょう。今からタクシーで大至急G東《ひがし》病院へ向かってください。部下にすべての指示を与えてありますから」

穿破でないかもしれない？　ぜひとも、そうあってくれ！

私と妻は暖かい服装に着替え、迎えにきたタクシーに乗った。

運転手のいることもあり、私と妻はほとんど言葉を交わさなかった。タクシーは人気ない土曜の朝の高速道路を快調に飛ばしていた。

二〇一二年に食道がんを発病した時、心筋梗塞《こうそく》の持病があることを理由に執拗に手術を拒みつづけ、ついに陽子線治療というものに出会い、それによって完全奏効にこぎつけた私がなぜ今回は手術の道を選んだのか、それには当然理由がある。

G東病院でのCT検査で、食道近くのリンパ節にがんの影が発見されたのは一月二十七日である。たぶんたいしたことにはならないのではないかと高をくっていたのだが、二月五日に受けたPET-CTの画像によれば歴然としてがんであった。内科のK医師も陽子線のA医師も外科のD医師もみな今回は手術以外の方法はないと言う。理由は、がんは気管や肺や大動脈が錯綜する非常に微妙繊細な場所にあるので、陽子線では対処できないということ。また以前に陽子線を当てた部分に万が一当ててしまうようなことがあると致命傷になるのでなんとしても避けたいとも言う。私の頼みの綱である陽子線治療の望みはあえなく絶たれた。

そこで私は考えた。手術となれば全身麻酔であろうし、最低四時間には及ぶだろう。心筋梗塞のある私の心臓はとてももたないであろう。そんな危険を冒すよりは、緩和ケアを受けながら残りの人生をゆるゆると生きていくのもいいのではないか。家族にも相談し、心臓の主治医の意見も聞いてみたが、結論はそういうことだった。

私は外科のD医師に自分の意思を伝えた。

D医師は不満そうではあった。が、話はこのあと急展開する。

まず私が友人と食事をしている最中に陽子線のA医師から電話が入った。

「なかにしさん、手術を受けられないとお決めになられたようですけど、今回ばかりはそうはいってられない状況なんですよ」

「それはどういう意味ですか？」

「詳しくは申し上げられませんけど、とにかくD医師の手術をお受けになってください。私からもお願いします」

私は意味を測りかねたが、患者の携帯にわざわざ電話をかけてくる医師の熱意のようなものに打たれた。そして、ひょっとしたら言葉にはできない理由があるのかもしれないと直感した。

「先生がそうまでおっしゃるなら……」

私にはしぶしぶながら手術を受ける方向にひきずられていく自分の心が見えた。

友人たちとの食事が終わったあと、帰りのタクシーの中で電話があった。D医師である。

「なかにしさん、手術の決心をされたこと、心から嬉しく思います」

「D先生、あなたはなぜそんなに熱心に手術をお勧めになるのですか？」

「なかにしさんに、一日でも長く生きていてもらいたいからですよ」

「一日でもですか？」

「そうです。一日でも長くです」

少しでもとか一年でもと言わず、一日でも長くと言う。この言葉の意味は文字通り、俺の命は一日一日が勝負なのだということかもしれないな。

私の背中に悪寒のようなものが走った。

「D先生、手術受けます。開胸手術でもなんでもやってください」

むろん、私は手術室で死ぬ気で言ったのである。

四時間二十分の開胸手術を受けたのは三月二十五日である。しかしがんは気管の壁膜に根を生やしたように食らいついていて、どうしてもがんと気管壁膜との間にメスを差し入れることはできなかったようだ。このことで私が分かったことは、私のリンパ節のがんはほうっておいたらいつ穿破が起きてもおかしくない状況にあったということだ。だから医師たちはみんな異口《いく》同音《どうおん》に一日も早い手術を勧めたのだ。しかし残念ながら除去できなかった。ならば次にやることは、猶予を置くことなく抗がん剤でたたくことだ。一日でも早くだ。そこで私は、術後退院してわずか一週間後の三月九日に、背中に二十五センチという手術の痕も生々しい体で入院し、一日二十四時間五日間の抗がん剤治療を受けた。それが終わったのが三月十六日であるが、今日は二十八日、まだ十二日目だ。

G東病院の救急外来に到着すると、医師と看護師が入り口に待機していてくれた。医師は私を治療室へ連れていき、口腔《こうくう》と鼻孔《びこう》を洗浄した。左の鼻孔の奥に傷があった。すでに血は止まっているが、そこから大量に出血した模様だ。

医師の診断によれば、かなり無理をして抗がん剤治療を強行したことにより副作用が大きく出たものと考えられる。白血球が大幅に減少していることもそうだが、なにより血液の凝固《ぎょうこ》をつかさどる血小板の数値が極度に下がっていたことが最大の原因であろう。おそらくなんらかの形で鼻孔の奥で出血があり、それがそのまま血液凝固を見ることなく、大量に流れ出たものと思われる。

念のためにと言って、医師は内視鏡で気管近辺の検査もやってくれた。これは異常なかった。

胸をなでおろした私と妻はタクシーを飛ばしてわが家に帰り、部屋に入るなりD医師に電話した。

「やはり先生のおっしゃった通り、穿破ではありませんでした」

「ええ。もう報告は聞いております。びしゅっけつでしたね」

「ビシュッケツ？　ああ鼻血、鼻血のことですね。こういうことはままあるんですか？」

「たまにあります」

「前もって言っておいてくださいよ。肝冷やしましたよ」

「とにかくなかにしさん、穿破は本当にいつ来るか分かりません。いつその日が来てもいいように、一日一日、大切に生きてください」

D医師はかつて電話口で言ったのと同じように言葉を選びつつ言った。その言葉には、穿破が明日来ても、いや今来てもちっともおかしくないといった、やけに確信に満ちた響きがあった。

「手術の時、私はとっさの判断で、がんを気管のほうに圧迫している静脈を切断して、緊張を緩めてやりましたけど、これが確かな効果を上げているという証拠はないのです。あくまでも推測の域を出ないのです。リンパ節にあるなかにしさんのがんは気管の壁膜に根を生やしたように食らいついています。それがあるかぎり、穿破はいつ起きても不思議はないのです。一日一日、一時間一時間、大切に生きてください」
D医師の言葉には手術を担当し、患部をじかに見た者の有無をいわさぬ現実感があった。

私のがんは一回目の抗がん剤治療でなんと五〇パーセント縮小した。これは大変に嬉しいニュースであった。かといって私の生活になんの変化もなかった。たっぷり寝て、美味《おい》しいもの、つまり食べたいものを食べて、あとは読書、ひたすら読書、気晴らしにDVDで映画を観たりクラシック音楽を聴く。あとはなんにもない。これがすなわち、一日一日、一時間一時間を大切に生きるということの私なりのやり方なのだ。散歩もあまりしない。友達とも会わない。飲みにも出ない。家に客も呼ばない。

そうこうするうちに、今年の桜は見られないかもしれないとほぼあきらめていたことを満開の桜をながめながら思い出したりする。

四月十三日に入院して、第二回目の抗がん剤治療を受けた。この効果のほどは一度目ほどではなかった。それでも残りの半分は縮小していた。全体に縮小傾向にあるということは穿破の可能性が遠ざかりつつあると考えられないこともない。とやや楽観的に考えてみたりする。楽観的になりついでに、サンデー毎日編集部のM氏に電話をかけた。

「あのう、連載の件ですけどね、エッセイにしようか小説にしようかと悩んでいましたけどね、小説ならなんとか書けそうな気がするんですけど……」

「小説？」

先方は驚いた様子だ。

「ええ。エッセイは書くことに限界があるけど、小説ならなにを書こうと自由だから、その自由を楽しんでみようと思うんですよ」

「それはこちらも希望するところですよ」

「いつからにしますか？」

「いつからでも。こちらはページを空けて待っているところですから」

「途中で死ぬことになったらごめんなさいね」

「そうなったら、それはそれで文学的というかなんというか……」

M氏は言葉を濁した。

つい先日、三度目の抗がん剤治療を受けてかえってきた。その結果はまだ分からない。

地雷原を歩いていることに変わりはない。地雷の数が減ったからといって、踏まない保証はない。

第一章 影を売った男

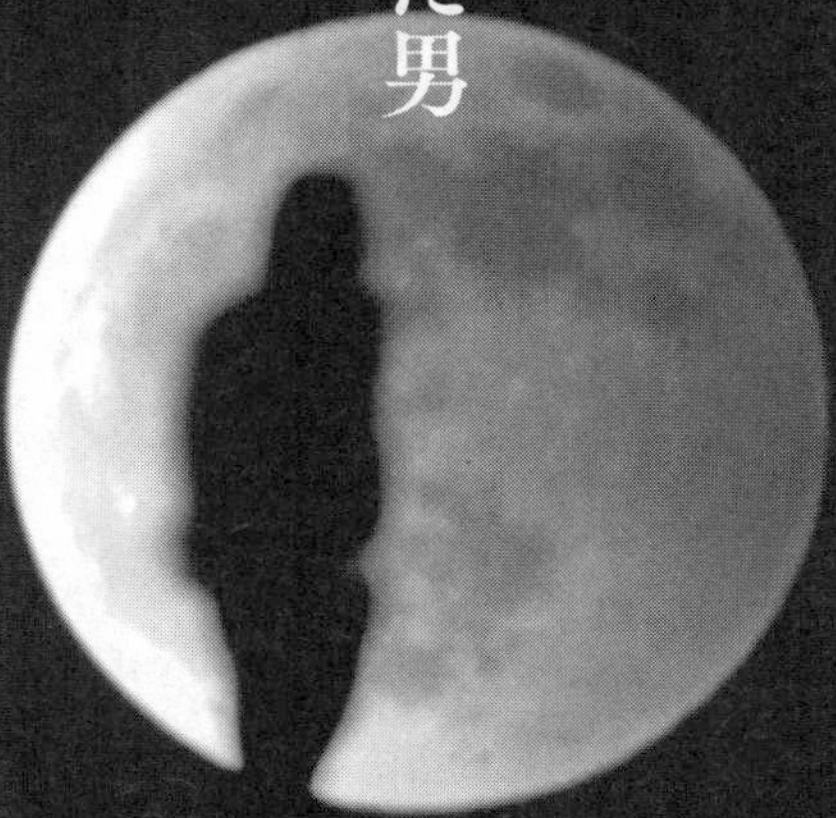

戦争を知らない人間は、半分は子供である。

——大岡昇平『野火』より

TBSの『時間ですよ』などテレビドラマの名演出家兼プロデューサーであり『一九三四年冬―乱歩《らんぽ》』『聖なる春』など珠玉の作品を残した作家の久世光彦《くぜてるひこ》（一九三五―二〇〇六）氏は私について数多くの文章を書いてくださったが、中でも「影を売った男」（CD「なかにし礼大全集」解説）という小文を読んだ時にはドキッとさせられた。それは完全犯罪を見破られたような衝撃でもあったが、彼はやはり見抜いていたかと思わず頷いてしまうような納得感でもあった。「影を売った男」というのはドイツ浪漫派の作家シャミッソーの、自分の影を売って無尽蔵の金を手に入れる男の物語である。「私はこの物語から、詩人の宿命の暗喩を読み取る。あのころ、彼は影を売った男であった」と久世氏は言い切ってみせる。氏の断言にいかなる根拠があるのか私には不明だが、半分は的を射ているようであり、半分は的をはずしているように思える。と、まあこう言ったからには、私はみずから半分影を売った男であることを自白したようなものだが、その自白という名の陳述書を丁寧に綴《つづ》っていきたいと思う。

私は彼女を——彼かもしれない——ゴーストと呼ぶのは彼女か彼自身がそう名乗ったからである。ゴーストとは亡霊のことであり、フランス語でいうならファントムとなるのだが、つまるところは化け物である。

私がゴーストと初めて遭遇したのは、忘れもしない昭和四十（一九六五）年十一月十五日の深夜のことだった。なぜその日のことを明確に憶えているのかというと、私が生まれて初めて心臓発作というものに見舞われた日であったからだ。ではなぜ心臓発作などというものを起こしたのか。その理由はよく分からない。ともかくその日の夜、あまりの息苦しさに目が醒《さ》めた時、私は胸のあたりに激痛を感じた。窓を開けて新鮮な空気を吸ってもおさまらない。救急車を呼んだ。近くの救急病院に担ぎ込まれ、そのまま入院となった。

真夜中の病院の三階の一番奥にある病室で、天井を眺めている。私はとめどなく泣いている。涙が左右の目尻からこめかみをつたって枕に染み込んでいくのが分かる。鼻と口は酸素吸入器で覆われている。息をするたびに風の音のようなものが鳴る。昼間はあんなにかまびすしい浅草千束《あさくさせんぞく》の街も寝静まっていて、外界からはなんの音も聞こえない。私はただ自分の息の音を訊きながら、そのリズムの中で眠りに落ちそうになっていた。

香《こう》の薫りのようなものがかすかに、どこからともなく漂ってきた。

誰か人のいる気配がする。

私はとっさに酸素吸入器をはずすと、薄暗がりに向かって声を発した。

「誰？　どなたですか？」

入り口近くに一人の人物が立っていた。

顔は防毒マスクのようなものをつけているから皆目分からない。衣装は貫頭衣《かんとうい》に似た白い布をまとっているが、肩幅や胸のふくらみから推測するに男ではなさそうだ。しかし声は男のようでもあり女のようでもある。その出《い》で立《た》ちの異様さにあっけにとられていると、

「私はゴーストです」

とその人物はよく響く声で名乗った。

「ゴースト？　亡霊というわけ？」

私は一瞬笑いそうになった。

「そういう君の平凡な感覚が最大の敵なのです。私はゴーストです。君を救出しに来

たんです」

ゴーストは音もなくベッドのそばに歩みよる。手にはもう一つ、蛇腹《じゃばら》の管が二本ついた防毒マスクを持っている。

「私と吐息《といき》の交換をしてもらいます」

そう言いつつゴーストは私の顔の上にもう一つの防毒マスクをかぶせようとした。

私はそれを手で制して、

「ちょっと待ってください。あなたが何者かも分からないのに、いったいなにを理由に吐息の交換をしなければならないのです」

「私の正体を知りたい？」

「ええ」

「私はゴーストです。それ以外の何者でもありません」

「せめて顔ぐらい見せてくれなくてはとても信用おけないな」

「顔が見たい？　どこまでも凡人なんですね、君は」

「凡人で悪かったね」

「見せてあげますよ」

ゴーストはマスクをはずした。若い女だった。それも目鼻立ちのすっきりした気の強そうな美人だ。

「ご納得？」

こんな美人となら吐息の交換をするのも悪くないなと、私はよからぬ想像をしながら考えた。

「魂の交換と言ったほうが芸術的かしら」

そう言ってゴーストはふたたびマスクを顔につけた。

「でも、なんのために？」

「君という人間の魂に輸血をするためです。君の魂は病んでいる。血液の病気にかかった病人が全血液を入れ替えるように、君の魂に新しい知性と生命力を送り込むのです」

夢かな、と私はふと思った。

するとゴーストは、

「夢でもいいじゃありませんか。君の魂の病気が治るなら」

私の心を読み取ったかのように言うと、ゴーストは私のベッドの足下のほうに乗ってきてぺたりと坐った。冬物の上掛けを通してゴーストの尻の丸みが私の足に感じられた。私たちは対面する態勢になった。

私は不安と恐怖で呼吸が荒くなった。毒殺でもされるのではないか。

「まずはご安心を。私は善意のゴーストです。警戒心は解いていただきましょう」

ゴーストは私の顔にマスクをかぶせ、管を接続させた。マスクには吸う息のための管と吐く息のための管との二本がついていて、マスクをつけた同士がお互いに吐息を交換する仕組みになっている。

異様な光景だなと思ったが、なんとも謎めいた誘惑でもあった。

「ゆっくりと呼吸をしてごらんなさい」

私は言われるままに息をした。

「鼻で息を吸い、口から息を吐く。目を閉じて、呼吸することに精神を集中する。私が吐く息を君が吸う。君が吐く息を私が吸う。それをリズムよくゆっくりと繰り返す」

ゴーストは模範を示すようにはっきりと音をたてて呼吸をつづけた。ゴーストの吐き出す息、つまり私の鼻から入ってくる吐息は甘さの混じった伽羅《きゃら》の匂いがした。

「伽羅には精神を安定させる働きがあります」

また人の心を読んだようなことを言う。ゴーストには隠し事ができないなと私はあきらめにも似た気持ちになった。

私の心は次第に落ち着きを取り戻してきた。

「吐息を交換しているうちに二人の魂は一つになるのです」

「どうして吐息の交換が魂の交換になるのですか？」

「人間が死ぬ時、最後に息をふっと吐き出すでしょう。あの時、人間の最後の魂が肉体から外に出るのです。日本では一般に死ぬことを息を引き取ると言いますけど、英語ではｅｘｐｉｒｅ、フランス語ではｅｘｐｉｒｅｒ、どちらも息を吐き出すという意味です。最後の息を吐き出すとそれは死です。つまり人間は呼吸というものを無意識のうちに繰り返していますが、吐息には魂が宿っていることを忘れないように。ですから君と私は今、魂の交換をしているのです。念のために言っておきますけど、くちづけも魂の交換の一種なのです」

ゴーストの吐く息は甘かった。私はゴーストという名の美しい娘とくちづけを交わしているような快感にひたった。ひょっとすると、これはセックスよりもはるかに官能的なことかもしれなかった。

互いの息を吸い合っているのに、いつまでたっても苦しくならなかった。いったい酸素はどこから補給されているのだろう。そんなことを考えているうちに、すべてがどうでもよくなった。今はただゴーストの言うがままにするだけだ。私は恍惚《こうこつ》の中にいた。

「また、泣いてましたね」

ゴーストはそう言って私の涙を手でぬぐった。そう、私はこの一週間というもの、ずっと泣き暮らしていたのだ。

私はむしょうに絶望していた。広漠たる人生にまるで投げ出されたようにして生きていることの空しさに絶望していた。シャンソンの訳詩のアルバイトで稼いだ金でこの春なんとか大学を卒業できた。が、仕事らしいものがない。金がなくなるとシャンソンの訳詩をやって急場をしのぐ。訳詩はあくまでも大学に通うためのアルバイトであって、卒業したら小説とかなにかものを書いて世に出る努力をするべきではないのか。そうだよ。だから一番得意な歌を書くべきなんだ。だが妻は歌なんか書かないでくれという。一発ヒットすれば印税が入るじゃないかと私が言う。そんな金は不潔だと妻は言う。きちんとした仕事もないのに結婚などしたことがそもそも間違いだったのだ。今からでも遅くない。できるものなら離婚したい。離婚して、書きたい歌を思い切り書きたい。自分の才能さえ開花させることのできないこの不自由、ああ、なんとかしなければ憤死してしまうかもしれない。私に才能がないのではない。集中できないから、いい歌が書けないのだ。そうだ、きっとそうだ。私は適当な理由をみつけ、そこにすべての罪をなすりつけていた。

二十歳から二十六歳までシャンソンの訳詩をやった。私の訳詩のモットーは、速く、安く、歌いやすく、そして喝采《かっさい》をとる、であった。そのせいもあり、あちこちから注文が殺到し、あっという間に約一千曲の訳詩をやり終えていた。評判を聞きつけてレコード会社から正式な注文も来るようになった。いよいよ来たかといった感じで私はリキみ返った。その時書いたのはのちに大ヒットする『知りたくないの』であったが、当初はB面であり、私の得意の一節「あなたの過去など知りたくないの」の「過去」という言葉もさほど注目は引かなかった。私はすっかりしょげ返っていた。『知りたくないの』はしょせん訳詩である。訳詩というからには原詩がある。それをいかに巧みに日本語にして音に乗せてみたところで技術のバラ売りであることに変わりはない。私はオリジナルの歌が書きたかった。この世にかつてなかった歌、この私自身が創造した歌。それが歌手によって歌われ、レコードになり、街に流れる。そんなことを私はかつて一度として想像したことがなかった。歌謡曲とか流行歌なんか腹の底では軽蔑していたからだ。ところがだ、『知りたくないの』を訳詩していて「過去」という言葉が閃《ひらめ》いた瞬間、私は自分がなにか歌を書くためにこの世に生まれてきたのではないかという大いなる錯覚に陥った。「過去」という日本の歌謡曲にかつて使用されたことのない言葉を思いつくほどの才能があるなら、ヒット曲の歌詩など朝飯前だろうぐらいに考えた。いや、正直に言うなら、私には歌を書くこと以外に金を稼ぐ方法が思いつかなかったのだ。

私には結構な自信があった。その理由はなんといっても一千曲の訳詩をやったという実績である。一千曲の中にある恋愛のあらゆるパターンをのぞき見てきた。恋愛心理も手に取るように分かる。その千差万別の表現方法だって掌《たなごころ》を指すように示すことができる。人は出会って、引かれあって、恋して、倦《あ》きて、不実になり、浮気をし、そして別れる。別れの種類だって、戯れの恋の終わり、終わるべくして終わる恋の終わり、また会う約束の別れ、そう言いつつもう会わないと知っている別れ、どうにもならない別れ、残酷な別れ、粋な別れ。言うなればなんでもござれで、どんな恋愛でもたちどころに書き分けてみせるだけの引き出しがあった。

ところがだ。いざ、書こうと思って白い紙に向かうと、なんにも浮かばないのだ。なんにもだ。一字一句も浮かばない。頭に浮かぶものすべてが、かつて自分が訳詩した歌の文句であり、場面設定自体もかつて訳詩したシャンソンに似ていた。私の頭はシャンソンにすっかり毒されていて、日本の歌なら本来そなえているべき魅力というか、風合いというか風情というか、いわく言い難い情緒《じょうちょ》を醸し出す言葉が私の頭の中には存在しないかのようだった。自動筆記のようにペンが書き出す言葉といえば、波《は》止場《とば》とか夜霧とか雨、涙、いわゆる自分が馬鹿にしていた歌謡曲の常套句ばかりだ。人なみに恋もしてきたつもりである。なのにその恋すら歌にしようとすると、月並みなつまらないものに成り下がってしまう。結局俺にはオリジナルは書けないのか。私は空白な頭をかかえて腑抜けのように天井を見上げるしかなかった。

街に出ればなにかいいネタがころがっているかもしれないと思い散歩に出る。来る日も来る日も成果はない。私はぶつぶつと独り言を言いながら浅草の街を歩いた。どこをどう出たり入ったりしたか憶えていない。雷門《かみなりもん》から真っ直ぐ歩いて宝蔵門を抜け、そのまま真っ直ぐ浅草寺《せんそうじ》へ。浅草公園でしばらくベンチに腰を下ろしていたらたまらなく悲しくなり、私は泣いた。

泣くなんてことは二十年ぶりだった。満洲《まんしゅう》荒野をソ連軍機の機銃掃射に追われて逃げる時も、避難民収容所で空腹にあえいだ時も私は、まだ七歳だったが、泣かなかった。泣いたのは父が死んだ時が最後だ。父はソ連軍の強制労働に駆り出され、栄養失調とともに病気になり、私たちのもとに帰ってくるなり死んだ。昭和二十（一九四五）年の十二月十七日のことだ。あれからちょうど二十年が経っている。思えば幸福らしいものを一度として味わったことのない二十年であった。しかも今、私は自分の無力にさいなまれ絶望しきっている。そう思うと、泣くことが少しも悪いことには思えなかった。二十年分の涙があとからあとから込み上げてきて、私は声をあげて泣いていた。

雨が降ってきた。

私はもはや手放しで泣き、ずぶ濡れになって歩いていたが、私は全身で泣いていたのだ。

一番得意なはずの歌が書けなかったら、この先どうやって生きていけばいいんだ。とぼとぼと歩き、絶望だ！　最悪だ！　俺なんて死んじまえばいいんだ。私はわめきちらし、泣きちらした。こんな生活が一週間ほどつづいた。私はもうまったく生きていくことに興味も意欲も失っていた。そのあげくの心臓発作だ。たぶん精神と一緒に肉体も悲鳴をあげたのだろう。

消灯時間をはるかにすぎて、病院の中から人の気配も消えた頃、私はふと考えた。こんな時、ゲーテが描くところのファウスト博士にはメフィストフェレスが現れて、あの世での魂の服従を条件にファウストに若さをとりもどしてやり、現世での最高の恍惚と深遠なる悪徳の快楽を教えてやった。シャミッソーの悪魔は、一人の男にありあまるほどの金を与え、かわりに影を奪ってしまう。私にもそんな悪魔が登場してくれないものだろうか。あの世での服従だろうが、影だろうが、声だろうが、なにを奪われてもいい。俺に才能を与えてくれ。金に不自由しないならなおさらいい。とにかく才能をくれ。歌を書く才能を！　今すぐにだ！

「そう思っていた時に、あなたが現れたのです」

管の中に息を吐くように言葉を吐き、私は長い告白を終えた。

「私は君の悲鳴を聞いて駆けつけたのです」

ゴーストは私の顔からマスクをはずし、自分のもはずすと、私に覆いかぶさり、ねっとりとした唇を重ねてきた。

この世にこんなにもキスの上手《うま》い女がいるものだろうか。ゴーストのキスは私を感動させた。唇の重ね方、その圧力の加減、舌を入れてくる時のヴァギナを思わせるような猥褻感《わいせつ》。私の舌を自分の口に迎える時の身悶《もだ》えの仕方。その噛《か》み方のいやらしさ。かすかに鼻を鳴らして快感を伝えるその声の出しよう。その息は伽羅の薫りに涙の湿り気を加えて潤っていた。唾液《だえき》は美味そのものだ。いくら飲んでもまだ欲しい。この極上の美技は天性のものだろうか。それとも熟達した末に得たものなのか、私は分かりかねて軽い嫉妬《しっと》を覚えた。

私は恐る恐るゴーストの胸に左手でその貫頭衣の上から触れてみたが、抵抗のそぶりも見せなかった。ブラジャーもつけていない。手のひらに少し余る大きさで、弾力といい、重さといい申し分ない。私は右手でも触れようとした。

その時、軽いノックの音がして病室のドアが静かに開いた。

「深夜巡回でーす」

ささやくような声は看護師のものだった。足音を立てずに歩み寄ると懐中電灯で私を照らした。私は少なからずあわてたが、ゴーストは身じろぎもしなかった。

「まだ起きてらっしゃったみたいですね」

「ええ。眠れなくて」

ゴーストの姿は他人の目には見えないらしい。私はほっと安心したが、私が唇を重ねた相手は異界から来た魔物かと思うと、命を吸い取られるような薄気味悪さを感じた。

「あらあら、酸素をはずしちゃって。ちゃんとつけてないと駄目ですよ」

「寝ぼけて、はずしちゃったみたい」

枕元の酸素吸入器を取り上げると、看護師は無造作に私の鼻と口にかぶせ、ゴム紐《ひも》を後頭部に回した。私の左手はゴーストの乳房の形に開いていた。

「では、おやすみなさい」

看護師はドアを閉め、退出した。

「ねえ、ゴーストさん」

「ゴーストと呼んでいいわ」

「ゴースト、あなたはぼく以外の人には見えないんですね」

「いえ、それは私の意思次第です。姿を消そうと思えば消せるし、君が私と街を歩きたいと言えば、目一杯お洒落《しゃれ》をしてお供いたしますわ」

私はドストエフスキーの『カラマーゾフの兄弟』の後半部分で、次男イワンの前に現れる悪魔のことを思い出した。あれもイワンの目には見えているが、ほかの人には見えない。

するとゴーストは、

「あれは自己分裂をおこしたイワンにとっての対立するもう一人の自分でしょう？　私はもう一人の君ではないわ」

「じゃ、なんなの？」

「君の人生の道案内人よ。君を厳しく鍛える君の教師、君の味方」

「意味が分からないな」

「分からない？　君は私を求めて泣きわめいたじゃありませんか。そして、私というゴーストの出現することを願っていたじゃありませんか」

　私には返す言葉がみつからなかった。

「つまり私は、君の中にひそむ究極の敵を退治するために現れた救い主よ」

「究極の敵って……？」

「君の自分自身に関する無知。自分自身を知ろうとしない君の臆病。幸福を求めたがる凡俗な精神。それら三つを自分に許している君の怠慢」

　ゴーストの言う通りだ。私はあまりに世間の価値観に左右されて生きてきた気がする。しかし、それも日に三度の食事にありつくためには仕方のないことだったかもしれない。

「仕方のないことだったと思うなら、そのまま続ければいい。でももし、そのことを後悔しているなら、ぐずぐずしないで、今すぐ行動を開始すべきね」

「行動って？」

「孤独になることよ。才能というものは、絶対に俗世間には転がっていないものです。才能が欲しいなら、その才能にふさわしい魔物になるしかないのです」

「魔物？」

「君自身が鬼になるのです。そう、狂気よ。ニーチェはそれを超人と言ったわ」

「ニーチェは最後には敗北したじゃないか」

「敗北が怖いなら戦わないことね。モーツァルトもベートーヴェンも、ゴッホもゴーギャンも、ボードレールもランボーも、プルーストもリラダンも、みんな敗北したじゃない。敗北こそが芸術家にとっての栄光なんだわ」

「ぼくは歌を書きたいと思っているだけだよ」

「歌は芸術でないと思っているのね」

「なんとなく、そうかな」

「それは歌を馬鹿にしているのよ。自分がやろうとしている仕事を軽蔑してなにが楽しいの？　どこにそれをやる価値があるの？」

そんなこと考えてみたことがなかった。

「そんな凡人にどうして人の心を動かすような作品が書けるの？　そんな凡人をなんで私が救わなければならないの？」

なら勝手にしろよ、と口の中で言って私は横を向いた。

「そうやって拗《す》ねるなら、私消えるわ」

と言ったかと思うとその瞬間、ゴーストの姿はかき消えてしまった。私の両脛《すね》を押さえつけていたゴーストの重みもなくなった。淋しさにどっと襲われて私はうろたえた。

「ゴースト、どこ行ったの？　消えないで。もっとぼくに色々と教えてください」

酸素吸入器をはずし、私はささやき声で四方に呼びかけた。四秒ほど間があって、ずしりと脛の上に重みが加わり、ゴーストが吐息の交換機とともに現れた。

「教えてあげるから、よく聞きなさい」

「はい」

私は自分でも驚くほど素直だった。

「君はたしか『過去』という言葉を思いついた時、まるで天啓にでも打たれたように興奮したと言ったわね」

「うん。これこそが閃きだと思って、ぼくは自分を天才ではないかと思った」

「君は一瞬、至福のヴィジョンを見たのよ」

至福のヴィジョン（C・ウィルソン著『アウトサイダー』にある言葉）とは言うなればインスピレーションのことであるが、そこには「自己表現が詩や音楽や絵画で絶頂に達するのは、至上の孤独を守る人びとによっておこなわれる」とある。しかし私は、通俗的な歌を書こうとする自分には関係ないと思い、それきり忘れてしまっていた。が、今、思い出した。

「君は幸か不幸か至福のヴィジョンを見てしまった。それを二度、三度と追体験したいのに、それができないもどかしさに泣いたんじゃないのかしら」

「うん。あの時の興奮はまさに歓喜だった。万人を両手に抱きしめているような歓喜！」

「そう。それがすべてよ。芸術でも科学でも医学でも商品でも、世の中を騒がせたもの、また歴史に残っているもの、それらのすべては閃きがもたらしたものなのよ」

「でも、あの歌はB面にされちゃったし、結局は話題にもならなかった」

「まだ結果は出ていないわ。あの歌は必ず、近い将来、人々に歓迎されます。私が保証します」

「なにを根拠に？」

「君が、歌手やスタッフ全員は『過去』という言葉にたいして否定的だったのに、ほかの言葉に換えなかったこと」

「それが……」

「つまり自分の至福のヴィジョンを世間と戦って守りぬいたことよ。このゆえなき高慢以上に素晴らしいものはないわ」

私は「過去」という言葉が閃いた時の歓喜を思い起こし、胸が熱くなった。

「アルチュール・ランボーの言葉を借りるなら、『時よ、来い、ああ、陶酔の時よ、来い』（『最高塔の歌』小林秀雄《こばやしひでお》訳）だな」

「その詩が出てくる前に、ランボーがなんて書いたか知ってるでしょう？」

「むむ……？」

「『錯乱Ⅱ』という詩の『言葉の錬金術』のところよ」

「ああ、確か……『泣きながら、俺は黄金を見たが、――飲む術はなかった』」

「ランボーの言葉を真に受けてはいけないわ。ランボーは黄金を飲んだのよ。飲んだからこそランボーは千里眼になったんだわ」

「そういえば、ランボーは友人への手紙の中で言っているね」

小林秀雄の「ランボオⅢ」にあるランボーの手紙を思い出していた。

「『千里眼《せんりがん》でなければならぬ、千里眼にならなければならぬ、と僕は言うのだ。詩人は、あらゆる感覚の、長い、限りない、合理的な乱用によって千里眼になる』って」

「詩人が千里眼になって見るものが至福のヴィジョンなのよ。感覚の合理的な乱用を促す酒、それが言葉の錬金術の酒でなくてほかになにがあるの？」

「ぼくにもその苦い酒を飲めと言いたいんだね」

「その通りだわ。ほかに君を救う道はないわ」

「なんだか話が高尚すぎやしないか」

「瞑想《めいそう》と集中力、感覚の合理的な乱用によって千里眼になるのに、高尚も低級もないわ」

私は愚かしいと知りつつ質問をした。

「なぜ、ぼくのことを『君』って呼ぶの？」

「君はダンテの『神曲』も読んだことないの？」

「あるよ。『七十路《ななそ じ》の人の命の半程にして道に迷いし我は、小暗き森の中に我自らを見出だしぬ』だろう」

「それこそ君自身のことじゃないの」

図星をさされ、私は言葉に窮した。

「ダンテは誰に導かれて地獄、煉獄《れんごく》、天国を遍歴するの？」

「古代ローマの詩人ヴェルギリウス」

「でしょう。私は君にとってのヴェルギリウスってことよ。お分かり？」

「分かったよ」

「ベアトリーチェも兼ねてあげるわ。少し淫乱なね」

「教師でもあり愛人でもある」

私は心底理解し、かすかに笑った。

「分かったなら陶酔の時を呼び戻してあげるわ」

「そんなことできるの？　インスピレーションはどんな賢者でも思い通りにならないっていうのが常識じゃないのかな」

「常識なんてどうでもいいのよ。その困難に立ち向かうのは君自身。指導するのは私。ただし条件があるわ」

「やはり。条件つきか」

私はちょっと頬をふくらませた。

「不貞腐《ふてくさ》れたこと言うなら、また消えるわよ」

ゴーストは目鼻立ちのくっきりした美人だから怒ると怖い顔になる。

「ごめんなさい。消えないで！　あなたは私にとって一筋の光なのです」

私は両手を合わせ懇願した。ゴーストは機嫌を直しニッと白い歯を見せた。が、私の頭の中を「ランボオⅢ」の「亜流というものは皆そういうものであるが、彼等には、ランボオがこの為に払った代価が解らなかった」という一節がちらりとよぎった。するとゴーストはまた私の心を見抜いたようなことを言った。

「なにごとも無償で手に入るものはないわ」

「ぼくも影を売るのかな」

「違うわ」

「じゃ、なに？」

「なみだ……」

「涙……？」

「ちょっと考えさせて」

これは予期せぬ条件だった。

二分ほど沈黙の時が流れた。

カーテンの隙間《すきま》から見える空の色はやや白みかけていた。

「君はさっき二十年ぶりの涙を流したって言ったわね」

「うん、言った」

「ということは、父の死以来泣くほどの悲しいことに出会ってないということでしょう？」

「それも、確かに。かな」

「じゃ、この先、十年二十年、泣かないでいることなんて簡単なことじゃない？」

「そういう論理ってあるのかな？」

「論理じゃないわ。君を説得するための方便よ」

「方便？」

私にはゴーストの真意がつかめない。

「分かりやすい質問をしてあげましょう」

ゴーストはひときわ真面目な表情になると、

「君の人生の中で、最大の経験はなに？」

「最大の経験？」私は一瞬考え、「生きて日本にたどり着いたことかな」

「ふーん」

ゴーストは不満そうだった。

「じゃ、も一つ訊くけど、日本にたどり着く前になにがあったの？」

「戦争に決まってるじゃないか」

「君にとって戦争は最大の経験じゃないの？」

「戦争なんて、思い出したくもないから忘れ果てていた。ぼくの人生は引揚げ船で広島・大竹《おおたけ》港の岸壁に着いた時から始まったんだ」

「それが君の無知と臆病と凡俗な精神と怠慢の原因よ」

「えっ、どうして？」

「思い出したくないものを思い出すことからまず始めるのよ。その勇気さえあれば、君は自分が何者であるか分かるはずよ」

それが怖いんだよ、と言いたかったが言えなかった。

「君は二十年前に父が死んだ時、物心ついてから初めて泣いたと言ったわね」

「うん。その通りだから」

「父はなぜ死んだの？　なにが父を殺したの？」

「戦争さ」

「あの時、君が泣いたあの涙は、戦争というものにたいする君の嫌悪と憎悪と大人たちにたいする絶望の涙じゃなかったの？」

「ああ、言わないでくれ」

私は両手で顔をおおった。

「君、私に涙をあずけなさい。そして、この先十年、二十年、三十年、どんな悲しいことがあろうと泣かないと誓いなさい」

ゴーストは有無を言わさぬ語気で言う。

「この先も悲しいことがいっぱいあるんじゃないかな」

「そうよ、人生は悲しみの連続だわ。でも、君が体験した戦争以上に悲しいことなんてありはしないわ」

「でも、泣きたくなったら？」

「我慢するのよ」

「できるかな」

「するのよ。我慢しても人間の魂は、その奥底の暗闇の中にぽたりぽたりと涙の滴を落としているものなの。君の魂の奥底にも黒々とした涙の池、いや湖があるに違いないわ。本当の涙とはそういうものよ。だから、声をあげて、涙を流して泣かなくても大丈夫よ」

「おっしゃる通りだ。あなたにぼくの涙をあずけます。期限は？」

「私が君に返すまで」

ああ、私は涙を売った男になってしまった。魔法にでもかけられたような非現実感の中に私は浮いていた。

「この約束は魂の約束。一滴でも涙を流したら無効になることを忘れずに」

「分かった」

ゴーストはじわじわとずり上がってきた。

それは困る。ゴーストが私の脛の上に坐りつづけている間に、私の下腹部は反応していた。

ずり上がってきたゴーストはちょうどその上に坐った。私は顔を赤らめた。

と思う間もなくゴーストは貫頭衣の裾をまくり、素早い動作で私の顔の上に坐った。

ゴーストは下着をなに一つつけていなかった。

私の口と鼻をゴーストのヴァギナが塞いだ。

白布の貫頭衣が室内灯の薄明かりを通し、ゴーストの首から下を幻のトルソーのように浮かびあがらせる。それは緩やかなリズムに乗って腰をゆすり踊っている。その動きにつれて貫頭衣は波打つ。風にあおられるテントのように。私の目のすぐ前に陰毛があり、その先によくしまった腹部、そこに臍《へそ》が横皺《じわ》を作っている。そのむこうにうねる胸。両腕は外にあって見えないが、そのつけ根には腋毛《わきげ》が黒々とあった。ゴーストの肌はやや小麦色を帯びていて、乳首はつんと立ち乳輪はやや大きめだ。汗ばんだ二つの乳房が左右不揃いに揺れていた。それらに触れたい衝動に駆り立てられながらも、私の両腕はゴーストの両膝によってしっかりと押さえつけられていて自由がきかない。仕方なく私は、この思いもかけぬ官能をゴーストの肉体の中心部にむかって語りかけた。嬉《うれ》しいと美味しいという二つの言葉を唇と舌と歯とで様々《さまざま》なニュアンスをこめてささやき、声にならぬ声で叫んだ。

それに応えるようにゴーストの洞窟は、時々痙攣(けいれん)を走らせ、壁をせばめたり突き出したりする。天井からしとどにしたたり落ちる滴によって壁一面が濡れている。まるで鍾乳洞《しょうにゅうどう》だ。

　ああ、ゴーストも私と一緒に泣いてくれているのだ。なんて優しいゴーストなんだ。息苦しさに耐えつつも、ゴーストの鍾乳洞の壁面に唇と舌を這《は》わせた。

　私の頭の中にモーツァルト『魔笛《まてき》』第一幕冒頭の、あの切迫した弦のアレグロが鳴った。そして大蛇に追われる王子タミーノが歌う。

「助けて！　助けて！　ぼくはもう駄目だ」

　すると夜の女王の三人の侍女が現れ、銀の杖《つえ》で大蛇《だいじや》を討ち、タミーノを助けた。王子タミーノは助けを求めたからこそ助けられた。私が大声で泣いたのは、助けを求めてわめいていたのだ。そこへ現れたのがゴーストだ。ゴーストは私にとって夜の女王かもしれない。夜の女王は私に魔法の笛を与え、ザラストロに奪われたわが娘のパミーナを助けだしにいってくれと頼むだろう。いや、パミーナはすでに与えられている。私の顔を二つの腿《もも》で抱きしめ泣いているではないか。ゴーストこそが夜の女王と同時にその娘パミーナなのだ。

私は、なにか助けられたような思いになり、自分がゴーストに涙を売ったことをいささかも後悔しなかった。

やにわに、ゴーストは身をのけぞらし、左手で上掛けをはねのけ、パジャマの下から私の反応体を取り出した。と思う間もなく、私の顔と両腕を解き放ち、たくみにその身の位置を変えると鍾乳洞の中に私を導き入れた。

「ゴースト、ぼくは心臓発作を起こしたばかりの病人だよ。そんなことをしたら、死んでしまう」

と言いながらも、私の両手はゴーストの丸い腰を握りしめていた。

「死になさいよ。昨日、死んだと思えば怖れるものなんかないわ」

ゴーストは冷たく言い放つ。

「死なずしてどうして復活があるの？」

私にはまだ腹上死の覚悟はできていない。それどころか、私はもはや果てそうだった。

鍾乳洞の中には舌のようなものがいくつもあり、それが上下左右から私の反応体をもてあそんだ。この快感たるや、私にとって生まれて初めてのものだった。私は快感を十分に愉《たの》しみ、もうこの辺でいいだろうという妥協点を、自分の心臓の鼓動に相談しつつ探っていた。

「駄目よ。快感を感じてもいいけど、やすやすと漏らすことは許さないわ。この鍾乳洞から君が途中で帰ったら、つまり君のペニスが涙をこぼしたら、その瞬間、契約は無効になるわ」

「ええっ……？　あれも涙なのか」

「ふふふっ」

ゴーストはちょっとずるそうに笑って、

「私の鍾乳洞の露を飲んだ人は、そう簡単には死なないわ」

「なぜ？」

「あれは天上の蜜酒。君はそれを私の薔薇《ばら》の杯で飲んだの」

「なんのおまじないのつもり？」

私は不服そうな口調で言った。

「まじないではないわ。千里眼になるための秘密の儀式よ」

「千里眼？　ランボーの？」

「君は、千里眼になれない自分を呪って泣きわめき、私を呼んだんじゃないの？」

「それは確かにそうだけど」

「そのために私は君と吐息の交換をするために出現したのよ」

私は分かったような分からないような奇妙な気分のままだった。

「今私たちは、セックスに似たことをしているけど、これは君にたいする試練ですからね。そこのところ間違いのないように」

「試練とはまた大袈裟《おおげさ》な」

「そう。大変よ。いいですか？　君が私に快感を与えつづけて、私を『踊る蛇』にさせてくれるまでは絶対に終わってはいけないわ」

「踊る蛇？」

そう言いながらもゴーストは腰の動きを止めようとしない。いや私の両手が動かしているのかもしれない。

「そう。君はボードレールの『悪の華《はな》』が好きなんでしょう？」

「愛読書だよ」

「ならば『踊る蛇』のところ思い出してみてよ」

「ああ、分かった。あそこだね。『美しき放縦《ほうしょう》のきみ、／魔術師の棒の穂先に　操《あやつ》られ／踊る蛇ぞと　譬《たと》えんか。』（鈴木信太郎訳）だろう」

「そう。私が『踊る蛇』となって、口からよだれと泡を噴いて失神するのを君は、その目でしっかりと見なくては駄目！」

「『歯列《はなみ》の岸に　きみが口の／妙《たえ》なる水の溢るる時』」

「つづけて」

「『よしや苦《にが》けれ　陶然と心蕩《こころとろ》かす　ボヘミヤの葡萄《ぶどう》の美酒を、／わが心に綺羅星《きらぼし》を撒く　液体の／空を、さながら飲みほす心地《ここち》』、どういう意味？」

「言葉の通りよ。ボードレールは天上の蜜酒を飲んだのよ。飲んだからこそ言葉の魔術師になれたんだわ。ランボーはボードレールが天上の蜜酒を飲んだ同じ場所で黄金の苦き酒を飲んだ。そして最高塔の上に立ち、千里眼となり、至福のヴィジョンを見た」

「その真似をしろというの？」

「そうね。君も最高塔に昇らなければならないということ。頭上には綺羅星しかないようなところ。酸素の希薄な、鋭い三角形の頂点のような最高塔の上に立って初めて詩人は千里眼になり言葉の錬金術師となる。そして至福のヴィジョンを手に入れるんだわ。そのための試練よ。その試練に耐える気がないの？　君には」

「あるけど……」

私の返事は心もとないものだった。

「これが結合の神秘というものなの。そしてなぜか人間一人では達成できないことなのよ」

「結合の神秘（心理学者ユングの言葉）？」

「二つの魂が結合して、大いなる歓喜にいたることだわ」

歓喜なら理解することができるけれど、大いなる歓喜となるともはや私には理解できない。

「私を『踊る蛇』にしてみせることよ。そのためには私を高峰《こうほう》の頂点から頂点へ、またさらなる高みへと遊飛させなければならないわ」

「まるで命がけだね」

「だからモーツァルトはタミーノとパミーナの二人に歌わせたんじゃない」

「『私たちは行く、魔笛の力に守られて、心楽しく、死と暗黒の夜の中を』」

私はその部分を軽く歌った。

「タミーノにはパミーナがついていた。君には私というゴーストがついている」

「でも、魔笛がない」

「魔笛？　それがこれよ」

ゴーストはあらためて吐息の交換マスクを手にし、一つを私の顔にかぶせ、もう一つを自分の顔につけた。交換マスクの蛇腹の管は私たちがささやきあう伝声管でもあった。

「さあ。吐息の交換をつづけましょう。ゆっくりと、アダージョでフルートを吹くように」

深呼吸を繰り返しゴーストの吐息を深々と吸ううちに、私の心は不思議な静けさを取り戻してきた。私の反応体は快感にうち震えながらも、なんとか涙を流すことなく耐えていた。

「一つ」

ゴーストは数をかぞえるようにつぶやくと、身をひきつらせ、一回目の頂点に達した。なのに呼吸は乱れない。私もだ。二人は静かに深い呼吸によって吐息を交換していく。

「二つ」

ゴーストの鍾乳洞は全体的に狭窄《きょうさく》し、私の反応体を締めあげた。私はあやうく果てそうになったが、耐えた。

「三つ」「四つ」……

鍾乳洞には官能の極点が満天の星ほどの数があり、その中のどの一つに触れてもゴーストは頂点に達した。ゴーストは私の反応体をくわえたまま、その場所でその体勢のまま、身の震えに耐えながら頂点に達しつづけた。

ゴーストが「八つ」と言ったから、ならばと隣の星に触れると、歯を食いしばり「九つ」と言う。そのたびに、鍾乳洞はまるでほかの生き物のようにうごめき暴れ、入り口を狭き門にする。それを反応体の全体で受け止め私は耐える。そしてまた深呼吸をつづける。

そして「十ぉ！」と言った時、ゴーストは私の上にふらふらとその身を倒してきた。

失神したのかなと一瞬思ったが、ゴーストの呼吸はつづいていた。

ゴーストはまだ失神していなかったが、私は大きな感動につつまれ、胸に喜びの涙がこみあげてきた。ああ、泣きたい。今こそ泣きたい。

「ねえ、ゴースト、ぼくはあなたに涙をあずけたけど、あれ、今、返してくれないかな」

「なぜ？」

夢の中にいるかのようにゴーストはうつろな声で応えた。

「今、ぼくは猛烈に泣きたいんだ」

「駄目よ」

ゴーストはまわらぬ舌で言った。

「涙は古代エジプトの時代から貴重なものとして珍重されていたんじゃないのかな」

「知ってるわ」

「だから、涙壺なんかをこしらえて、涙を保存しようとしたのではないかな」

「だから、なんなの？」

「泣くことを忘れたら、創作活動ができなくなるんじゃないかと心配になってきた」

「そうよ。その通りよ。創造は涙と汗とともにあるものよ。だけど泣いた瞬間、創造の閃きは失われる。だから君は泣いてはいけないのよ。悲しみの涙と苦悩の汗を作品という名の涙壺にそそぎこむのよ。それでこそ君の創造は涙と汗の結晶になるの」

私ははっと胸を打たれた。

くすんと鼻を鳴らしたかと思うと、ゴーストは泣いた。悲しげにすすりあげた。泣くことを私に禁じているゴーストが泣いていた。

私は不思議なものを見る思いで訊いた。

「ゴースト、どうしたんですか？」

「君は大事なことを忘れているわ」

「えっ、ぼくがなにを?」

「愛よ。愛こそが二つの魂を融合させるものなの。愛のないところに結合の神秘なんて起こりようがないわ」

確かに私は愛を忘れていた。自分自身がおかれた現実を夢まぼろしのごとくとらえ、ゴーストを愛の対象とは一度として考えていなかった。ゴーストは異界の生物ではないかといぶかりつつ、私は官能にのみ酔いしれていたのだ。

「だって、これは夢かもしれない」

「夢を愛さないでどうするの。夢こそが言葉で、言葉こそが夢でしょうが」

ゴーストは怒ったように身を起こすと交換マスクをかなぐり捨て、貫頭衣をセーターを脱ぐかのようにすっぽりと脱いだ。

二つの乳房は興奮にみなぎり、官能にうち震えていた。たくましい二本の腿は私の胴体を強くはさんで痙攣を繰り返している。

なんという見事な女体だろう。

「さあ、私を愛してるって言って!」

私はしばし呆然《ぼうぜん》としていたが、にわかにわれに返り、ふたたび官能の渦に巻き込まれた。

「ゴースト、今こそぼくはあなたを愛している！　生きていてよかった。そして、死んでもいい」

「そうよ。その一言を待っていたわ」

ゴーストは天空を翔《かけ》る天女のように高峰から高峰へと遊飛しはじめた。ああ、これか。

ゴーストはまさに『踊る蛇』だった。ボードレールは想像の世界を描いたのではなく、その目で見たものを見たままに書いたのだ。「傾くまでと見るからに　身の倒れ伏す　その様は、美しき巨舫《おおふね》絶間なく横《よこ》さに揺れて　帆檣《ほばしら》を　波間《なみま》に　やがて沈むるごとし」。私はゴーストの鍾乳洞の星々のその極点という極点を攻めたてた。

それから先の数はもう分からない。ゴーストの肉体全体が鍾乳洞のように濡れそぼち、肌の一点にほんの指先で触れるだけで、歓喜の涙を流した。

見ると、ゴーストはまさに『踊る蛇』となっていた。「轟《とどろ》きて氷河の溶けて　水嵩《みずかさ》の／増したる川の水のごと」。口からはよだれと泡を噴き出し、目からは涙を滂沱《ぼうだ》と流していた。

左右の乳房も汗でびっしょりだった。

しかし二つの乳房をもてあそんでいる時、私の手にぬらりとしたものが触れた。

なんだろう?

と思った瞬間、白い液体がにじんできた。

「乳かな?」

「これこそが生命の水なの。今こそそれを君に与えましょう。さあ、飲みなさい」

ゴーストはそう言うと、両手で左右の乳房をつかみ、かわるがわる私の口に押しつけた。

私は赤児のようにむしゃぶりつき、吸いつき飲んだ。そこはかとない甘みだ。私は母の乳で育っていないから、その味を知らない。しかし今知った。それは慈愛にみちた味だった。

「これが愛よ。愛というものなのよ!」

とかすかに言ったかと思うと、ゴーストは白目をむいて失神し、私の上にどっと倒れこんだ。と同時に私の肉体は、いや精神も魂もふくめて、私のすべてが真っ白い光につつまれた。白閃光だ。ついに来た。陶酔の時が来た。完璧だ!

そうつぶやいたかと思うと、私は気を失った。

そして……。

どれほどの時が流れすぎたのであろう。私は意識の底の方で目醒めていた。

私は浮遊し、どこかへ運ばれていた。

私の目の前には青空があった。至純の青。

私ははるかな高みへ運ばれていく。

空気が希薄になり、風も肌に冷たくあたった。

青い空は次第に色を深め、紺色になり、やがて星もない暗黒の夜空になった。

私はやがて、高い頂の上に立たされた。

これが最高塔か。

上には星もない漆黒の夜の闇、死神の鎌《かま》のような赤い三日月がかかっている。

花火のようなものが上がり、光の尾を引き、あたりを照らしだしてゆっくりと落ちていった。その淡い光に照らされて、私の千里眼が見たものは、無数の折り重なる死体だった。累々とかさなり、はるか地平線にまでつづくかと思われる人間の死体だった。

「君にとって戦争は最大の経験じゃないの？」

ゴーストの声が闇の中から聞こえてきた。

とすると、ここは戦場だ。私は最高塔の上に立って戦場を見下ろしていた。これが私の見るべき至福のヴィジョンなのだろうか。

死神の鎌のような細い月は左やや上方に口を開け、血の色に染まっていた。左右には身を支えるべきなにものもない。間違いなく私は高い頂のその最先端に立っているようだった。

冷たい風が私をかすめていく。ぶるっと身をふるわせ、私は両腕を胸のあたりで合わせる。雲の切れ端が私の顔をなでつけていく。

ふたたび、花火のようなものが打ち上げられ、はるか眼下に、またも大地の上に折り重なる無数の死体を浮かびあがらせた。

私の千里眼はその光景を見て震えあがる。

最高塔に登って、これが私の見る至福のヴィジョンなのか。あまりに無残、あまりに恐怖に満ちている。それに酸素が薄い。

ここは寒すぎる。それに怖すぎる。苦しい。

「ゴースト、ぼくをここから降ろしてくれ！」

私は闇に向かって叫んだ。

「ゴースト、ぼくをここから降ろしてくれ！」

病院のベッドの上で虚空に向かって叫んでいるのは私だった。

病室の天井の片隅から、私はベッドの上の私自身を見下ろしている。いや、ここは最高塔よりもなお高みかもしれない。冷たい風が下からあおるように吹いてくる。私は知らぬ間にゴーストの中に取り入れられ、ゴーストの眼を通して私自身を見下ろしていた。

気を失った私はと見れば、上掛けをはね飛ばし、両手両足を開き、股間のしおれた反応体をさらけ出したまま、うわ言を口走っていた。

「ゴースト、この風景は、俺の心の中の開かずの間に葬っていたものだ。俺の記憶から消し去ったものなのだ。今更、俺をこんなところへ連れてきて、いったいなにをしようというのだ。俺を苦しめるためにお前は現れたのか？」

それはみじめな私の姿だった。恐怖に顔をひきつらせ、憔悴《しょうすい》し、見るも哀れな敗残者だった。

「君は、この光景から逃れようと思い、恐怖の叫び声をあげ、必死に逃亡してきた。それが君の今までの人生だったのではないかしら」

ゴーストは静かな声で言った。

「そうだ。確かにそうだ。しかし、この光景をふたたび見せられたら、俺は生きる勇気を失ってしまう。ここには悪意と復讐、暴力と残酷、非情と恐怖、絶望と憎悪《ぞうお》しかない。美のひとかけらも、善のひとかけらもない。だから俺は記憶の奥の奥の奥底に埋めてしまったんだ」

「記憶喪失の真似事《まね》をして、君はなおも世を欺き、自分をも騙《だま》しつづけて生きていこうとするのか。偽りの人生をつづけていこうとするのか？　自分で自分が恥ずかしくないのか？」

「それでもいいんだ。生きてさえいけたら」

「それは生きていることにならない。君の幻想がただこの世をさまよっているだけだ」

「ああ、俺をほうっておいてくれ……」

私は泣き声のようなものをあげたが、涙はこぼしていなかった。たぶん心のどこかでゴーストとの誓いが歯止めをかけたのだろう。

「詩人であるためには、まず最初に自分に興味を持たなければならない、興味を持ったら追究しなければならない。追究し始めたら魂の奥の奥の奥底に触れるまでとことん突き進まなければならない。そのことを教えたくて、私は君を最高塔に立たせた。あとはそこで君が黄金の酒を飲むことだ」

ゴーストは杯《さかずき》を差し出す仕草をした。

「さあ、飲みなさい。歌を書いて自己表現をしたいなら、この風景から眼をそらしてはいけない。スペインの宮廷画家ゴヤは戦争という現実を直視し、『戦争の惨禍《さんか》』を描いたことによってついに画家ゴヤとなったのです。そのことを肝に銘じるように」

遠く離れているはずなのに、ベッドの上の私は手をさしのべ、その杯を受け取ったようだ。

「さあ、飲みなさい。この黄金の酒を飲み、臆病、卑怯、軟弱、自己欺瞞《ぎまん》という病から脱出するのです。ただし、その酒は苦い！」

ベッドの上の私は杯を口にあてて少し飲んだ。

「苦い、苦すぎる」

「飲みなさい。君のかわりに誰かが飲んだからとて、いったい君になにをもたらすのです。飲みなさい。飲めば君は『他界』へ行ける」

「『他界』とは？」

「この世ではないもう一つの世界のことです。そこで見たものを見たままに書くことで、君は至福のヴィジョンを獲得できるのです。どんなにつらかろうと、どんなに不幸だろうと、どんなに眼をおおいたくなるような情景であっても、それが君にとっての至福のヴィジョンなのです」

ベッドの上の私は思い切って杯をあおる仕草をした。この時、ゴーストの中にいる私の喉までが火がついたように燃え上がった。

「飲んだよ」

気を失っている私は黄金の酒を飲み干し、ベッドの上で死んだようにぐったりとなった。そのしおれた肉体は夜空から墜落した星の形をしていた。

ゴーストはゆっくりと降りてベッドの側にいき、生っ白い五芒星《ごぼうせい》にパジャマを着せてやり、上掛けを整え、その顔に酸素マスクをつけた。

「見たでしょう？　これが底無し沼に脚を取られた彼の本当の姿よ」

「彼？　彼は私だ」と私。

「君は彼なのよ。そして彼は君なのよ」

ゴーストはかすかに笑った。

「でも、彼は黄金の酒を飲んだ」

「そう。すべてはここから始まるのよ。さあ、あなたも気を失った彼の中に戻り、そろそろ目醒めさせてあげなさい」

そう言うとゴーストは、新しい私の誕生を祝うかのように、ボッティチェリの『ヴィーナスの誕生』の中で口から薔薇《ばら》の花々を噴き出す西風の精ゼピュロスと同じ口付きをして、私を空中へ噴き出した。私は薔薇の花々となって、私自身の中へと戻った。

ゴーストは消えた。

私は夜の湖の冷たい水に浮かんでいた。

鋭い機関銃の連続音がこだまのように尾を引いていた。

「大丈夫？　どこも怪我《けが》はなかった？」

母の声が聞こえた。

私は身体を激しく揺すられ、顔をなんども平手打ちされたようだ。

私の意識はぼんやりと目醒めた。

「どうしたのヘラヘラ笑ったりして、気でも違っちゃったのかしら」

母のうろたえた声がする。

「あまりの怖さで腰が抜けちゃったのよ」

ちょっとせせら笑うような姉の声が聞こえた。

笑いごとか？　私は心の中でむっとした。

「でも、一歩間違ったら死んでいたわ。母さんがいけないのよ」

母は私をひしと胸に抱いたが、私の体にはまだ力がよみがえってこなかった。私は四肢《しし》をだらりとたらしたまま、目は開いていたが、心はまだ失われていた。

「母さんを許しておくれ！　母さん間違っていたわ。でもね、これからも、こんなことはなんどもあると思うわ。もう今日からは母さんの言うことだって信じてはいけないわ。自分で逃げるのよ、自分で生きるのよ。そうしないと、明日にでも死んでしまうわ」

母の、その場で思いついたに違いない言い訳めいた忠告を私ははっきりと聞いていたが、私には母の真情が理解できなかった。

私たち家族は軍人やその家族たちを避難させるための軍用列車に紛れ込むようにして乗っていたのだが、それには訳がある。ソ連軍がソ満国境を越えて侵攻を開始したのは昭和二十（一九四五）年八月九日である。牡丹江《ぼたんこう》の日本人住民は全員避難列車を求めて牡丹江駅に押し寄せた。それはもう阿鼻叫喚《あびきょうかん》を絵に描いたような状況だった。そこで母は一計を案じ、日頃からつきあいのある関東軍の将校に掛け合い、わが家の家族と手伝いの者数名を軍用列車に潜《もぐ》り込ませてもらえるように手配したのだ。

八月十一日の深夜、この軍用列車は、牡丹江駅から数百メートル離れた暗闇から、汽笛も鳴らすことなく、夜陰に紛《まぎ》れるようにして出発した。牡丹江駅には五万人以上の群衆が避難列車を早く出せと悲痛な声を発している。それを尻目に、まんまと軍用列車に紛れ込んで脱出することに成功した私たちは、うしろめたさと慚愧《ざんき》の思いで無口になっていた。

戦争の最中なのだから軍用列車がソ連軍の攻撃対象になるということを乗客の誰もが一番恐れていた。

翌、八月十二日の朝のことだった。

前触れもなく列車は止まった。その瞬間、乗客たち全員が、一番恐れていたことが今こそ始まるであろうことに気がついた。

突如、客車の中に不安と緊張が高まった。

と同時に、「敵機来襲！」と誰かが叫んだ。

私は窓から顔を出して見た。

本当にソ連軍戦闘機が一機こちらに向かって降下してくる。その爆音が聞こえる。

「あの音はソ連機だ。みんな外へ出るんだ」

軍人は乗客全員に退避を命じた。

みんな一斉に立ち上がり、出口に殺到した。女たちは悲鳴をあげるばかりで体が動かない。男たちは窓を開け、次々と飛び降りた。

「みんな、外へ逃げなさい。お前もぐずぐずするんじゃないの」と母は私の姉を叱りつけた。

「お母さん」

恐怖に青ざめて私は母にすがった。

すると母は私の手をはらって、

「お前は小さいんだから、座席の下に隠れなさい」と早口に言った。

私はなおもすがりつこうとしたが、母は私を寄せつけず、

「ぼやぼやするんじゃないの。早く。座席の下へ。じっとしてるんだよ」

目をつりあげ、私が身を隠すべき座席を指し示すと、母は出口から外へ飛び降りた。

軍人も民間人もみんな逃げた。男も女も区別なくみんな逃げた。みんな我先に、草《くさ》叢《むら》や灌木《かんぼく》の陰に身を隠した。

私だけが、まるで邪魔者のように列車に取り残されていた。

ソ連機はうなりを上げて接近してくる。

私は恐怖にふるえながら、座席の下へ体を押し込んだ。

列車に爆弾でも落とすのだろうか。そんなことをされたら一発で死んでしまう。私はわなわなとふるえ、歯がカチカチと鳴った。それでも私は両手で自分の頭をかかえた。せめてもの自衛手段だった。いや、たぶんソ連機は列車から飛び出して逃げ惑う

群衆たちを銃撃するに違いない。そうしたら、外にいる母と姉が危ない。私は自分だけが助かるような感覚を恥じていた。しかし、それはまったくの錯覚だった。列車の進行方向から飛んできたソ連機は列車の先頭車輛から機銃掃射を浴びせはじめた。その爆撃音がうなりをあげて近づいてくる。

「坊や、そこにいたんでは危ない。さ、早く外へ出るんだ」

男のどなる声が聞こえた。

その時、鼓膜《こまく》が破れるほどの轟音《ごうおん》が頭の上を通りすぎ、とぎれなしの銃撃音が鳴った。

機銃掃射だ、と思う間もなく、銃弾は客車の屋根と天井を楽々と撃ち抜き、通路の床板をも貫通していった。私の頭からたった三十センチしか離れていない通路に一メートル間隔で穴が開けられていった。油を塗られて黒光りする通路板はしぶきをあげるようにそそけ立ち、白木の中身を見せていた。

どたりと音がして、なにかが倒れてきた。

恐る恐る目を開けてみると、赤ら顔の軍人が床に倒れ、私のほうをじっとにらんでいた。瞬《まばた》きもしない。顔の下から赤黒い血がどろりと流れていた。

この軍人は私を外へ連れ出そうとして、逃げ遅れたのだろうか。申し訳ない気持ちでいっぱいになったが、私のしたことは悲鳴のような声をあげることだけだった。そして目を閉じた。

するとふたたびソ連機の爆音が近づいてきた。いったん遠のいたソ連機は旋回して向きを変えたらしく、こんどは後尾車輛のほうから機銃掃射を始めた。

また頭の上を爆音が通過し、機関銃の音とともに客車の屋根と天井を貫通した銃弾は、私が隠れている座席とは通路を挟んで反対側の座席とその下の床板をミシンで縫うように撃ち抜いていった。

座席の下に身をひそめることなんて、機銃掃射にたいして新聞紙一枚の価値すらないことを私は知った。

こんどソ連機が方向転換して迫ってきたら、間違いなく、私の隠れている側が狙われるだろう。私は今こそ反対側に移るべきだと思いながらも身体はこわばり自分の意思ではどうにもならなかった。目の前の軍人の頭からは血がドクドクと流れだし、真っ赤な血海をひろげつつあった。軍人の目は私をにらんだままだ。母に見放された思いと死の恐怖が私の小さな頭の中で渦を巻き、それがそのまま眩暈《めまい》となり、深い眠りの中に私は落ち込んでいった。

私は暗い無感覚の中に漂っていたが、死の恐怖よりもなによりも母から見捨てられたことが悲しかった。私を救おうとして命を落とした軍人もいたというのに。

　私は水の上に浮かんでいた。この湖は私の流した涙が溜まりに溜まってできたものだろう。涙を満々と湛《たた》えた黒い湖のさざ波に揺られつつ、私の心は母の仕打ちと、わが子を残して出口に向かう母のうしろ姿を思い出し、さめざめと泣いていた。湖はどんどん水嵩《かさ》を増していく。

　私は母に揺さぶられ、平手打ちをされて、意識を取り戻したのだ。

　私は笑っていた。口を曲げて。

　それを母はいぶかしがっていたが、私は笑うべくして笑ったのだ。

「母さん、ぼくをおいて逃げたね」

　最大限の軽蔑をこめて笑っていたつもりだけれど、それは間の抜けたヘラヘラとしたものだったようだ。

　涙の湖に浮かぶ私は両手両足をだらりとさせたまま、母に揺さぶられていた。

　私がようやく意識を回復した時、列車の中のあちこちから悲鳴と嗚咽《おえつ》とうめき声が聞こえてきた。

　大人たちはみんな逃げたと思っていたが、かなりの数の軍人たちが、逃げることを潔しとしなかったのか、列車内にとどまっていた。私の反対側の座席にいた人たちは全員、銃弾に撃たれ即死だった。私の列の前の方にいた軍人の妻は、あまりの恐怖のために、強く赤子を抱きしめすぎて窒息死させていた。

私たちの列車は八輛編成の軍用列車の最後尾にあたるが、これと同じことが各車輛で起きていることだろう。

「この遺体をどうする」

「夏だからなあ。すぐに臭いはじめるぜ」

「仕方ない。外へ捨てるんだな」

「そんな無体な」

「ほかにどんな方法がある」

列車はまたなんの前触れもなしに動きだした。

若い軍人たちは死体を抱え、泣きすがる家族の感傷などに一瞥《いちべつ》もくれることなく窓から外へ、次から次へと捨てていった。

窓から外を見ると、列車は人間の死体を出入り口や窓からぼとりぼとりと放り出しつつゆっくりと進行していた。

それを待っていたかのように、こんな山間のいったいどこに潜んでいたのか、黒い綿入れを着た中国人たちが大勢現れ、投げ出された死体に群がり、かたっぱしから衣服を剝ぎとった。彼らは死体の指から指輪を奪い、口の中から金歯を抜き取り、喜々として荷車に積んでいた。

曠野《こうや》の風に焼けた彼らの顔に歯だけが、白く光っていた。

ソ連が日ソ中立条約（一九四一年締結）を一方的に破棄して、日本に宣戦布告したのは昭和二十（一九四五）年八月八日である。

九日の未明、ソ連軍機は早速、牡丹江市上空に現れ、駅付近に二つ三つ爆弾を落として宣戦布告の証明をしてみせた。迎え撃つ友軍機はなかった。

これは満洲に住む日本人にとっては寝耳に水であった。なにしろ満洲国政府はラジオを通じ「ソ連が宣戦布告した相手は日本国であって満洲国ではない。満洲国は五族協和を提唱する理想国家である。ゆえに満洲国居留民は静謐《せいひつ》を旨《むね》とし、みだりに騒いで敵を刺激しないことである」と荘重な調子で言いつづけていたのだから無理からぬことであった。

ところが夕方になると、つけっ放しのラジオから臨時ニュースが流れ、それはこう言った。

「梟《きょう》ソ遂にわが国境を侵犯し来《きた》る」につづけて、「われに関東軍百万の精鋭あり、ゆえに満洲国は不滅なり」と叫んだ。

その途端、停電となり、街中が真っ暗になった。雨までが降り出してきた。

しかし民衆は牡丹江駅に集結し「避難列車を出せ！」と口々にわめいた。その数五万か十万か、とにかく押し合いへし合いの群衆で駅前広場は埋まっている。

突然笛が鳴り、何事かと見ると、赤い腕章をつけた数人の憲兵に守られて軍人やその家族の一行が使用人もろとも登場した。

「なんだと。この期におよんで軍人様ご一行がお先に失礼しますはないだろう」

同じ言葉を群衆は口々に発し、それは怒号となったが、馬耳東風とばかりに、軍人、満鉄職員とその家族たちはまるで引っ越しでもするように、家財道具一式をリヤカーに載せて罷《まか》り通っていく。

「お前ら！　それでも軍人か。軍人なら軍人らしく最後まで残って戦え！」

「なにが関東軍百万の精鋭だ。精鋭が逃げるとは笑わせるぜ」

この一言に群衆は勢いづいたが、

「こらあ、許可証なき者の無断乗車は許さん」

憲兵の威嚇《いかく》によって蹴散《けち》らされた。

「許可証？　そんなくだらないこと言っている場合か。さっさと乗せろ！」

憲兵は腰の拳銃に手をかけ、がなる。

「避難列車に乗る順番は、まず軍総司令部の将官とその家族、つづいて佐官とその家族、尉官とその家族、その次に満鉄社員家族。一般人はそのあとだ」

啞然《あぜん》として群衆は一瞬黙り込んだが、軍人たちの列は延々とつづく。

「国民を見殺しにする気か。卑怯者！」

と口々に叫び、そのあとは怒号と悲鳴で牡丹江駅は阿鼻叫喚の渦となった。

「帰りましょう。こんなところで避難列車を待っていたら永久に乗れないわ」

母は私と姉の二人を連れて家に帰った。

それにしても間の悪いことに、一家の大黒柱である父は四日前から新京《しんきょう》（現・長春《ちょうしゅん》）に出張中で留守だった。日本海の制海権をアメリカに奪われ、酒の原料である上質の白米の入手が困難になった。そのことについての酒造組合の理事会があり、それに出席していたのだ。

ソ連軍戦車隊がソ満国境を越えて侵攻してきたという流言飛語《りゅうげんひご》が飛んだが、すぐにそれは事実だと分かった。ソ満国境といえば牡丹江から東へたったの一五〇キロである。二日もすれば、ソ連軍のあの長い砲身を突き出した戦車軍団が目の前に出現するであろう。そうなればたとえ鉄道の線路を張り渡した天井の堅固この上ないわが家の防空壕であってもひとたまりもなく踏みつぶされるであろう。また、いつソ連軍機の爆撃があるかも分からない。

どうする？　逃げなくては。

と母は考えたのであろうが、頼りの夫は留守であり、もはや連絡も取れない。自分一人で決められることではないが、今は一分一秒を争う事態である。自分が決めなくては。

母は会社の幹部たちを雨上がりの中庭に集めて、言った。

「ここにありったけの現金を集めてあります。これをみんなで分けて、それぞれ生きる道を探して逃げてください」

「奥様、それはできません。私たち番頭としては、この防空壕にこもって社長のお帰りを待ちます」

大番頭のこの言葉に、みな賛同の声をあげた。

「お母さん、お父さんの帰ってくるまで待っていなくていいの？」

姉は十四歳。思春期特有の潔癖さだ。

「とにかく逃げるのよ。生きていれば、父さんがきっと私たちを探してくれるわ」

「そんな薄情なことがよくできるわね」

姉は軽蔑もあらわに言った。

その時、若番頭の一人が大地に耳をつけて、言った。

「戦車のキャタピラーの音がする」

「まさか」

大番頭も地面に耳をつけた。

「うん。確かに聞こえる。ソ満国境には国境警備隊がいるはずだが」

「そんなものは一瞬で蹴散らされてますよ」

姉は突然、声をあげて泣き出した。それにつられて女たちがすすりあげ、そのあとに男たちの嗚咽をこらえるうめき声がつづいた。

会議はそこで打ち切られたが、みな肩を落としそそくさとその場を去っていった。

翌十日、母は朝から出かけていたが、昼過ぎに帰ってくると、私だけにこっそりと、

「もう大丈夫よ。関東軍に話をつけてきたから。明日は絶対に避難列車に乗れるわ」

と言うと、つづけて大きな声で、

「さあ、みんな逃げ支度をしましょう」

女中たちにも手伝わせ、自分の服や私や姉の服の裏地をはがし、襟や袖や胸のあたりに現金を縫いつけ裏地で隠していった。それは夜を徹して行われた。

八月十一日、午前十時のことであった。

その日、空には雲一つなかった。

私は一人、庭で遊んでいた。庭といってもわが家のそれは材料を運搬するトラックが通るコンクリートの、半ば道路であった。ゆえに門も観音開きになっていて、頑丈な板作りの門扉を開けばトラックが楽々と通過できるほどの幅になる。その門の近くのコンクリートの上に、私はのらくろ上等兵の顔をローセキで描いていたのであるが……。

北の空から爆音が聞こえてきた。いまだかつて聞いたことのない、底鳴りのする音だ。

私は振り返った。

見ると、飛行機が、プロペラの四つついた爆撃機が、十数機、怖くてかぞえることもできない。きちんと編隊を組んで、こちらへ向かって来る。その翼に日の丸はついていない。

「敵機だ」

背筋が凍り、足がわなわなとふるえた。

編隊を組んだ爆撃機は真っ青な空を背景にキラキラと銀色に輝いていた。翼がきらめき、胴体が光った。まるでガラスの玩具のようであり、真昼の星のようであった。息をのむ美しさ。私はよだれを流さんばかりに、まぶしい夏の空を見上げていた。硬直した身体をふるわせながら。

爆音はものすごい音の塊になった。大地までが震えあがるほどの轟音。もはや耳はなにも聞こえない。轟音に支配された静寂。

やがて先頭の爆撃機が大きな鷲のように翼を広げ、私のほぼ真上にまで来た。

「あれ？　あれが爆弾なのかな」

爆撃機の腹から出された、鹿のフンのような黒いものが一つ二つと落ちてくる。私に向かって落下してくる。

鹿のフンはまさしく爆弾であり、爆撃機は尾翼をゆっくりと旋回させながら、進行方向に向かって斜めの線を描き、私の上を通りすぎた。

「逃げなきゃ」と思ったが、動けなかった。

その瞬間、鼓膜も破れそうな大音響。私はあわてて両耳を押さえたが、そのまま玄関のあたりまで吹き飛ばされた。頑丈なはずの門扉がはずれてひしゃげていた。

ソ連軍爆撃機の目標はわが家の道路一本南側にある陸軍の兵器庫であった。道のむこうには真っ赤な火柱が立ち、黒煙がもうもうとあがっていた。

私は家の中に転がり込み、大声で母を呼び、白い割烹着姿の母の胸に飛び込んだ。

爆撃はしばらくつづいた。家は揺れ動き、窓ガラスは割れ、棚から花瓶が落ちた。壁が崩れ、砂埃《すなぼこり》がもうもうとあがっていた。

こんどは西の空に爆音がして戦闘機が一機現れた。その戦闘機はにわかに高度を下げ、こちらへ向かってきた。

逃げようかと思った時、戦闘機からひらひらと白い雪のようなものが降ってきた。みな、はしゃぐような気分でそれを追い、地面から拾った。手のひらの大きさの紙だった。そこには日本語で文字が印刷されてあった。

「日本国民に告ぐ！　日本国天皇は明日にも、国体護持を条件にポツダム宣言を受諾するだろう。すなわち日本は敗《ま》けたのである。真に愛国心あるものはただちに抗戦を停止し、ソ連に降伏せよ。然して母国を救え」

戦闘機はしばらく上空を旋回していたが、いつしか消えた。

こんな紙が空から降ってくるようでは、いよいよ日本もおしまいだなと、子供の私にも分かった。

母はタンスから伊達締めを取り出すと、中の芯を抜き、そこに札束をぐいぐい押し込んでいった。それを三本作り、一本は私の腹に巻き、あとの二本で私をたすき掛けにした。

「こんな小さな子がこんな大金を持っているとは誰も思わない。最高の隠し場所よ」

重さで私はぐらりとなった。

それを上着で隠した。

そこへ姉が入ってきた。

「お母さん、逃げ支度してるのね」

「そうよ。今夜、関東軍の兵隊さんが避難証明書をもって迎えにきてくれるの」

「よくもそんなに頭が回るわね。駅前にあんなに大勢の人たちが避難列車を待っているのに、それを出し抜いて、軍用列車に紛れ込もうっていうのね」

「いけないかしら？」

「卑怯よ。卑劣よ。恥を知るべきだわ」

「あんたは学校に行っていて今朝の猛烈な爆撃に遭っていないから、そんなのんびりしたことが言えるんだわ。じゃ、避難列車に乗れなかったらどうするの？　線路を歩いてハルビンまでいくの？　そしてソ連軍戦車の下敷きになるの？」

「お母さん、うしろめたくないのかしら」

「戦争は生きるか死ぬか、結果がすべて。第一、いざ戦争となったら、日本国のために戦うべき関東軍がいの一番に逃げ出しているじゃないの。あの人たちの罪に比べたら、私たちのしていることなんて可愛いものだわ」

「お母さんには愛国心や日本人の誇りはないの」

「そんなものは生きのびてから考えても間に合うわ。今は逃げることよ。それが最大の知恵よ」

夜の八時――銃を携え背嚢《はいのう》を背負った関東軍の兵士が二人、私たちを迎えにきた。

「さ、みんな脱出よ。急ぎましょう」

母は幹部連中にむかって言った。

「いえ、私はここに残って社長の帰りを待ちます。どうせ満洲の土になるつもりで渡ってきたんですから」と大番頭が言う。

白鉢巻きを締めた姉はきりっとした目で、

「私もイヤだわ。お母さん、お父さんの帰ってくるまで待つのが家族愛というものだわ。お父さんがあまりにかわいそう」

「私たちがここで死んだらお父さん、もっとかわいそうじゃないの」

「じゃ、みんな逃げてよ。逃げなさいよ。私は竹槍でソ連軍と戦うわ。敵の兵隊を一人でも倒し、戦車と戦って死ぬわ」

バシッ！　母は姉の顔を思いっきりたたいた。

「うろたえるのもいい加減になさい。あなたたちをここで死なせたら、お父さんに合わす顔がないわ。あなたたちをお父さんに会わせるまでは、私だって死ぬわけにはいかないのよ」

姉は竹槍にすがったまま、へなへなとその場に坐りこんだ。

「さ、早く。あなたも支度をしなさい」

姉は自分の部屋に行き、リュックサックを背負って来た。

こうして私たちは愛する家を後にした。

たぶんもう二度と戻ってはこられないだろう。

出発したのは母と私と姉と女中たち三人。あとの男たちやその家族は残った。振り返るとレンガ造りのわが家は大きな廃墟のように闇の中にそびえていた。

牡丹江駅は敵の攻撃目標になっているという理由で、列車は人里離れた原野から出発するのだという。道は真っ暗闇で、道端に転がっている馬の死骸は緑色の燐光を放っていた。兵士が懐中電灯を上に向けると、朝鮮松の枝には死体がぶらさがっていた。兵士は言った。

「満人《まんじん》の暴動でやられたものでしょう」

そんな道を一時間ほど歩いた。

牡丹江の街はあちこちに火の手が上がって、夜空を赤く染めて燃えていた。

「関東軍が機密書類を焼いたり、橋や鉄橋を爆破してるのですよ」

やがて、暗闇の中に、息をひそめて八輌編成の列車がうずくまっていた。列車の窓には明かりもついていなかった。列車が噴き出す蒸気が夜目にも鮮やかに白かった。

避難列車とはいうものの、要するに軍人逃走列車の八輌目の最後尾の座席が私たち六人に与えられた。進行方向に向かって右の二席だ。

列車は汽笛も鳴らさずに動きだした。群衆に気づかれないよう夜陰に紛れて、という態だ。

斜め前の席には、軍人がやけにふんぞり返って坐っていた。いかめしい顔に口髭をたくわえ、軍帽、金筋二本に星一つ、少佐の襟章《えりしょう》のついた軍服に身をかため、ピカピカの長靴を履いた軍人が白い手袋をはめた両手を軍刀の柄に乗せ、苦虫を嚙みつぶしたような顔をしていた。時々、ごほんと咳《せき》などをする。その度に列車内は静かになった。その静かな空気を支配するものは規則的なリズムで線路を走る車輪の音だけ。あとは暗い表情の顔、顔、顔……どの顔もうしろめたさに歪《ゆが》んでいた。

八月十二日の朝、私が一命をとりとめ気を失った、あのソ連軍機の機銃掃射のあった時だ。

ごほんと一つ咳をしてわれ先にと逃げ出したのはこの少佐だった。

私が意識を回復した時、少佐は自分の席に戻っていたが、軍服は土と埃にまみれ軍帽には雑草が数本からんでいた。

列車が横道河子《おうどがし》の駅に入り、止まった。

すると少佐はぶるぶると身体を震わせ、

「もう、わしには我慢ができん」

と突然立ち上がり、出口に向かった。

列車から降りた少佐は、長靴を履いたままホームの石畳の上に、列車に向かって正座し、軍服の金ボタンを素早くはずし白いシャツの前を開くと、やにわに軍刀を抜いて左脇腹に突き刺した。そして左から右へと刀を苦しげに引き、そのあと前にぐったりと倒れた。

むごたらしいものを見たと私は思った。

軍隊というものはいざとなったら真っ先に逃げ出すものである。実のところ国民のことなどなにも考えていないのだ。国民のために戦わない軍隊にいったい存在価値があるのだろうか、と七歳を目前にした六歳の私がはっきりと言葉で考えたわけではないが、それとまるまる同じ想念が頭に充満していた。だから、切腹自殺した軍人にたいして同情の念など一切湧いてこなかった。

私が生まれたのは昭和十三年の九月二日の夜八時のことで、予定日を数日後にひかえていた頃、母は私の姉である娘と一緒に夜の街を歩いていて、おしゃべりに夢中になり、マンホールの蓋がはずれているのにも気がつかず、すっぽりとそこへ落ちてしまったのだそうだ。家に帰ると、マンホールに落ちたショックも手伝ってかにわかに産気づき、そして私が生まれた。その時、柱時計がぼんぼんと八つ鳴ったという。

父は三十八歳、母は三十四歳、私より十四歳上の兄と七歳上の姉がいる。父と母が二人の子供を連れて、北海道の小樽《おたる》から船で満洲に渡ったのは昭和八年のことであった。その頃の牡丹江は草茫々《ぼうぼう》の荒野であったが、関東軍の計画通り、ソ満国境に近い軍都がみるみる出来上がり、父の醸造業は関東軍の引き立てもあって、昭和十一年には二千石の石高を誇り、満洲紳士録にも載っている。家族の欄に私の名前はない。まだ生まれていないから当然であるが。

というわけだから、幼年期の私はまったくなに不自由のない、まさに揺り籠の中で飴をしゃぶり、それに飽きたらうたた寝をするといった、まどろみの中にあった。

とはいえ、牡丹江の日本人街は四方を中国人の住む街に囲まれていて、危険もあり、決して自由ではなかった。だから、私には近所の餓鬼どもとチャンバラなどをやって遊びふざけたという経験がない。いつも家にいて、姉の友達なんかに混じってはじきやお手玉、綾《あや》取りをやるおとなしい子供だった。軍国少年らしい教育はまったく受けていなくて、軍歌も知らなければ、英雄的軍人の名前も知らずにいた。

昭和二十年の春には小学校へ入ったが、習った歌といえば、校歌と『わたしたち』くらいのものだった。夜、食事が終わって酒が入ると、家の従業員たちが当時流行の歌、たとえば『国境の町』『誰か故郷を想わざる』などを歌って涙など流していたが、私には日本という母国のイメージがうまく結べなかった。日本の学校唱歌も習ったが、そこに描かれている自然があまりに自分のまわりの景色とかけ離れているので、なんの感興もわかなかった。日本とはそんなにもいい国なのかという憧れは確かに抱きはしたが、すぐに忘れる程度のことだった。つまり私にとって満洲牡丹江こそが自分の生まれ育った故郷であり、日本という名の母国はいつかは行くかもしれないが、永遠に訪れないかもしれない夢の国だった。

文字通り、私の幼年期は時の流れのない、おぼろなうたた寝の時期だった。夜は朝鮮人の若いお守りの乳の出ない乳房に甘えながら眠る。そんな甘美な夜が唯一の楽しみだった。

それが、八月九日の朝、いきなり！　枕を蹴られてたたき起こされたのである。

その時私は、自分が置かれている環境というものの実態がこんなにももろいものなのだということをまず全身で受け止めた。しかしどこかでこの日の来ることを予感していた自分もあったような気がする。その理由としては、昭和二十年の五月頃から、街の辻々の電信柱に「七有八無」と書かれた紙が貼られるようになった。その意味はよく分からなかったけれど、家に大勢いる中国人の従業員たちは、「日本には七月はあっても八月はないのさ」というようなことをひそひそと話しあっていた。それからというものは、学校の往復にはかならず彼らがつきそってくれた。日本人は中国人の住む街のど真ん中に日本人街を造り、そこにふんぞり返っていたのだが、一皮むけば、雲霞《うんか》のごとき中国人に取り囲まれ、小島のようなところで暮らしていたようなものだから、ちょっと冷静になってみれば、心細いことこの上ないことに誰もが気づいたことであろう。そんな気配が「七有八無」の貼り紙を見るようになって濃厚になってきていた。中国人（満人）たちは歯を見せて笑うようになった。

そしてついに来たのが、八月八日のソ連による日本への宣戦布告であり、それにつづく牡丹江駅周辺への爆撃であった。

三日後にはソ連軍爆撃機の爆弾をこの目ではっきりと見、恐怖に立ちすくみながら爆風に噴き飛ばされて、人間の無力と非力、戦争と暴力の凄《すさ》まじさを知った。

その夜、避難列車に潜り込み、人間の愚かしさが演ずる芝居を観た。命のはかなさ、現実のむごたらしさ、泣くことの空しさ、残酷、利己主義、浅ましさ、虚栄と欲望。これが人間なのかと私はこの生き物を初めて見るような感動を覚えた。良くも悪くもだ。

その翌日は、ソ連軍機の機銃掃射に遭《あ》い、私はかろうじて命拾いをしたが、戦場にあっては生きるか死ぬかは幸運とか不運には関係なく、まったくの偶然でしかないということを知った。また母とはいえ、あの強烈な恐怖の前では判断も狂い、わが身一つで逃げるような真似もするのだということを知った。

このたった四日間で、私は突如、幼児から少年になった。いや少年どころか、疲れても腹が減っても泣き言一つ言わない、しっかりした大人以上の大人になった。

ソ連軍機に銃撃されたショックと死んだ家族や軍人たちを窓から外へ捨てて逃亡しているわが身の浅ましさに、みなげんなりして口をきく者とていなかった。外気はさわやかなはずなのだが窓を開けることはしない。機関車の煤煙《ばいえん》と疾走《しっそう》する列車が巻き上げる黄塵《こうじん》が遠慮会釈なく入ってくるからだ。しかもこの避難列車は便所にまで人を詰め込んでいるから、男も女も小用を窓からやって済ませた。その飛沫《ひまつ》が飛んでくることもある。

突然、列車が激しいブレーキ音をきしませて急停車した。

車内には、また敵機来襲かという緊張が一瞬走ったが、誰も動こうとしない。

母は窓を開け、前方を見た。私も母の下から首を出して見た。機関車と八輌の客車が見事に一直線をなしていて、機関車の先には、日光にきらめく二本の線路が果てしもなく遠いところまで延びていた。

その時、機関車から、たぶん機関士だろう、黒い帽子に黒い服を着た男が二人、飛び降り、逃げるように列車から離れ、懸命になって丘を駆け上がっていった。

「ソ連機が来るんだわ」

と母はつぶやいた。

「そうだよ。きっとそうだよ」

私もそう直感した。

抜けるような夏空の青、風もない。まるで絶好の爆撃日和のようなこの静寂の中に、私もなにか不吉な予感がして戦慄した。私はすでに昨日までの私ではなかった。自分の意志で逃げるという自覚を持った少年になっていた。

「みなさん、ソ連機が来ますよ」

と母が叫んでも、みなこちらを怪訝《けげん》そうな顔で見ている。人間の危機感のなさというものはこんなにも根深いものなのか。

「さっ、みんな早く逃げるのよ。荷物を持って」

あたふたとしているのは私たちだけだった。

私はこの時、誰よりも早く出口に向かった。母と姉と私は、半信半疑でついてくる女中たちにはかまわず丘を駆け上り、わずかにひらけた丘の上に立った。機関車から立ちのぼる煙はゆっくりと空に向かっていた。

太陽は中天にあり、ものの影がなかった。

とその時、一度聞いたら忘れられない、ソ連軍機の爆音が、かすかにだが聞こえてきた。

はるかかなたの地平線までつづく二本の線路のその上空に、小さな小さな三つの黒い点が現れ、それはゆっくりとこちらに近づき、大きさを増してきた。

爆音に気づいたのだろう、列車の中から、大勢の人が蜘蛛《くも》の子を散らすように逃げ出した。

しかし、西の空に現れた三つの点は、やがてはっきりと双発のプロペラを備えた三機の戦闘機となり、縦にならんで一直線にこちらに向かってくる。そして列車を標的として捉えたとみるや、いきなり機首を下げ、獲物に襲いかかる鷹のように下降しはじめた。爆音は大地を揺るがし、草木をなびかせた。

「さあ、もっと上へ逃げるのよ。こんなもの見るものじゃないわ」

丘の頂上へ出ると、向こう側は遠い山並みの裾に至るまで、一面、真っ黄色な向日葵畑《ひまわり》だった。息をのむほどの美しさだった。

背後ではプロペラの放つ爆音と激しい機銃掃射の音が聞こえた。

私たち三人は向日葵畑に身を投げ出し、開墾された軟らかい土にまみれながら、身動きひとつしないでいた。

ソ連軍機の執拗《しつよう》な攻撃はつづいていた。逃げ惑う人々の悲鳴が聞こえる。硝煙《しょうえん》の臭いがここまでつたわってくる。

向日葵の花を見上げながら母が言った。

「きれいだわね。この景色は一生憶えておきましょうね」

「私も忘れないわ」と姉も言い、つづけて詩でも朗読するように声をあげた。

「私は大地に寝転んで、目の前に向日葵の花があって……」

「大きな大きな向日葵の花がいくつもあって……」と私もあとにつづく。

「私も向日葵となって太陽を追いかける……」

母までが参加する。

「青空があって、お日様があって……」

「飛行機の爆音も機関銃の音もまぼろしのように消え果て……」

「私たち親子三人は、大地に深々と抱かれている……」

「ぼくは向日葵の種をとって食べた」

私の言葉にみな笑った。

「昭和二十年八月十二日、正午。横道河子の向日葵畑にて」

と姉が締めくくった。この日は、私にとっても記念日だった。私が無自覚の幼児から自覚ある少年になった日でもあった。その時、爆音を轟かせて三機の戦闘機が、私たちの真上を、手をのばせば届きそうなところを通過していった。

それっきりソ連軍機は戻ってこなかった。長い長い機銃掃射がやっと終わったようだ。

丘から下りてみると、人々のどなり声や泣き声がみちみちていた。逃げ遅れた人の中から多数の死傷者が出ていた。客車は屋根といわず車体といわず床も穴だらけで、窓ガラスもほとんどが割れていた。機関車は、穴の開いた胴体のあっちこっちから湯を噴き出し、もはや動ける状態ではなかった。

この先をどうするか。軍人たちは相談し、使いを走らせたり無電を打ったりしていた。

私たちの乗っていた最後尾の客車は病院車として、そこに怪我人を全部集めた。医学の心得のあるものは全員駆り出された。この先どうなるのか分からない、まるで置き捨てられたような時間を利用して死人の埋葬《まいそう》にあてた。

母は死人の顔を洗ってやり、埋葬の手伝いをし、姉は怪我人の治療に汗を流していた。女中たちもそれを手伝った。私は伝令係として、文字の書かれた紙切れを持って走り回ったり、薪《まき》拾いに精を出した。

満洲の夏は雨期である。昼間は輝くような好天であっても、夜になると気温は下がり冷たい雨が降った。穴だらけの屋根から雨水が容赦なく流れ落ちてきた。

空腹に耐え、寒さに耐え、じっと身をちぢめて雨水から逃れようとするのが精一杯だった。時々、雨水を両手に受けて、飢えを癒すかのようにそれを飲んだ。

割れた窓ガラスの外には死人たちを埋めた土饅頭《どまんじゅう》が丘の傾斜を埋めるようにしてならんでいた。その土饅頭から死臭がただよってくる。死の匂いは雨の匂いよりも深い。雨に濡れた土饅頭の上にぽっと鬼火が立つ。

ああ、夜が泣いている。満洲平野の至る所で、夜が嫋々《じょうじょう》と泣いている。そよとも風がないのに、夜のすすり泣きは底冷えのする夜気のように忍び寄ってきて、私の体にまとわりつく。

寒さの中で、ぐっしょりと濡れそぼち、夜の泣き声を聞きながらいつしか眠った。

朝はまた昨日と同じような快晴だった。

みな山の中へ入り、灌木《かんぼく》の茂みに隠れるようにしてしゃがみ込んだ。排便のためだ。横を見れば他人の顔があった。羞恥心なんてものはとっくに失っていた。

牡丹江からハルビンに向かう浜綏《ひんすい》線は完全な複線になっていなくて、たまたま私たちの列車がソ連軍機に襲撃された場所は単線区域だった。だから後方から応援の列車がやってきても、私たちの列車自体が邪魔になって前に進めない。そこで、かわりの列車は前方から来る予定になっている。それをみな、今や遅しと待っている。一刻も早くここから逃げ出したい気持ちをようようこらえながら。

午前十時、遠くのほうから汽笛が聞こえた。それに応えるかのように、こっちの機関車も汽笛を鳴らした。みんなも歓声をあげた。

やがてゴトリゴトリと線路を鳴らす車輪の音が聞こえてきた。それはトロッコの音にも似て軽々しいものだった。

列車の影は近づいてきたが、どう見ても客車には見えなかった。それは石炭や材木を運ぶための無蓋《むがい》車だった。

「おいおい、無蓋車かい。俺たちは石炭並みか」

「旅行じゃないんだから、文句を言ってもしょうがない。とにかく一歩でも先へ逃げなくては」

みな口々に不満を並べそれをみずから訂正し、避難列車から、ムィという記号の打たれた無蓋車に乗り移った。十輛のうちのたった一つ五輛目に有蓋車がついていた。といっても馬などを運ぶためのものらしく窓などはついていなかった。最初、高級将校たちがそれに乗るといってきかなかったが、ようようなだめて病院車に当てた。それにはヤィという記号がついていた。

私たちは無蓋車に乗り移ったが、客車に比べたらはるかに小さいから、百人も乗ればもうすし詰め状態だった。むろん椅子などあろうはずもない。私たちは床一面に石炭の屑がしみついた黒々とした床に坐り、箱枠によりかかった。

それでも嬉しいことに列車は走りだした。

するとなんと、当たり前のことながら、風がもろに顔に当たった。速度を上げると黄塵が舞い上がり、それも風とともに顔に当たる。目も開けていられない。

やがて列車は汽笛を鳴らし、トンネルに入った。目の前が真っ暗になった。煤煙《ばいえん》がすごい臭いとともに襲ってくる。うつむいて袖の下に顔を埋め、息を殺していると、煤煙は頭のまわりで渦を巻いた。

長いトンネルだった。

あたりが明るくなったのを確かめてから、深い溜め息をつき、深呼吸をした。

ところが見る顔、見る顔のすべてが真っ黒だった。私は母の顔を指差して笑った。母も私と姉の顔を指差して笑っている。見渡せば、無蓋車に乗った人々の顔はどれもこれも真っ黒だった。みんな他人の顔を見、自分の手を見てその黒さを確認すると、あとは声もなく笑うだけだった。誰が誰やら分からず、目だけをぎらぎらと光らせ、口の中がやけに赤く、そして歯の白い人間が、一様に肩を揺すって笑っていた。

なんという醜怪《しゆうかい》な風景だろう。

八月八日にソ連の宣戦布告を受ける前までは、泣く子も黙る関東軍といわれた軍人たちがこのざまである。またその威をかりて中国人などを人とも思わず威張るだけ威張っていた日本人が、今やおろおろと逃げまわり、屋根のない無蓋車に乗って、石油缶で用を足している。石油缶が頭の上を通ると、ピチャピチャと黄色い飛沫が落ちてくる。もはや軍人もなければ高級将校もない。みんなただの真っ黒けの亡者《もうじや》である。

戦争を始めた人もそれに賛同した人も、みんな真っ黒けになって地獄へのトンネルへ墜ちていってしまえばいい。

第二章　見棄てられしものとして

死こそ生あるものであり　人間はうごめく幻である。
——W・B・イェイツ　詩「戦争時の瞑想」より

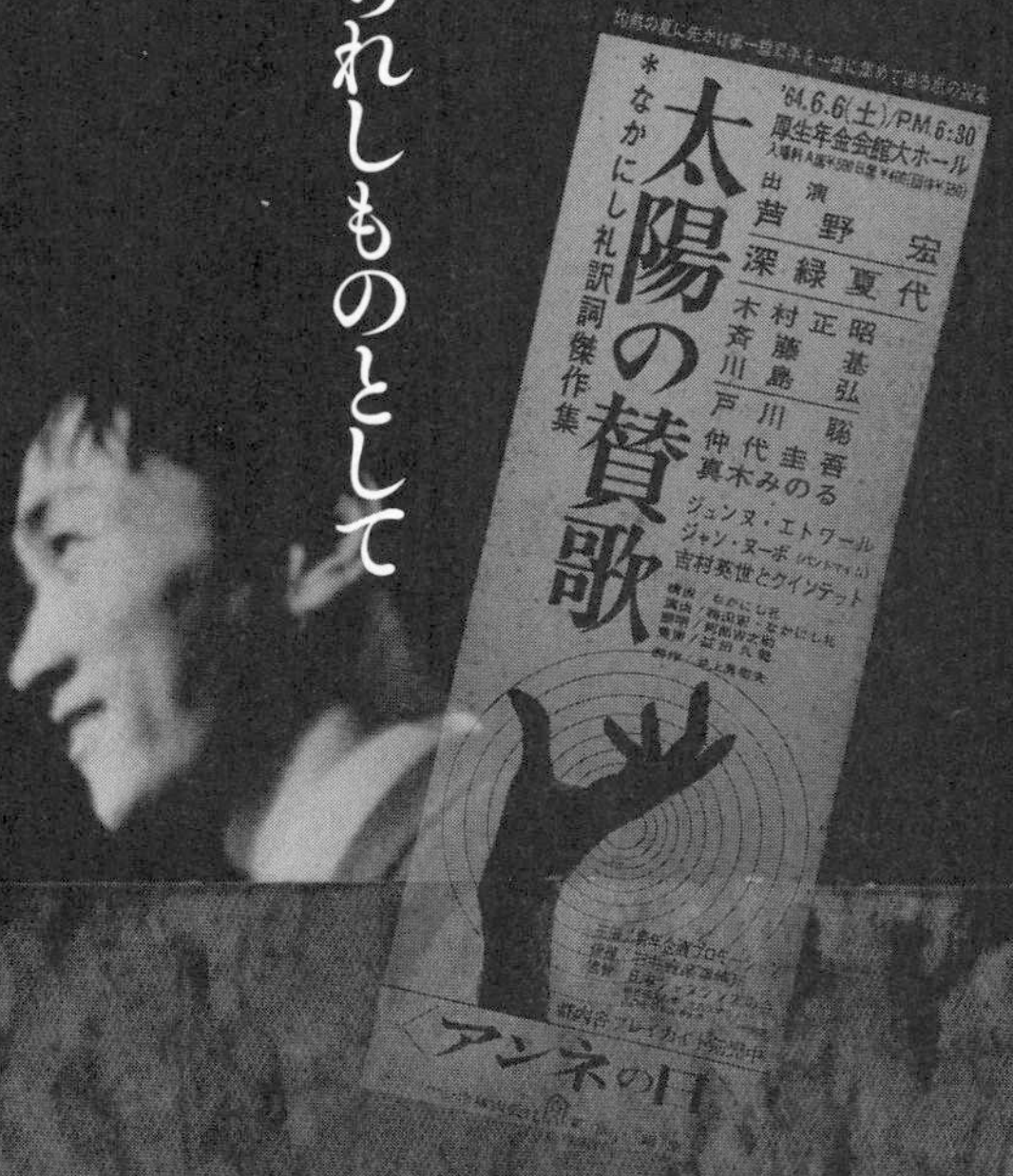

トンネルを抜けた逃亡列車は
煤煙と石炭屑と黄塵で
全身真っ黒になった
人間どもを乗せて
とぼとぼと逃げていく
眼を開ければ白目が光る
口を開けば歯が光る
もはや人間とは呼べない
醜い亡者の群れだ
かっと照りつける
真夏の太陽の下を

石炭用の無蓋車に
石炭同様の姿で
おろおろと運ばれていく
軍服をつけ武器を持っているのに
戦わない軍人たちを乗せて
卑怯列車は
身をちぢめ　声を殺して
死の影をひきながら
ふらふらと走っていく

私が詩のごときものをつぶやいていると、誰かが私の肩をたたいた。その弾みで、私は自分が最高塔の上に立っていることを思い出した。高いところで綱渡りをしている人に声をかけてはいけないとよく言われるが、まさにそれと同じことで、私は突然、恐怖心にとらわれて、今にも墜落しそうなくらいに身体のバランスを失った。思えばここは想像を絶する高所のはずだ。風が強い、気温は低い、酸素が薄い、目が眩《くら》むほどに星々が明るい。

私はきょろきょろとあたりを探した。すると、

「お疲れ様。少し休憩させてあげるわ」

ゴーストの声だった。が、姿は見えない。

「ああ、ゴースト、やっと迎えにきてくれたんですね」

「己の心の闇に降りていった感想はいかが？」

「ひやかしてはいけないよ。ご覧の通り。疲労困憊《こんぱい》、心神喪失一歩手前だよ」

ゴーストは私の背中を撫《な》でながら、

「でも深淵《しんえん》のほんの入り口でしょう？　恐る恐るのぞいてきただけかもね」

「たぶんね。この先はとても怖くて進めない」

「まだまだ先は長いと思うから、ここらで一休みして、お勉強をしましょう」

「お勉強？」

「そうよ。君は私の生徒であり、私は君の教師である。忘れてはいけないわ」

「忘れるどころか、ぼくをこんな目に遭わせるあなたを恨んでいたところだよ」

「ですから、君を地上に降ろしてあげる」

と言うと、目の前にゴーストが姿を現した。

なんと金髪に金色のバンダナをつけたゴーストがにかっと笑う。着ているものは例

の白い貫頭衣だが。

「どうしたんですかゴースト、そんな天使みたいな化粧しちゃって」

「君を迎えに来たんだわ」

「天使となって？」

「そうよ。この化粧は、まあ、呪《まじな》いってとこね」

ゴーストの背後で大きな鳥が翼を広げた。

私はびっくりして後ずさった。そんな私を笑うかのように、ゴーストは軽く身をよじると、背中の羽を自慢げに見せ、またにっと笑った。

ゴーストの背中の左右の肩胛骨《けんこうこつ》のところから白い羽が生えていた。

「本物よ」

ゴーストはもう一度翼を大きく広げてみせた。

その風にあおられて、私は最高塔の頂上で足をすべらせた。

「落ちる！」

私は落下した。冷たい空気を切って、いっそう寒さに震えながら物凄い勢いで私は墜落していく。顔の筋肉がうしろに引っ張られてちぎれそうなくらいだ。いったいどれほど高いところに私はいたのだろう。落ちても落ちてもまだ大地は見えてこなかった。ただ私の目の中から月や星や流れ星がどんどん遠ざかっていくのが分かる。そのうちあたりは真っ暗になった。その真っ暗闇を私は大地に向かって突進していた。

その時、なにか大きな手のようなものが私をふわっと受け止めた。ゴーストの手だった。

「ああ……死ぬかと思った」

「墜落の気分も悪くないでしょう？　君がどんな高みにいたのか、その証明になるのだから」

「いいよ。こんな経験はもうたくさんだ」

「私の背中に乗せてあげましょう」

ゴーストはそう言うと、私の手を取り、ひょいとばかりに私を自分の背中に乗せた。

ゴーストは大きな鷲にも似ていた。両の翼は力強くはばたき、風を切り、星のきらめく夜空を突き進む。私はゴーストの髪の毛にしがみつき両足でゴーストの胴体をしっかりと挟んだ。

私はうしろを振り向き、自分が立っていた最高塔の高みを思ってぞっとした。

「これくらいのことで恐れおののいていたんじゃいけないわ」

「えっ、どういうこと？」

「もっともっとはるかな高みへ登らなくてはならないってことよ」

「なぜ？」

「高いところへ登れば登るほど己の暗黒の底知れぬ深さが見えてくるということかしら。そのためには、もっと高く、もっともっと高く登らなくてはならない。そして最後には自分の頭の上にまで登ってみせるのよ」

「それって、聞いたことがあるな」

「ニーチェの言葉よ」

「ツァラトゥストラだね」

「そう。すなわち、最高塔の高さは闇の深さに匹敵する」

「そのあとに確か、最も深いものから出て、自分の最も高いものにいたるのでなければならないって言葉があったね」

「それが分かっているなら、なにも恐れるものはないじゃない」

「怖いんじゃない。つらいんだ」

「それが君の至福のヴィジョンになる日が来るのよ。あとは君の創造力よ」

私はゴーストの襟足に口を近づけてちょっと甘えた。

「ああ、いい匂いだ」

「ダメよ。その気にさせようたって、目下、超音速で飛行中なんですからね」

「あなたはなぜ飛べるんですか？」

「修業の賜物《たまもの》よ」

「というとどういうこと？」

「この世の悪の最大の根源は重力だということ。重力があるために、すべてのものは落下する。すべてのものが下降する。すべての川は低きに流れる。すべての人間は墜落する」

「と言ったのはむろんニーチェだね」

「そうだわ。その重力を精神からも肉体からも抹殺することを修業するのよ」

「そんなことできるのかな？」

「ニーチェにできたことがなぜ君にできないの」

「あまりに非科学的だからさ」

「あなた、科学なんかを信じているわけ？　人間の肉体と精神と魂には科学が解明できないことが山ほどあるじゃないの」

「宇宙も人間の歴史も神秘と謎だらけだ」

「肝心なのは想像力と意志よ、集中力と熱度よ。そしてその持続力よ。つまりは知力よ。理力よ」

私にはゴーストがなにを言っているのか、もはや分からなかった。

「重力を抹殺すると、心も体も軽やかになる。つまり飛べるようになるのよ」

「ニーチェは〝超人〟を唱えた超絶知性の十九世紀ドイツの哲学者だよ」

「ドイツ人じゃないわ。ヨーロッパ人よ」

「でも、ぼくたちはアジア人であり日本人だ」

「ニーチェは未来の人間に向かってものを言っていたのよ、ヨーロッパもアジアも関係ない未来の全人類に向かって。だから同時代の人には理解されなかった。だけどその未来の人間が私たちじゃないの。私たちが実行しないでどうするの。飛ぶのよ。時空を超えて自由自在に軽々と行きたいところへ飛行するのよ」

ゴーストは熱弁をふるった。しかしそこには一片の迷いもなかった。しかもゴーストはこうして大空を飛行している。私にはそれを否定する根拠はなにひとつなかった。

「ねえ、ゴースト、今度はぼくをどこへ連れていくつもりなの？」

「君、分からない？　私たちが今、西に向かって飛んでいることが」

「西？　それがどうしたの？」

「つまり時空を超えて飛行しているということ」

「空間を飛行しているのではなく、時間をも超えて飛行しているということ？」

「そういうことね」

そうか。それでやっと私にも納得がいった。なぜなら先程からなんども夕空が現れ、それを超えると星空が出現する。そして朝焼けがきて、正午の真昼がくる。なにか時間が逆に流れているような違和感に捕らわれていたからだ。

「そうか。バック・トゥ・ザ・フューチャーか」

「フューチャーじゃないわ。バック・トゥ・ザ・パスト。過去へのタイムトラベルよ」

そういえば、私たちの後方にあたる東の空から太陽が昇り、あっという間に私たちを超えていき、西の空に沈んでいく。それをなんどもなんども繰り返すのだが、太陽の沈む方向は確実に北側に傾いていく。

「ほら、ご覧なさい。雲海よ」

下を見ると一面、白い雲の海だ。

「右から左にゆっくりと渦を巻いているわ。雲の下はきっと嵐でしょうね」

ゴーストの一言で、私たちは雲のはるか上を飛行していることが分かった。

「さあ、スピードを上げるわよ。しっかりとつかまって！」

私は言われた通りゴーストの体に手をまわし、貫頭衣の上からではあるが、二つの乳房を左右の手のひらにしっかりと握った。ゴーストはなにも言わなかった。

雲の海はなかなか終わらなかった。

「この雲を突っ切って飛べないの？」

「雲は飛行するものにとって非常な障害物なの。無理をすると翼を痛めたり、墜落したりするわ。だから……雲の上で一休みしましょう」

ゴーストの声は鼻にかかって艶っぽかった。

「雲の上で……？」

ゴーストは私を胸のほうにまわして抱きしめ、そのまま雲の上に翼を大きく広げてうしろ向きに倒れ込んだ。雲はふわりとゴーストの体を受け止めた。私たちの体は軽く上下している。私はウォーターベッドに寝た時の感覚を思い出した。うん。まさしくあれに似ている。

「では、吐息の交換をしましょう」

ゴーストはどこに隠し持っていたのか、吐息の交換マスクを取り出すと、一つを私に与え、自分はもう一つを顔につけた。私もそうした。

「君の魂をもっと強靭《きょうじん》にするために、吐息の交換をつづけなくては……」

私たちはゆっくりと呼吸し、吐息を交換していった。それは甘く、猥褻《わいせつ》で、全身がわななくような快感に満ちていた。

「さあ、入っていらっしゃい」

ゴーストは貫頭衣の裾をたくし上げ、下半身をあらわにした。むっちりと張り切った小麦色の下腹部と腿《もも》が、ゆっくりと左右に開いた。

私は一つの反応体となって黒い草花に縁取られた薔薇の鍾乳洞に入っていった。抱きあった私たちの体は雲のベッドの上でふわふわと頼りなく揺れた。雲はゆっくりとだが時計と逆回りにまわっている。まるでメリーゴーラウンドのようだ。それもまた新しい官能を呼んだ。肉体を繋《つな》ぎ合わせた状態で吐息の交換をする、これこそが本当の魂の交歓というものであろうと私は深く確信した。

ゴーストの鍾乳洞は露に濡れ、上下左右の壁は生き物のようにうごめき、私の反応体をもてあそんだ。

「今日は、涙をこぼしてもいいんでしょう？　泣きはしないけど」

「もちろんよ。この抱擁《ほうよう》は君を慰労するためですもの」

私たちは交換マスクを通して、むせるような吐息を混ぜ合い、濃厚な接吻を交わした。

「雲の下は嵐のようね。雷の音が聞こえるわ」

私は『田園』（ベートーヴェンの交響曲第六番）を思い出し、

「嵐から逃げ惑う人々まで見えるようだね」

「そう。そんな地上世界に背を向けて、私たちは雲の上の『小川のほとり』（同第二楽章）で神々の悦楽を愉しんでいるんだわ」

私は最高塔に立って、忘れるべきものとして記憶喪失の暗闇に押し込んでいた自分の過去の一時期を、その封印をはずして見た、それはかつては「絶望」であったが、こんど見たそれは「ふたたびの絶望」だった。私は悲しみにうちひしがれていたので、泣くような思いで、自分の涙のすべてを噴き上げる噴水のようにして、鍾乳洞の中に撒《ま》きちらした。

「泣きなさい。いいのよ。いつまでも」

私はゴーストの上にあって、ただただうちしおれていた。ゴーストは私の反応体を鍾乳洞で優しく愛撫《あいぶ》し、私の全身をも両手でくまなく愛撫しつくしてくれた。

あたかも交響曲の流れに合わせたかのように嵐はやみ、雲が薄くなり、切れ切れになって四方に散りはじめた。私たちの上にある空に星々が現れ、満月までも姿を現した。日暮れだ。

「そろそろ、地上に降りましょうか」

ゴーストはふたたび私を背中に乗せると、広げた翼を波打たせることなく、広げたまま滑空しつつ、ゆっくりと降下していく。下に見えるのは日本の田舎《いなか》町だ。海に突き出た岬があり、その突端に白いかなり大きな建物があった。

ゴーストは迷うことなくその白い建物をめざすと、その入り口の車寄せのあたりに着地した。

その建物はホテルだった。入り口には「石原裕次郎《いしはらゆうじろう》様ご一行様ご滞在」と麗々しく書いた白い看板があった。

ふむ、見たことがある。ここはひょっとして下田《しもだ》の東急ホテルか？

「ゴースト、ここがもし下田の東急ホテルだとすると、今は昭和三十八（一九六三）年の九月のはずだけど、それで正しいかな」

「その通りよ。二年前にバック・トゥ・ザ・パストしたわけ」

「なぜ、この日この場所なの？」

「君がオリジナルの歌を書きたいと思った、そもそものきっかけの場所に連れてきてあげたのよ。もう一度あの時の心境を確認するためにね。じゃあね。しっかりやるのよ」

そう言うと、ゴーストの姿はたちまち消えた。と同時に私は紺色の背広姿になっていた。さっきまで確か、パジャマのはずだったが……。

私は、昨日結婚したばかりの新妻と一緒にホテルのロビーにいた。

大勢の人だかりがしている。みな一方向を見て、口々に同じことを口走っている。

「裕ちゃんだ。裕ちゃんがいる」

みなが注視している方を見ると、天下の大スターの石原裕次郎がロビー奥のカウンターのスツールに腰掛け、こちらを見て、にこにこ笑っている。彼の背後にはウイスキーやリキュールの瓶がずらりと並び、上からぶら下がっているたくさんのグラスがキラキラと光っている。大スターはまさに後光を背負って笑みを浮かべていた。

と、すると、その裕ちゃんが、私を指さして、その人さし指を上に向けて、おいでおいでをしている。私は自分で自分を指さし、ぼくですか？　の問いを投げかけた。

裕ちゃんは、そうだそうだとうなずく。

私はふわふわと石原裕次郎のいるカウンターに向かって歩き出した。

石原裕次郎が私たちを呼んでいる。理由がなんであるかまったく分からなかった。

第一、相手は今、日本一の大スターで、映画は封切られるたびに劇場に入りきらないほどに客が押し寄せ、歌を発売すればたちまちにして大ヒットするという超大物だった。しかし裕次郎を語るについて兄の石原慎太郎《しんたろう》を抜きにするわけにはいかないだろう。なによりもまず衝撃の一作『太陽の季節』があったからだ。石原慎太郎（昭和七年生まれ）は一橋大学在学中に書いた小説『太陽の季節』によって昭和三十一年春、第三十四回芥川賞を受賞した。湘南の裕福な家庭環境に恵まれた若者たちの勝手気ままな生態ぶりを描いて話題となった。なにしろ破天荒であり、勃起した男根を突き立てて障子を破るという前代未聞のシーンを創出しただけでも日本文学史上の事件であった。これらの若者に作者はそれまでの世の中に対する価値紊乱者《びんらん》としての存在理由をあえて与えたのである。その価値紊乱者たちは太陽族というブームを巻き起こし、世の若者たちはみんな慎太郎刈りと称するヘアースタイルで街を闊歩したものだった。この小説は即座に日活によって映画化され、その時、弟の石原裕次郎はほんの端役で出演したのであるが、『太陽の季節』は弟の学生生活からヒントを得たものだと慎太郎本人が言ったものだから、弟裕次郎にがぜん脚光が当たった。見れば、背は高いし脚は長い。笑顔が魅力的だし声はハスキーな低音である。おまけに全身から匂いたつ育ちのよさのようなものがある。まったく文句なしに主演作が決まり、裕次郎

（昭和九年生まれ）は慶應義塾大学を中退して映画界に入った。

ほとんどデビュー作といってもいいこの映画『狂った果実』（石原慎太郎原作、脚本）で裕次郎は（未来の妻となる）女優北原三枝を相手に堂々の演技を見せ、映画は大ヒットした。彼のヘアースタイルもむろん慎太郎刈りであったが、こちらはちょっと丸みをおびていて裕ちゃんカットと呼ばれた。この一作で石原裕次郎は日活のドル箱スターとなった。兄の石原慎太郎は既成の価値紊乱者の教祖的存在となり、革新的な行動をとることによって、未来の日本に希望を抱かせるような花形作家として話題作を次々と発表し『処刑の部屋』など映画化もされた。自作を原作とする映画『若い獣』で監督を務めたり、『狂った果実』の歌詞を書いたりと、とにかくやることのすべてが歓迎され成功した。

石原兄弟はなにか日本人の理想を象徴するような完全無欠な兄弟像を作り出し、日本人を丸ごと味方にしていた。彼ら兄弟の王国はいわば治外法権的な世界となっていて、裕次郎が「石原プロモーション」という独立プロを立ち上げ、当時絶対的権威のあった映画界の五社協定を無視し、大映専属の市川崑《いちかわこん》を監督に迎えて『太平洋ひとりぼっち』（堀江《ほりえ》謙一《けんいち》原作）の撮影に入った時にも、その革新的な行動と勇気に日本人のすべてが喝采《かつさい》を送った。

私自身、『太陽の季節』には衝撃を受け、新しい文学の到来に大いに期待し、しばらくは石原慎太郎の熱心な読者だったが、途中から民族主義的発言が目立つようになって私は興味を失った。が、石原慎太郎・裕次郎という双頭の鷲を象徴とする石原王国のファンであることには変わりがなかった。裕次郎のヒット曲を口ずさみ、入り切らない客の背中越しにドアの外からスクリーンを覗《のぞ》くようにしながらも映画を観つづけていた。『狂った果実』『俺は待ってるぜ』『錆びたナイフ』『赤いハンカチ』というようなミリオンセラーはみな空で歌えた。もう手がつけられないような大成功の主役が、しかも私が大ファンであるスターその人が、まさに今、私を人さし指で呼んでいる。私がうろたえるのは当然であろう。しかし、そのうろたえぶりを気取られてはいけない、などと余計な神経を使うことでますます動きはぎこちなくなった。

私たち夫婦はふらふらと近づき、

「こんばんは。なにか用ですかあ」

と間の抜けた挨拶《あいさつ》をした。声も震えていた。

「早速の質問だけど、君たちは新婚さんかい？」

裕次郎はにこやかな笑顔で言う。

「はい。そうです」

私はうすらぼんやりと答えた。ホテルのロビーには七、八十人のカップルがいたであろうか、そのほとんどの目が私たちを見て固唾《かたず》を呑んでいる。さて、なにが起きるかと。

なにしろ映画スターというものにたいする憧れはあるが、その人の前で嬉しげな顔をするなんてみっともないじゃないかという照れはあるし、一応数多くの本を読んできているインテリ意識もあったから、そこらあたりが複雑に屈折していて、どうも素直に会話に入っていけない。

「なら、決まりだ。な、専務、これで決まりでしょう？」

「結構ですね」

専務と呼ばれた紳士は、いつも顔じゅうで笑うのが習性になっているような顔でにこやかに応じた。

なんのことか分からず、私はただ、にやにや笑っていたような気がする。

「いや、なにね、さっきからここに坐ってロビーにたくさんいる新婚さんたちの品評会を、ま、退屈まぎれに、この専務と一緒にやっていたんだよ。そこでよ、君たちが一番カッコいい新婚さんてことに、俺たち二人の意見が一致したってことだよ。ま、ここに坐れや」

裕次郎は自分の右隣のスツールをぽんとたたいた。私はそこに坐った。右隣に妻。ところがスツールの高いといったらない。私が坐っても足が床にとどかない。止まり木もないから私は足をぶらぶらさせている。隣の裕次郎はと見ると、顔はきれいに日焼けしていて、右の手首に金のロレックスをキラキラさせ、首から金鎖《きんぐさり》のペンダントを下げ、白地のTシャツにはヨットの舵《かじ》がデザインされていた。ブルーのコットンパンツをはいた足は長く、白いスニーカーで悠々と床を踏みしめている。やたらとまぶしい。なんだかスターと凡人の差を感じて私は意気消沈してしまった。

「というわけでよ、君たちは新婚カップル・コンテストのグランプリに決まったってことよ。ま、一杯、祝杯といこうや」

そう言って、バーテンダーに大きなジョッキを持ってこさせ、そこになみなみとビールをつがせた。その時、不思議なことに、バーテンダーはビールをつぎながら、まるで腹話術のように口をきいた。

「君、もっとしっかりしなさい。相手はすべてお見通しなのだから、気取ったってダメ。正直になるのよ。肩の力を抜いて」

声も語り口調もゴーストそのものだ。ゴーストはこんなことまでするのか。

「ゴースト、まさかあなたが仕組んだんじゃないだろうね」

私もまた腹話術のように胸の中で語った。

「違うわ。私は君の過去を確認しにきただけですから。これはきわめて自然ななりゆきよ」

黒いベストに蝶《ちょう》ネクタイのバーテンダー氏は私にちらりとウインクをし、あとは素知らぬ顔で普段の仕事に戻った。

ゴーストのお陰で私は呼吸が楽になった。

「乾杯！」

裕次郎がみんなを見回してジョッキをあげた。専務も私の新妻もみんな大きな声で「乾杯！」と和した。

ロビーの若者たちはなにがなにやら分からないまま、私たちから離れていった。

「ところで君いくつ？」

と裕次郎が訊いてきた。

「二十五になったところです」

「俺の四つ下か。で嫁さんは？」

「二十三です」と妻。

「なにやって食ってんだい？」

「シャンソンの訳詩をやってます」

「なに？　シャンソン？　あの、枯れ葉よーってやつかい？」

「ええ」

私はいささか自尊心を傷つけられ、ややむっとして答えた。

「あんなもの訳詩して食っていけるのか？」

「まあ、なんとか」

「本当か？　貧乏してるんじゃないのか。こんな可愛い嫁さんに苦労かけちゃまずいぜ。よお、嫁さんよ、おたくの旦那、大丈夫なのかい？」

裕次郎は私越しに妻に声をかけた。

「まだ、大学生ですから……」と妻は答え、急に明るい笑顔を作って「大学を出たら、大学教授か小説家をめざすんですって。でしょう？」

と私に話を振った。

「ええ、まあ」と私。

「まだ学生なのかい？」

「ええ、人より四年遅れて入ったものですから、今、三年です」

「要するに苦学生の学生結婚か。なんだか急に心配になってきたぜ」

大スターはビールをあおった。

「一応、食っていけるから結婚したんです」

私はむきになってみせたが、大スターは意に介さないで、

「やめとけ、やめとけ、訳詩なんざ。シャンソンを日本語にしたってつまんねえよ。なんで、日本の歌を書かないのよ。流行歌をよ」

「流行歌ですか？」

私の頭に『お月さん今晩は』とか『おーい中村君』など日頃バカにしている流行歌が浮かんだ。ああいう歌を俺が書くのか？　なんだかぞっとしないな。

「そうよ。日本人だろうさ。日本人が日本の歌を書かなくてどうするんだい。俺が歌っているような歌を書いてみなよ。歌がヒットするってのは楽しいもんだぜ。もっとも歌っている本人は、自分の歌の文句なんざ憶えちゃいないけどよ。アカシアの―花の下で―あの娘がそっと瞼をふいた―赤いハンカチよ―あとなんだっけ？」

裕次郎は笑ったが、私は一瞬黙り込んだ。

流行歌を書こうなんて正直、それまで一度として考えたことがなかったので、私は不意をつかれた感じだった。それにシャンソンの訳詩という仕事はアルバイトではあったが、フランス文学を学ぶ者としてはそれなりの文学的意味も喜びもあった。夜毎

に満員の客でふくれあがる「銀巴里《ぎんパリ》」で流れる濃密な時間にある種の歴史を感じてもいた。それは、映画『天井桟敷の人々』に出てくるパントマイム芸人が、パントマイムで芸術の世界に一種の革命を起こそうとしていた詩的な情熱にも似ていた。自由への憧れもしっかりと胸にあった。

「自信作ができたら持ってきなよ。俺がすぐに歌うってわけにはいかないけど、レコード会社に売り込んでやるよ。なあ、専務」

裕次郎にそう促された専務は、

「ええ、もちろんです。石原プロモーションに私を訪ねてきてください」

と言って名刺をくれた。

「じゃ、話は決まった。もう一杯いこう」

大スターは私のジョッキにビールを満たし、

「頑張って、俺が歌うくらいの歌を書くようになれよ。ガツンとよ！　そうなったら、作詩家も一流だな」

と言って照れ笑いをした。まるで『狂った果実』の夏久《なつひさ》のような笑顔だった。

「ロケはいつまでやってるんですか？」

「いや、ハワイであらかたできあがってるんだけどね、ちょっとした撮り直しをここの海でやってるんだ。この『太平洋ひとりぼっち』は石原プロの第一作だからな、俺も勝負かけてるんだ。観てくれよ」

「ええ、必ず観ます」

石原裕次郎は右手を出した。私はそれを握った。柔らかくて大きくてあたたかい手だった。

「じゃあな、頑張れよ」

スーパースターは左手でさっと投げるように敬礼して、にっこり笑った。

私たちの新婚旅行は伊豆《いず》の下田に三泊四日の短いものだったが、石原裕次郎ショックが頭から離れず、いつも空《うつ》ろな会話を繰り返し、妻を悲しませたようだ。

映画『太平洋ひとりぼっち』はその年の十月末に封切られた。私は銀座東映に一人で観にいった。成功作だから中身について語る必要はあるまい。私の印象に残ったのはハワイ沖での嵐のシーンで、裕次郎演じる堀江謙一青年が孤軍奮闘の末、やっと嵐を乗り越え、船中の水を外に掻《か》き出したあと、ベッドに倒れ込むところだ。

その時、ラジオの短波放送が流れる。

「ではここで、村田英雄《むらたひでお》の『王将』をお送りしましょう」というアナウンサーの声のあとに、あの有名な歌が流れてくる。その歌に合わせて堀江青年がぽつりと歌うのだ。

「吹けば飛ぶよな　小さなヨットに　賭けた命を　笑わば笑え……」

そして、ぽろりとひと滴の涙を流す。

このシーンに私は大いに心動かされた。ああ、日本の歌を書いてみるのも悪くないな。もし書けるとしたらの話だが、と私は思った。

裕次郎に遭遇し、その後『太平洋ひとりぼっち』を観て感動した私の頭の中には日本の歌を書きたいという欲求がはっきりと生まれ、困ったことに、それは日々大きくなっていった。

映画を観た翌日から私はギターを掻き鳴らし、思いつくメロディを五線紙に書いていった。

「あなた、なにやってるの？」

妻は怪訝《けげん》な表情で私を見る。

「歌つくってんだよ」

「あなた、まさか、それ裕ちゃんとこへ持っていくつもりじゃないでしょうね」

「持っていくつもりだよ」

「あなた、裕ちゃんの話、本気にしてるの？　あれは冗談よ。スターはみんなあんなふうなことを言うものなのよ。真に受けて、のこのこでかけていったらいい笑い者だわ」

「真に受けないのも可愛くないと思わないか？」

「いずれにしても歌謡曲を書くことには反対だわ。あなたの本当の夢はほかにあるのだから」

「歌謡曲なら、一発ヒットすれば印税が入るぜ」

「そう簡単にいくもんですか」

しかし、どう考えてもおかしい。相手が持ってこいと言ったから持っていくまでのことだ。笑い者になるもならないも、結局は作品次第なのではないか。作品が良ければ、感心されこそすれ誰にも笑われることはない。要はいい歌を書けるか書けないか、それだけのことだ。話は簡単ではないか。すべては俺の才能次第だ。結果、笑われたって別にどうってことないじゃないか。全身全霊で当たってみることだ。

石原裕次郎との遭遇はまさに千載一遇《せんざいいちぐう》のチャンスだった。このチャンスをものにするかしないか、そこに人生の岐《わ》かれ路《みち》があると思った。たかが歌を書くことに死にものぐるいになれるかなれないか。才能はその先の話だ。

歌を書くについて、私には自分自身に課した鉄則がある。それは「七五調」で書かないということだった。遠く平安の昔から、勅撰《ちょくせん》和歌集を始めとして営々と国家が築いてきた国民教育の柱であり、それによって「七五調」は日本人の集団的メンタリテイの中核をなすものとなった。そこに天皇を家長とする家族国家的封建意識のすべてがあると私は確信している。だから過去の流行歌も軍歌もすべて「七五調」である。詩人の西條八十《さいじょうやそ》は文学的な詩は自由律で書くが、歌は絶対に「七五調」で書く。「七五調」を日本国民が喜ぶことをこの練達《れんたつ》の作詩者は熟知していたのである。しかし私はあえてそれに逆らいたかった。なぜなら日本人の美意識の中には「七五調」におさまりきらないものが必ずあるはずであり、そこに訴えてこそ、私が書く歌に意味が生じ、私自身が歌世界の地平を広げることができると大真面目に考えていたからだ。というような気負いがあるから、一つの歌を生み出すのにまさに七転八倒《しちてんばっとう》であった。

書くということは生み出すということである。生み出すということは今までこの世になかったものが創造されるということである。それは残るということであり、自分の恥も一緒に残るということでもある。思えば空恐ろしいことなのだ。しかも特に歌という作品は、一度この世に生まれて発表されたら最後、あとは勝手に空気中を漂って、町から町へ今日から明日へと一人で流れていってしまう。もはや訂正することもできないし、その存在を無にすることもできない。人が歌の文句を間違って歌おうが、作り替えようが、作者はそれをいかんともしがたい。それこそが詩人の魂であり、幸せではないかと、近代シャンソンの創始者シャルル・トレネは『詩人の魂』という歌の中で言うのであるが、それはヒットという幸運に恵まれた歌の話であろう。世の中には、れっきとしたプロの作詩者によって作詩され、プロの作曲家によって作曲され、プロの歌手によって歌われ、レコードとなった作品であっても、まったく日の目を見ることなく、レコード盤だけを残して消えていく歌が一九六三年の段階ですでに年間十万枚、二十万枚とあるのである。それらはすべて廃棄処分される。レコーディングされる機会もなく没にされてしまった歌の数といったら、もはや天文学的な数字であろう。そういうまるで水子のように闇から闇に葬られた歌を一堂に集めて、演歌の作詩家・作曲家が浅草の浅草寺で「歌供養」なるものを年に一度やっていて、今なおつづいている。歌は毎日無数に生まれ、無数に忘れ去られているというのは偽りのない現実である。

さて、私の書く歌はどうなるのであろう。

私はシャンソンの訳詩というものを学生のアルバイトとしてやってはいるが、所詮《しょせん》アマチュアであり、プロの作詩家でも訳詩家でもない。おまけにプロの作曲家を知らないから自分で作曲しようとしている。中学校の音楽の授業で習った程度の知識しかない。まあ訳詩したシャンソンについては楽譜の隅々まで入念に精査し、メロディと和音との関係などについて学んだが、あくまでも自己流である。クラシック音楽は普通の人の何倍も聴いているが、これは音楽の勉強とは言えない。つまりは正真正銘のずぶの素人《しろうと》である。それが鉛筆なめなめ五線紙になにかを書こうってんだから、まさに天をも恐れぬ所業である。おまけに日本人のくせに「七五調」では書かないという手枷《かせ》足枷を自らはめている。おいおいお前さん、大丈夫かい。自分で自分に心配する始末だ。

ところが不思議なことに、ギターでビギンのリズムを掻き鳴らし、コードを進行させ、思いつくがままにメロディを口ずさんでいると、ふと、なにか新しいものが、ぽろりと、生まれ出てくる。それは「涙と雨にぬれて」というたったそれだけの平凡な言葉ではあるけれど、歌の文句としては聞いたことはなかった。他人の作品の模倣《もほう》ではない、これすなわちオリジナルな言葉の連なりであるという厳粛な事実だけは満たしていた。それだけでいいのだ。かつてこの世になかったものを私の頭が創造できれば、それで十分に喜びなのだ。しかも「七五調」ではなく七三の破調である。美は破調にあり。文句なしではないか。メロディも「涙と」の「と」のところをディスコード（和音の法則からはずすこと）にすることによって、変に耳に残る効果をあげている。まあ小手先の工夫ではあるけれど、ないよりはましだ。私の気分は高揚していった。特別、閃《ひらめ》きらしいものはなかったけれど、この歌が、今現在の私が創造することのできる最善のものなのだ、という開き直りと諦めだけに支えられて、私はその先を作っていった。全体を七三の調子でつらぬいた。そしてサビに入る前に四分の二の変拍子を入れて、ここにも新機軸を隠し味とした。

とはいえ、これが自分の作品なのかと思うと、どうももの足りない。全力を出しきった感じがしない。これはお前の作品かと訊《き》かれて、そうだと胸を張って言う自信がない。私の人生観も価値観もなにもそこには表現されておらず、芸能にあるべき華やかさに欠ける。第一、人の心をつかむアタックがない。キャッチフレーズがない。こんな歌に感心してくれる人なんか一人としていなかろう、ということは分かっていた。分かってはいたけれど、なにしろ今の私はこれしか書けないのだから仕方がない。

『涙と雨にぬれて』

涙と雨にぬれて
泣いて別れた二人
肩をふるわせ君は
雨の夜道に消えた
二人は雨の中で
熱い接吻《くちづけ》かわし
ぬれた躰をかたく
抱きしめあっていたね
訳もいわずに君は
さようならと言った
訳も知らずにぼくは
後ろ姿を見てた
恋のよろこび消えて
悲しみだけが残る

男泣きしてぼくは
涙と雨にぬれた

どこからどう見ても、美人でも美男でもない、平凡な顔つきの歌だ。しかしわが子は可愛い。訳詩という仕事は山ほどやってきたが、その間に一度として味わったことのない新鮮な感動、自分がこの作品を誕生させたという感動というか、無から有を生み出したという喜びだけは実に大きなものだった。これが創造の喜びというやつか。なんだか癖になりそうな快感だった。

私はずしりと重たいテープレコーダーを押し入れから取り出し、テープを装着し、録音スイッチを入れてそれを回し、ギターを掻き鳴らして歌った。ギターも歌もど素人だから下手の極みだ。しかしこれも実力だから仕方がない。終わって再生してみたが、歌の下手さが曲のまずさをいっそう際立たせていた。

これを石原プロモーションに持っていったとして、いい結果が得られるだろうか。たぶん無理だろうな。そう分かっていながら、ためらいということを私はしなかった。もう十分、熟考に熟考は重ねたし、この歌にたいする「心づくし」（太宰治『如《によ》是我聞《ぜがもん》』にある言葉）は果たしたと思っている。ただし、命がけで書いたかと訊かれたらイエスと答える自信はない。いくらあがいてみたって、今の自分にはこれ以上のものは書けないという確信のようなものがあるだけだ。歌手のイメージなんてなにもなかった。この歌は地味で平凡ではあるけれど、私以外の誰にも作れないものであることは確かだった。

石原プロに電話をかけ、専務の中井《なかい》さんと明日会いたい旨を告げた。

で、その日になった。

午後二時、私は虎《とら》ノ門《もん》にある石原プロの重いドアを開けた。

「中井専務はいらっしゃいますか?」

私の言葉が終わらないうちに、奥のほうから中井専務が満面の笑みを浮かべ出迎えてくれた。

再会の挨拶を済ませると専務は、

「では、早速、聴かせていただきましょうか?」

若いマネージャーらしき男が慣れた手つきで私が持参したテープをテープレコーダーに装着し、スイッチを押した。

下手くそなギターの伴奏が流れてきて、そのあとに、より下手くそな歌声がつづいた。

（ああ、なんという恥さらしなことを俺はしてしまったのだろう！）私は身のちぢむ思いにさいなまれた。

歌がやっと終わった。感想やいかに……。

「なんと言いましょうか。ちょっと地味ですが、これはご本人のお歌のせいで、ちゃんとしたプロが歌えばまた全然違ったものになるでしょう」

中井専務の言葉は苦しげだった。

「今日のところはひとまずお預かりすることとしまして。吉報はしばらくお待ちください」

「吉報とは？」

「近いうちに、こちらからよき知らせをお電話するということですよ」

若いマネージャーは心得ましたとばかりに、私の原稿とテープを机の引き出しに入れ、とんと音をさせて閉めた。

（没《ボツ》かあ！　これじゃあ歌供養行きだあ）

覚悟はしていたけれど、それが厳粛な事実となって目の前に突き付けられると、心穏やかではいられない。

「では、その吉報とやらをお待ちしています」

私はそそくさと石原プロをあとにした。まだ松が明けたばかりなのに、体はびっしょり汗をかいていた。顔までが火照《ほて》る。なんというバカな真似《まね》をしてしまったんだ。この赤恥がこの先一生ついて回るのかと思うと、後悔の念はますます強まった。歌の売り込みなんか石原プロにとっては掃いて捨てるほどにあるだろう。そんな売り込み連中の歌の中でさえ異彩を放つことができなかったなんて、俺の才能なんて知れたものだ。ああ、いっそ死んでしまいたい。なぜ歌なんか書きたがるんだ。

地下鉄に乗ることも忘れ、虎ノ門から新橋《しんばし》まで私は自分をののしりながら歩いた。そうだ。私は急に思いついた。私には精神集中が足りなかった。その理由はシャンソンの訳詩という逃げ道があったからだ。たとえダメでもシャンソンの世界は俺を待っているという自惚《うぬぼ》れが創作の邪魔をしたのだ。そうだ。シャンソンの訳詩なんかやめちまおう。退路を断つんだ。背水の陣を敷くんだ。そう決心するほど、私はオリジナルの歌を生み出すという仕事の魅力に心奪われていた。

オリジナルの歌を一曲書いたという体験のもたらしたものは恐ろしいほどで、シャンソンの訳詩にたいする興味を一切奪ってしまった。頼まれれば、お金にもなることだし、やることはやるけれど、興奮するということがまったくない。あのうなされるようにして日夜燃えていたシャンソンへの情熱はいったいどこへ行ってしまったのだろう。私は今すぐにでもオリジナルの歌を書きたい衝動にかられるのだった。

私はシャンソンの訳詩稼業をやめる決心をした。その宣言のためにというのも変だが、そのけじめの行事として「訳詩リサイタル」なるものをやってみようと思った。私にとっての「さよならシャンソンの夕べ」だ。街にはビートルズの『抱きしめたい』ががんがん流れている時代ではあったが、シャンソンにはまだ、こんなことをやってもさほど珍妙でもない、ある勢いがまだ十分にあったのだ。

訳詩家が自分の訳詩した歌を歌手に歌ってもらって、それでリサイタルをやるなんてことは、少なくとも日本では前代未聞であったが、友人の梅田宏《うめだひろし》（パントマイム役者）と井上真樹夫《いのうえまきお》（のちに『ルパン三世』五ェ門《ごもん》の声で著名になる役者）の二人に相談したところ、やろうやろうということになり、彼らの会社「青年企画プロモーション」が主催と決まった。日取りは一九六四年六月六日（土）午後六時半開演。場所はなんと新宿《しんじゆく》厚生年金会館のしかも大ホール（座席数二〇六二）。大丈夫？　そんなに客が来てくれるかな？　という私の心配をよそに、なに大丈夫、大丈夫！　まかせなさい、といった調子で話はとんとん拍子に進み、後援には石井《いしい》音楽事務所、日本シャンソン友の会が名前を連ねた。出演者として、大御所の芦野宏《あしのひろし》、深緑夏代《ふかみどりなつよ》の両先生をはじめ、木村正昭《きむらまさあき》、仲代圭吾《なかだいけいご》、真木《まき》みのる、川島弘《かわしまひろし》、戸川《とがわ》聡、斉藤基ら、私が日ごろから訳詩を提供している若い実力者たちがならんだ。演奏は吉村英世《よしむらひでよ》とクインテット、合唱はジュンヌ・エトワール、贅沢《ぜいたく》なものだった。

シャンソン、それは近代フランスが生んだ流行歌にすぎないのではあるけれど、それらの歌にはフランス革命を（実に百五十年がかりで）成し遂げたフランス人の「自由、平等、友愛」の精神がみなぎっていて、その精神に感化され影響されることによって、私たちシャンソンを愛するものたちは毎日の生活に耐え、また未来に希望を抱いていた。しかも私はその訳詩を約一千曲もやった。その中で、自分でも良くできたと思われるものを集めて、人様に聴いてもらいたいという個人的な欲望を、私はこのような形で実現することができた。もう思い残すものがない、というのが正直な気持ちだった。

タイトルは『太陽の賛歌』（カミュのエッセイ集のタイトルからいただいた）。内容はジルベール・ベコー礼賛、エディット・ピアフ追悼《ついとう》、ジュリエット・グレコ愛唱歌より、ボードレール『悪の華』より、イタリアの三つの心、ハリー・ベラフォンテの精髄《せいずい》、などと気取ったものだ。しかし案に相違して客席は満杯になり、赤字は出なかった。

アンコールのすべてが終わって、私は客席への挨拶のため、舞台上手から登場した。生まれて初めて万雷の拍手を受けた。カメラのフラッシュを浴びた。これはこれで気持ちのいいものである。私はまだ二十五歳であったが、出演者にもスタッフにも、客席にたいしてもきちんと礼を言う余裕はあった。

数日後、この「訳詩リサイタル」を大手新聞社（残念ながら名前を思い出せない）がニュースとして写真つきで取り上げてくれた。その時、私は生まれて初めて新聞に載った。その写真の私の顔は生意気な若者のそれだが、ライトに照らされて、嬉しそうでもあり、眩《まぶ》しそうでもある。

このリサイタルのすぐあとの七月十二日、日比谷公会堂において「日本アマチュア・シャンソン・コンクール」（日本シャンソン友の会主催）第一回大会があり、私の訳詩した『ラ・マンマ』を歌った小林暁美《こばやしあけみ》が優勝し、それはすぐレコーディングされた。シャンソン界はまだまだ俺を必要としている、と私は自尊心を多少満足させた。がしかし、話はここまで。私の心はすでに日本の歌謡界をめざしていた。

こうして私はシャンソンと決別した。なにもそう堅苦しく考えなくてもと人は言う。しかし私としてはなにかと別れなくては、どこへも出発できないことを知っている。あの過酷な戦争が教えてくれたものだ。

「ちょっと待った！」

と私の肩をたたくものがある。

「なに……？」

「今、なんて言った？」

振り向くとゴーストが笑いながら立っている。

「別に、なにも」

「戦争とかなんとか言わなかった？」

「ああ、あの過酷な戦争が教えてくれたものだ、とか言ったかな」

「君は、戦争の記憶を開かずの間に押し込んで密閉してたんじゃないの？」

「そうだけど、ここ一発となると、つい戦争の体験でものを言ってしまう癖があるようだ」

「ならば、なぜ、歌を書く時にもその癖を出さないのよ」

「忘れると決めたからさ。ぼくは戦争に関しては記憶喪失になったんだ」

「どうして？」

「そうしないと生きていけないからさ」

「どうして？」

「満洲で国家に見棄てられた者は、日本に帰ってきてからも、やはり見棄てられし者なのだ。その屈辱をゴースト、あなたはなにも分かっていない」

「そんなことを言っているから、あんなつまらない歌しか書けないのよ。さっ、私の背中に乗って！　行きましょう」

「どこへ？」

「最高塔へよ」

「ええっ、またあ」

ゴーストは私を背中に乗せ、すでに飛び上がっていた。こんどは東に向かって。

ゴーストは翼を力強く上下させ、昇り来る太陽に向かって飛翔している。私はその背に乗って、ゴーストの髪の毛を握りしめたり、ゴーストの体に両手を回してすがりついたりしながら、空中飛行を楽しんでいる。

「ゴースト、今度は東に向かっているようだけど、どこへ行くつもり？」

私の質問を聞くと、ゴーストはややむっとした表情で振り返り、いらだたしげに、

「最高塔に決まっているでしょうが」

「最高塔？　あんなところ二度とイヤだな。黙って一九六五年十一月の東京に帰してよ」

「嘘をついては駄目！」

「嘘なんかついてないよ」

「君がいくらイヤがっても、君の魂が最高塔へ行きたがっていることは分かっているのだから」

「ぼくの魂が？　だいたい魂ってなによ？」

「魂って、辞書を引けばこう書いてあるわ。人間の肉体に宿って心の働きをつかさどると考えられるもの。古来、肉体を離れても存在するとした。霊魂、精霊……とかなんとかね。でも、私の言う魂はちょっと違うの。霊魂とか精霊とかオカルト的なものは関係ないの。その人間が持っている最高の知性よ。その人の肉体と精神が理想とするものをめざす知性、至高知性と呼んでもいいわ。人間が人間であることの最後の証明よ」

「それって科学的に証明できるの？」

「人間の脳の研究はギリシャ時代から始まっているんだけど、大きく進歩するのは十七世紀にデカルトが心脳二元論を唱えてからね。でもね、その時、誰も魂心脳三元論を唱えなかったことで、脳科学はスタートでつまずいてしまったのだわ。一六〇五年にスペインではセルバンテスによって『ドン・キホーテ』という魂の英雄が誕生していたというのにね。脳科学は今になってもまだ、魂の働きを解明できないでいる。それは感情、意思、自意識の総合体であろうなどと言っているのだけれど、それらを解明することさえも、すでにお手上げなの。だけど、魂は厳然として存在することをもはや否定できないことを脳科学者たちは知っている」

「つまりぼくの魂が最高塔へ行きたがっていると、あなたには分かったということでしょう？」

「そうよ。さっき、君がふと戦争という言葉を口走った時、君の鼻の先に〝死臭〟が漂ったでしょう？」

「うん。確かに」

「その瞬間、君は最高塔を思い出したはずよ」

「うん。それも確かだ」

「そして君自身はともかくとして、君の魂は最高塔へもう一度行きたいと強く思った」

「魂は思ったかもしれないけど、ぼくは思わなかった」

「魂の意志にはフロイトの言うイド（快楽追求欲）も自我も超自我も勝てないのよ。魂ってそれほどのものなのに、それについて発言しなかったところにフロイトの限界があるのよ」

　こんな会話をしているうちにも、東の空には新月が現れ、それが一時間ごとに拡大して満月になり、また新月になる。朝が来て、正午が来てまた夜が来て、とまわりの光景はめまぐるしく変わる。私が左手にはめている腕時計セイコークロノスの長い針は目にもとまらず、短い針は秒針の速度で盤上を移動している。

「ねぇ、ゴースト、一つ質問があるのだけれど……」

「なんでしょう」

「H・G・ウェルズの『タイムマシン』によると、時空間を飛行していると、精神の奇妙な弛《し》緩《かん》状態が襲ってきて、なんともいえない不快感に悩まされると書いてあるけど、ぼくはなんの不快感も感じない。むしろ壮快感と言いたいほど頭がすっきりするんだけど、ゴーストはどうなの？」

「私も君と同じ。快適に飛行してるわ」

「じゃ、ウェルズの言ったことはもっともらしい嘘なのかな？」

「それは分からないわ。私のやっているタイムトラベルとウェルズの『タイムマシン』とは原理からしてまったく違うものだからよ」

「でも、スピードはほぼ同じくらい出てるよね。『タイムマシン』も一日二十四時間を一分で飛行することができる」

「そして一八九五年から、たしか紀元八十万二七〇一年にまで飛行したんだわ。でも、私は未来に向かってタイムトラベルしないから」

「えっ、未来には向かわない……。じゃ、過去に向かってだけタイムトラベルするってこと？」

「そうよ。H・G・ウェルズのタイムトラベル原理はつまりこういうことでしょう。物体はすべて縦、横、高さという三次元の中で存在している。と人は考えているようだが、そこにもう一つ、時間の持続というものが加わらないと物体は存在することができない。すなわち、あらゆる物体は、三次元プラス四次元によって存在している。しかし一般的には、時間の持続によって物体が存在するという原則について人間は誰しも意識しないのが普通だ。だからその考えを推し進めれば、空間と時間の相違、つまり三次元と四次元の相違は我々人間の意識の不完全性が生み出した幻想にすぎない。完全なる意識は時間にそって動く。そこでその完全なる意識にある作用を与えてやると、つまり『タイムマシン』に乗せてやると、我々はまるで三次元世界を移動するように四次元世界をも移動できるというわけよ」

「難しくてよく分からないな」

「分からなくて当然よ、途中から飛躍のある理論なんだから。でも彼は小説の中で『タイムマシン』を発明したわ。そして八十万年後の人間世界のそれこそ絶望的なイメージを描いたんだから、やはり彼は偉大な人だったわ」

「ふーん。じゃあ、ゴースト、あなたはどんな原理で飛行してるの？」

「私の原理はもっと簡単。マルセル・プルーストが『失われた時を求めて』を執筆するにあたって、人間の脳の働きである自動式記憶想起法という原理を巧みに利用したことは知っているでしょう？」

「ああ。紅茶にひたしたマドレーヌの香りをかいだ瞬間、少年時代のすべてがまるで現実に見るがごとくに明瞭に想起されるというあれね」

「そう。あれと同じことは誰にでもあることだわ。ただし、誰にもプルーストのように作品化できなかった。プルーストにとっても記憶というものはそう簡単には思い通りにならないものだった。思い出したいと思っても、思い出せない場合がしょっちゅうあったと彼は言っているわ。しかしなにか重要な媒介物、たとえば、紅茶にひたしたマドレーヌのようなものの香りをかぐと、突如として自動式記憶想起法が動き始める。この点に気がつき、それによって一世一代の小説を完成させたところにプルーストの天才があるのよ。その描写たるや、それはそれは克明繊細、物や思いの細部の細部に至るまで、人間心理の奥の奥まで、まるで永遠の合わせ鏡のように描写してみせる。読んでるこっちが眩暈《めまい》を起こすくらいに」

「それはぼくにも分かる。で、そのこととあなたが飛べることとどんな関係があるの？」

「人間の記憶想起という信号は、たとえば脳を一つの宇宙とするなら、もの凄《すご》い速さで移動しているはずでしょう。たとえばボードレールは言うわ」

「また『悪の華』かい」

「その中の『香水の壜』。住む人もない廃屋《あばらや》の古い衣装箪笥《たんす》の中から香水の壜をみつける。その香りで魂が蘇り、生き生きと迸《ほとばし》る。そして彼は言う。『陰鬱な蛹《さなぎ》のような無数の思いが　眠っていたが、／今や　紺碧に染められ、薔薇色に塗られ、金箔を／貼付《はりつ》けられて、思出の翼を拡げて　飛翔し始める』と。ここにも自動式記憶想起法が謳われているわ。それが私の飛翔《ひしよう》術のすべてよ」

「どういうこと？」

「分かりやすく言うと記憶の信号に乗って、信号の回路を通って飛ぶということかしら」

「もっと分かりやすく言って」

「君はこないだ私に連れられて最高塔に登った。そこで君は〝死臭〟をかぎ、自分自身では封印していたはずの、少年期にわが目で見た戦争という暴力の残酷さにふたたび出会った。それは、君にとっては二度目の絶望だったかもしれないけれど、その絶望が君という人間の土台を造りあげていることを思い出したはずでしょう？」

「うん。その通りだ。だけど、二度とあの光景は見たくない」

「なぜ？」

「あの絶望を封印したことで、ぼくは今日までなんとか生きることができたんだもの」

「永遠に封印したいってこと？」

「うん、もちろんさ。あんな絶望は二度と願い下げさ」

「そうはいかないわ。あの光景をもう一度はっきりとその目で見て、確認して、もう一度絶望に打ちひしがれなくては、本当の君の全人格は完成しないの。それをしないかぎり、君はいつまでたっても、土台のない、つまり足のない幽霊みたいな存在でしかないのよ。そんな幽霊が、歌が書きたいなんて笑わせないでよ。たとえ歌とはいえ、君の全存在をかけて書かなくては人の心を打つなんてことはできないわ」

「それは肝に銘じるよ。だけど今、君はどうやって飛んでいるの？」

「君の魂の記憶が求めるところに向かって、君の魂が放つ記憶の信号の回路をたどって飛んでいるのよ。実を言うと、私には行き先が分からないの。行き先はすべて背中に乗っている君の魂の放つ信号が決めている。こないだの飛行だってそう。君の魂が放っていた信号の回路をたどって行ったら、一九六三年九月の伊豆の下田に行きついたというわけよ。それが私のバック・トゥ・ザ・パストというタイムトラベルの本当の中身よ。あの日から、はや一年も君の過去に付き合ってしまった。お陰で、君が歌を書くのが下手クソだってことも分かったわ。ここらでもう一度、最高塔に登ってもらわないと、なにもかもが未完成に終わってしまうわ、と私が思ったことと同じことを君も無意識のうちに感じていた。だから、君の魂は最高塔へ行きたいと思ったんだわ」

「ぼくが一度、最高塔の上で見た景色によってぼくの自動式記憶想起法が始動したのかな？」

「そうよ。そして、地獄のような景色をしっかりと確かめ、その目に克明に焼き付け、なんどでも絶望すること。そのための勇気を持つことが君の人生のこれから先を決めるのだわ」

「つまり、ぼくがぼくの魂の命ずるままによりいっそう知性に磨きをかけ、よりよいぼく自身となるためには、なんどでも最高塔に登らなくてはならないということだね。そうすれば、ぼくの心の暗闇で陰鬱な蛹のように眠っている無数の思い出が翼を拡げて飛翔し始めるんだね」

「よくできました。私たちは今、三次元や四次元の世界にいるんじゃないわ。君の脳という宇宙の中を移動しているのよ。君の魂の自動式記憶想起法が放つ信号の回路を通って」

「分かったよ。だから飛んでいて壮快なんだ。まるで朝の目覚めのように。そして……」

私は笑いながら言った。

「あなたが未来には飛行できないわけも分かったよ」

「バカにしないでよ。君のために一分間で地球一周してるんだから」

「一分間で四万キロか。秒速だと……うーん……六六万六六六六メートルか。割り切れないけど」

「666……最強の数字でしょう？」

「ヨハネの黙示録。ぼくはこれからハルマゲドン的風景を見にいくのか」

「見にいくんじゃないわ。君の心の暗黒の底の底まで手でかき分けてのぞき見るのよ」

「ゴースト、あなたは相当に無茶《むちゃ》なことを言っている」

「なにが？」

「大岡昇平《おおおかしょうへい》の『野火《のび》』の主人公は自分の戦争体験の重要部分を記憶喪失の暗闇に封印し、それを最後まで守りきるために、精神病院にまで入ってみせる。それでも記憶喪失の封印は解かない。なのにゴースト、あなたは、精神病院にまで乗り込んでいって、その男の記憶喪失の封印を無理矢理解こうとしているようなもんだ。そう思わないか？」

「そんなこと分かっているわよ。大岡昇平は主人公を記憶喪失という殻に閉じ込めて沈黙を守らせているけれど、作者はその沈黙の本体を私たちにはちゃんと理解できるように書いているじゃないの。それが芸術というものよ。それが暗黒のヴィジョンを至福のヴィジョンに変換させ、作品として創造する力なのよ。そのことを君こそが今、学ばなければならないのよ！」

「…………」

私はなにも言えなかった。いや、ゴーストの言葉に感動して、一言も言葉を発せられなかったと言うべきか。

私はもはやなにも言えなかった。言葉を発する資格がなかった。私は、自分の少年時代の記憶を封印し、その後に学んだことだけを知恵としてこの世に生きてきた、いわば足のない幽霊のような存在でしかない。

「勇気ある人間になるのよ！」

「自分の本当の姿を見るのはつらい。それをゴースト、あなたはもう一度見ろと言う」

「そうよ。見るのよ。君はあの時なにをしたか。それをもう一度、はっきりと確認するのよ」

「ああ、死臭が鼻にまとわりついてきた」

「着いたわ。さあ、降りなさい」

「ゴースト……ちょっと待って……」

「また、君が疲れた頃に迎えに来るわ」

ゴーストの姿は跡形もなく消えてしまった。

私はふたたび最高塔の上に立った。冷たい風が吹いている。その風は死臭にみちている。

見下ろせば、細い月明かりの下、薄暗闇の中に無数の死体が折り重なっている。あの死体は、誰がこしらえたんだ？　お前じゃないのか？　自分じゃないって、お前言えるのか？

「お前だろう？」

どこからかそんな声が聞こえる。

とぼけるんじゃない。「お前だろう？」

その声は私の胸の中で木霊《こだま》している。

「全員、注目してください！」

男の蛮声が聞こえる。

その男は、黒く煤《すす》汚れた人々をびっしりと乗せた無蓋列車の繋《つな》ぎ目にあって、前の貨車の縁と後ろの貨車の縁に仁王立ちになり、野太い声でがなっていた。煤汚れてはいるが立派な将校帽をかぶった若い軍人である。

西の空には今にも太陽が沈もうとしており、男の影は夕空に黒々と浮かんだ。その影が叫ぶ。

「もうすぐ珠河《しゅか》の駅でありますが、その手前に鉄橋があります。その鉄橋はわが関東軍によって爆破されたのでありますが、かろうじて全壊せずに助かっております。しかし、貨車に人を乗せて通過するのは困難であります。鉄橋が崩壊する恐れがあるのです。ですから、ここで全員下車し、徒歩で川を渡り、向こう岸に渡ってのちふたたび乗車してください」

「怪我《けが》人たちはどうする？」

「降ろします」

「渡れる川なのか？」

「小学生以上の者なら渡れます」

みな無蓋列車からしぶしぶ降りた。

一二〇〇人の、煤で汚れた黒い人間たちが長い列を作り、ぞろぞろと歩きだした。獄舎《ごくしゃ》に引かれていく囚人のようだった。

なだらかな山なみのむこうから、わいわいと声を上げながら、大勢の中国人たちが私たちのほうにむかってどっと押し寄せてきた。

暴動か。私たちは身構えた。

黒山の人々がこちらに向かって駆け寄ってくる。夏でも綿入れの服を着た中国人たちだ。夕闇が間近い時刻だからいっそうものものしく見える。暴動かなと一瞬思ったが、そういう殺伐とした雰囲気は感じられず、近づくにつれ彼らは逆に笑顔を浮かべているのが見えた。それでも状況そのものの意味が分からず、私たちはその場に立ちすくんだ。

一人の軍人が一歩前に出て、流暢《りゅうちょう》な中国語で声をかけた。その意味は私たちには分からない。がその軍人に向かって中国人たちは口々にわめいた。軍人はそれらを制し、私たちのほうに振り向くと言った。

「中国人たちは、子供たちを自分たちに預けていけと言っている。この先にある川を子供たちが渡るのは無理だろうと彼らは言っている」

それを聞くなり一人の軍人の妻が、

「なんて酷《ひど》い！　こちらの弱みにつけこんで子供を奪い取ろうという魂胆なんだわ」

ヒステリーのように叫んだ。

中国人たちもまたなにか言う。それを軍人が通訳する。

「なにもただで置いていけとは言ってない。お金で買いましょうと彼らは言っている」

軍人がなにか言うたびに中国人たちは全員うなずく。

「とにかく川を見てみようじゃないか。小学生以上なら渡れるとさっき誰かが言ってたじゃないか。話はそれからだ」

もう一人の軍人が言い、みなそれに和した。

中国人たちは話すことをやめない。その声は、うわんわんと鳴り響いていた。

小高い丘を越えると河原に出た。確かに大きな川がある。川幅は三〇〇メートルほどで途中、中州が二ヵ所顔をのぞかせていた。大きな川は左から右へ勢い良く流れている。これを歩いて渡れるだろうか。私には自信がなかった。

そこでわが意を得たりとばかりに中国人たちは通訳の軍人に言った。

「この川は流れが速い。何人もの子供が流されるのを私たちは見た。だから悪いことは言わない。私たちに子供を預けなさい。命があったら迎えにくればいいじゃないか。それまで絶対に子供を守っていてあげるから」

と軍人は訳した。

しかし日本人はそれをまともに受けない。

「なあに、安い金で労働力を手に入れようとしているだけだ。みんな騙《だま》されるな!」

と言う者や、

「こいつらは日本人の優秀な血が欲しいだけなのさ。構うな構うな!」

しかし、一人の若い人妻らしき人が前に進み出て言った。

「私は先日、横道河子《おうどうかし》でソ連軍の機銃掃射《そうしゃ》を受けた時、夫を亡くしました。こうして逃避行をつづけておりますが、私たちは本当に生きて日本の土を踏めるのでしょうか」

　この一言を未亡人が発した時、日本人の中に寒い風が一瞬吹いた。そしてみな顔を見合った。たぶん、みな同じ思いなのだろう。

「私はもはやそんな楽観的な希望を持つ気力がありません。明日またソ連軍の襲撃を受けるかもしれません。中国人の暴動があるかもしれません。私はこの子を、まだ三歳の男の子ですが、親の見栄《みえ》とエゴでここで死なすわけにはまいりません。みなさんどうぞ、私を軽蔑なさってください。私はこの子を中国人の方へ託します」

　一人の軍人が説教でもするように言った。

「奥さん、それはおよしになったほうがいいんじゃありませんか？　その子は私が肩車してでも向こう岸までとどけますよ」

「向こう岸に渡ったところで、その先何があるか分からないじゃありませんか」

「奥さんには日本人の誇りというものが、もはやないのですか？」

「日本人の誇りってなんですか？」

　未亡人は訊《き》き返した。

「死ぬまで日本人でありきることですよ」

「そんな訳の分からぬことを今は言わないでください。その日本人が右往左往逃げ回って、食うや食わず。今、子供を手放そうとしているのです。この子が中国人になろうが何人になろうがとにかく生きていてほしいのです。ほっといてください！」

若き未亡人の気持ちを忖度《そんたく》して軍人が通訳すると、一番裕福そうな中国人夫婦が出てきて、

「私たちに任せてください。ちゃんと元気に育てますから。また、あなたが無事日本に帰り、そして子供と一緒に暮らしたくなったら、いつでも迎えに来てください。ちゃんとお返ししますから。そしてお金も払います」

「お金は結構です。ただただこの子の無事を祈ります。どうぞ可愛がってやってください」

若い未亡人は子供を中国人に手渡すと、その場に泣き崩れた。三歳の男の子は、「お母ちゃん！」と言って泣き出し、両手をひろげて母を求めたが、母親のほうは俯《うつむ》いたままわが子のほうを見上げなかった。子供はいっそう激しく泣き、手足をばたつかせたが、中国人の奥さんはしっかりと抱きしめて子供を離そうとしない。母親は紙を取り出し、そこにわが子の名前と生年月日を書きしるし、中国人夫婦に手渡した。そして、いっそう肩をふるわせて泣いた。

しかし、こんな光景はここだけのものではなかった。一二〇〇人の日本人の長い列

のあちこちで同じ場面が演じられていた。遠く近く泣き声が聞こえた。それどころか、これと同じ場面が広い中国大陸に流れる大きな川のほとりで毎日繰り返されているのかと思うと、私は突然わが身が不安になった。事実、母のところにも大勢の中国人が、やれ年上の女の子のほうを売ってくれとか、年下の男の子のほうがいいのと、次から次へと掛け合いにやってきていた。

「母さん、ぼくを売ったりしないでよ」

そう言って私は母の手を握り、それを振り振り母を見上げた。

母は私の手を強く握り返し、

「大丈夫よ。そんなことはしないから」

私を見てかすかに笑った。

「私のことも売らないでよ」

と姉も言った。

「お前たちのことは日本に帰るまでは絶対に手放したりしないから、安心おし」

言葉はしっかりしていたが、声に力がなかった。母もたぶん子供を手放した軍人の奥さんのように未来に希望を持てないでいるのだろう。それは私も同じだった。驚天《きょうてん》動地《どうち》の環境の変化についていけないこともあるが、戦うべき関東軍と逃げまわり、石炭の煤だらけになって、腹を減らし、中国大陸をさまよっている己の姿に絶望していないといったら嘘になる。それでも生きなければならない。ただそれだけの理由で、弱々しく前に進んでいるだけだ。

本当に中国人という人たちは私のような子供の理解を超えている。この避難列車が最初に駅に停まった時、この時も大挙して押し寄せてきた。なにごとかと私たちは思ったが、彼らは饅頭《マントウ》（小麦粉を練って蒸《ふか》しただけのパン。なかにはなにも入っていない）を売りにきたのだった。満面の笑みを浮かべ、商魂丸出しだった。

「饅頭、饅頭、野鶏《イエチー》……」

首から下げた売り台には、雉子《きじ》の丸焼きや蒸した薩摩芋などが湯気を立てていた。

「みんな、買ってはいけない。毒が入っているに決まっている」

軍人たちはそう叫んだが、一般人である私たちは空腹に耐えかねてそれを買った。値段は普段の十倍はしたが、そんなことに構っている場合ではない。西瓜《すいか》や桃《もも》といった果物もあった。茶水《チャアシユイ》という熱いお茶もやかんに入れて売っていた。私たちはそれらにむしゃぶりついた。美味しいといったらなかった。

私たちの無事を見届けると、軍人たち家族もなんのことはない。先を争って買いはじめた。しかもかじりついて、うまい！　お茶が飲みたいなどと言っている。

中国人たちは売り台のものを売りつくすと、にこにこと手を振って私たちを見送った。

今まで散々日本人に痛めつけられ、彼らも抗日活動をつづけていたのだから、食料など売らなければいいではないか。日本人が餓死するところを見て快哉《かいさい》を叫べばいいではないか、と私には思われたが、彼らはその次元にいなかった。それは彼らの商才から来るのか、優しさから来るのかは分からない。なにしろその同じ中国人が、列車から投げ落とした死体に群がって衣服をはがし、時計や指輪を奪い、金歯まではずして喜々としている。それればかりではない。開拓村では大勢の日本人が中国人の暴動によって撲殺されていると聞く。かと思うとこんどは子供を育ててあげるから預けろと言う。どっちの中国人が本当の中国人なのか。中国という国は広い。人間という生き物もさまざまな生き様を見せるということか。私のとりあえずの結論は、一人の中国人の中に善い人間と悪い人間が同居しているということだった。ということは、私の中にも善い人間と悪い人間が同居していることにもなる。私はこの時初めて、自分の心の奥深くになにか冷たくどろどろとしたものが渦巻いていることを感じた。

「では、そろそろ出発する！」

軍人の蛮声がその場の雰囲気を一気に変えた。

日本人の列はぞろぞろと動きだしたが、子供たちの泣き声が背後で高まる。振り返れば中国人たちが手を振っている。中国人に託された子供は二〇人くらいか。全員が私より少し年齢が下といった感じだ。子供たちはみな母や父を求めて泣き叫んでいる。悲しい別れの泣き叫びだ。しかし日本の親は手など振れない。たぶん耳をふさぎたい思いだろう。振り返ることもできない。下を見て歩くのが精一杯だ。

「まず、我々軍人がこっち側の岸から最初の中州までロープを張ります。みなさんはそれを伝って川を渡ってください。絶対にロープから手を離さないように。流れに持っていかれます。流されたら最後です。いいですね。分かりましたか？」

軍人たちは迅速な身のこなしで川を渡っていく。深いところは軍人たちの胸のあたりまである。最初の中州にたどりつくと、そこに杭《くい》を打ち、ロープをつないだ。

ロープがぴんと張られた。さあ、これにすがって渡るのだ。

黒い煤だらけの人間がロープを握りしめて歩き始めた。まずは最初の幅一〇〇メートルほどの川だ。私たちは最後の最後に回された。前方には長い長い列ができている。後ろには誰もいなかった。

姉が最初に川に入った。つづいて私が流れに足を入れた。危うく足を持っていかれそうなくらい川の流れは速かった。母は後ろからついてくる。

「絶対ロープを離してはいけないよ。流されたら最後、誰も助けにいけないからね」

母は私の背中に向かって言った。

私は冷たい水に首までつかり、必死にロープをたぐり前に進んだ。母は私の背中のあたりを押してくれていた。

病人や怪我人を背に負って運んでいる軍人たちの苦労は並大抵ではなかったが、みな声をかけあい励ましあいながら一歩一歩と進んでいた。

今しも満洲の夕陽は川の水とあたりの世界を真っ赤に染めて沈んでいく。赤い水の上に首だけを出した黒い人の行列が声もなく進んでいく。その赤い夕焼け空を背景にして、私たちの列車が機関車に引かれて怯《おび》えたようにゆっくりと鉄橋の上を前進している。世にも美しい光景ではあったが、二度とない珍妙な光景でもあった。

私は大変なことに気がついた。八月十一日の夜、家を出るとき母が私の両肩にたすき掛けにし、またお腹《なか》にも巻いた大量のお札が水を含んで、ずっしりと重くなってきたのだ。川の深さは私の首のあたりまであり、歩くたびに軽く飛び上がるようにして息つぎをしていたのだが、それも困難な状態になってきた。手の力がちょっとでも緩むと、体はぐっと水に持っていかれる。それに逆らおうとすると、体に巻いたお札の重量が一段と増す。歩くだけならまだしも、自分の着ている服そのものが私を川底に引きずり込もうとする。

私は「助けて！」と言ったつもりであったが、川のさざ波に邪魔されて言葉にはならなかった。私はただあっぷあっぷしていただけだった。いつの間にか、私の背中を支えているはずの母の手の感触も消えていた。しかし、後ろを振り向く余裕もなかった。

あっ、まずい！と思ったが、その時にはもう両手がロープから離れていた。私の体は軽く水に持っていかれた。ロープから五メートルほど離れた時どっと恐怖心につつまれた。その時やっと声らしい声が出た。

「お母さん」

母は私が流された瞬間を見ていなかったようだ。私の声を聞くと、がばっと身を投げ出し、水をかき分けるようにしてそばへ来ると、私を必死に抱きしめた。

「だから、ロープから手を離してはいけないって、あれほど言ったじゃないの」

「お母さん、お札が重かったんだよ」

母は、はっと打たれたような顔になり、

「ごめんね。そうだったわね。お前は体にお札を巻いていたんだわね。母さん、すっかり忘れていたわ。さぞかし重いことでしょうね」

母は私を強く抱きしめ、二人手をとり、用心しつつロープにまで戻った。

「あともう少しで中州に着くわ。それまで頑張っておくれ」

私はもう一度気をとりなおし、必死になってロープにしがみついた。母も私のすぐ後ろにいて、私の歩みを助けてくれた。

こうして第一の川を渡った。そこからまた軍人たちは第二の中州に基点を作り、そこからロープを張った。それと同じことをもう一度やり、わたしたちは全員ついに三〇〇メートルの川を渡りきった。全身ぐっしょりと濡れていたが、衣服の煤は多少洗われようだ。さほど寒いとも感じなかった。みんな川の水で顔を洗っていた。

空は茜色で、川上のほうのはるか地平線の彼方《かなた》に、太陽がその姿を隠そうとしていた。

汽笛が鳴った。

列車が出発するということか。そう思いつつその方角を見ると、鉄橋を無事通過して大平原に停車している列車には見知らぬ人間たちがすでに大勢乗っていた。また乗ろうとしていた。

「おーい、大変だ！　見ろ！　我々の列車に人が乗っている」

軍人は大きな声で言った。

私たちはあわてて走った。

軍人は叫んでいた。

「降りろ！　この列車はお前たちを乗せるためのものではない。これは軍用列車だ」

無蓋列車の箱枠にしがみついている人たちを引きはがし、すでに乗り込んでいる人たちを抜き身の軍刀を高々とかざして威嚇した。がそれでも聞かず、群衆は無蓋列車に殺到した。

もう一人の軍人がピストルを空に向かって放った。

「降りろ！　さもなくば撃ち殺すぞ！」

銃声を聞いて驚き、無蓋列車に乗っている人たちはしぶしぶ降りた。

「お前たちは一体どこの者だ」

若い将校はものすごい形相で詰問した。居丈高な軍人そのものの顔だった。

「私たちは、ここから約二十キロ離れた浜江省《ひんこうしょう》延寿県《えんしゅう》長野村《ながの》開拓団の者、五二二名です」

「あんたが団長か」

「はい。私が団長の窪田《くぼた》です」

団長は五十がらみの男だった。

「どのような理由があって、こういう事態に至ったのか説明してもらおう」

団長は事情を語り始めた。

長野村開拓団の窪田団長の語るところによると、彼ら長野村開拓団の人たちは、八月十一日に軍の避難命令を受けたのだが、故郷を捨て、はるばる日本からやってきて、艱難辛苦《かんなんしんく》の果てにようやく切り開いた土地を手放すことにしのびなく、すぐには避難命令に従わなかった。そして、村の有力者たちが会議を持った結果、現地を死守することに話が決まった。翌十二日朝、満鉄から連絡があり、珠河から出る避難列車に乗るよう要請されたが、彼らはそれも拒絶した。ところが、開拓団のまわりに住む中国人の感情は刻一刻と悪化し、ついに暴徒と化して各集落が襲撃を受けるに至った。死傷者が出るどころか壊滅状態となった集落もあった。そこでやむなく避難を決意し、その日の午後、残存者を集め、村を出発した。が、逃避行の途中、ふたたび中国人警察官に指揮された暴徒の襲撃を受けた。開拓団は日本刀や竹槍《たけやり》などの武器を手に戦い、これを撃退したが、その後すぐに、ソ連軍の機銃掃射を受け、多数の死傷者を出した。この時、荷物のことごとくを捨て去って逃げたがために、着の身着のまま、食うや食わずで、ここまでたどり着いたというわけだった。

私の両親も、関東軍の勧めもあり国策に乗せられたかたちで昭和八（一九三三）年に満洲に渡ってきた。そして事業は大きな成功を見たが、今その事業と財産のすべてを手放し、逃避行の最中だ。自分たちが築いた宝の山、と言ってみても所詮は関東軍の庇護《ひご》と警察権力によって守られ、ただ同然のようにして手に入れた土地の上に築きあげた砂上の楼閣《ろうかく》のようなものである。その間の事情に関しては私の両親の場合も開拓団の方々も大差ないであろう。だから宝の山を手放すことの苦痛は、実は手前勝手な感傷にすぎないのではないかということはまだ六歳の私にだって分かるのである。現地に住んでいれば、毎日肌で感じるどこか不透明な幸福感がそれとなく教えてくれるのである。とはいえ、全財産を手放すということはそう簡単にできることではない。その点、私の母の決断は早かった。いや、見事だった。もしあの時、父が出張に行かずあの場にいたら、執着心に捕らわれ、全員枕をならべて死のうなどと言ったであろう。

満洲に渡ってなんらかの仕事をした人々はすべて中国人にとっては加害者である。だから私たち一家も開拓団の方々も加害者である。しかし、日本という国家にたいしてはどうか。これはもう、どういう観点から見ても被害者なのである。たとえば統治者と国民という関係から見るなら、いかに立派な企画を立てようと、その企画に失敗した統治者は当然責任をとるべきであろう。にもかかわらず、国家は今、責任をとるどころか、居留民を置き去りにしてわれ先に逃げようとしている。ましてやここは中国大陸である。まわりは雲霞《うんか》のごとき中国人であふれている。なのに居留民を守ろうともしない。言うなれば、自分たちが連れてきた無力な子供たちを大平原に投げ捨てて平気なのである。こんな理不尽が、こんな不条理が許されていいものだろうか。

見たまえ、中国人の暴動を。あれはもともと自分たちの土地であったものをついに取り返す日が来たと喜んでいるにすぎない。抵抗するから暴虐な仕打ちを受けるのである。彼らを匪賊《ひぞく》と呼ぶ時代は終わった。今度は泥棒を働いた我々が逃げる番なのだ。しかし、いかに事態が変化したとはいえ、日本の軍隊は、国民を守るのが責務であろう。自分たちが手先として利用した国民が逃げ帰ってきたら、それらを身を挺《てい》して守ってみせてこそ軍隊と言えるのではないか。少なくとも共に戦うか。戦う意欲がないなら、その場で自決しろ！

しかし、いかに砂上に築きあげた楼閣とはいえ、全財産を投げ出すということはつらいものだ。その痛みは、つい三日前味わってきたばかりだったから、少年の私にだってよく理解できた。激痛ともいうべき痛みだ。だから私は開拓団の人々に心から同情した。

「ここであなた方とお会いできたのは、まさに地獄で仏です。どうか、私たちも列車に乗せていってください」

窪田団長は泣きすがらんばかりに懇願した。が、若い将校の答えは冷たかった。

「まことに遺憾ながら、その要望に応えることはできん」

「どうしてですか」

「この列車は軍用列車であって、避難列車ではないからだ。軍が移動しているのだ。一般人を乗せるわけにはいかん。しかも、立錐《りっすい》の余地もないくらいに満杯でもある」

この列車が軍用列車とは名ばかりで、軍人家族用の避難列車だということは一目瞭然であった。しかも石炭運搬用の無蓋列車である。軍人ばかりでなく、女、子供、老人、その上私たちのような一般人まで混じっていて、それらが今、煤だらけの黒い体を川の水に濡《ぬ》らして震えている。もはや軍人の誇りなどかけらもない。

「逃げまわる軍に存在価値があるのか？」

とは言わず、団長は懇願をつづけた。

「少しくらいは、隙間《すきま》があるのではないでしょうか。全員とは言いません。乗れるだけの人数で結構ですから、乗せていってはいただけないでしょうか」

「できない」

「ならば、せめて病人や怪我人だけでも」

「駄目だ。我々も多くの傷病者をかかえておる」

「そこをなんとか」

「問答無用だ。一人も乗せるわけにはいかん」

若い将校はまわりの軍人たちに目で問いかけたが、みなそれにうなずいた。

「私たちは、無敵の関東軍が必ずや私たちを守ってくれると信じていたのですよ。それなのに、あなたがたは私たちを置き去りにするのですか」

窪田団長は泣き崩れた。痛いところを突かれた将校はいっそう居丈高になった。

「軍の命令を聞かず、避難列車に乗ることをも拒絶し、勝手な行動をとっておきながら、今更泣き言を言うとはなにごとだ。すべてお前たちの自業自得ではないか。お前たちのわがままの犠牲になっている暇はない。さ、どけ、列車から離れろ」

将校は絶叫したが、開拓民たちは、言葉にならないうなり声をあげ、黒い犬の群れのように列車に飛びついた。

銃声がたてつづけに鳴った。

「言うことを聞かぬと容赦しないぞ」

軍人たちはピストルを構え、その銃口を開拓民たちに向けた。またほかの軍人たちは軍刀を抜き放って身構えた。自分たちの逃亡を邪魔するものは、たとえ同胞といえども殺す。なんという軍隊を私たちは持ったものか。

私の心の中に言いようのない不快感が広がった。特権を得ていることを放棄した軍人たちは、ただ単に逃げる特権を得ているにすぎない。特権を得ているものが、傲岸《ごうがん》にも、特権なき者を上から恫喝《どうかつ》している。そこには、今、自分たちに降りかかったこの事態をどう解決すべきなのか、同じ逃げる身でありながら、それを考えようとする同胞意識がまったく見られない。論理は通っているが、通りすぎて冷たすぎる。冷たい論理はどこか腑に落ちない。

団長は若い将校にすがりついて言った。

「後生ですから乗せてください」

それを振りはらい、

「この後に来る避難列車を待つんだな」

「その前に暴徒に襲われて全滅してしまいます」

「ハルビンまで歩くがよかろう」

「一二〇キロも歩けと言うのですか」

「知るか」

「なにか食べ物を分けていただけませんか」

「余分な食料はない」

その頃、遅れて川を渡り終えた病人たちが病院車に運び込まれた。

開拓民たちは互いに身を寄せ合い、恨めしげな目付きでその光景を見ていた。中には、乳飲み子を抱いた母がいる。私よりも幼い子がいる。よぼよぼの老人がいる。山や谷を越えてきたのだろう。服は破れ、顔も泥だらけだ。みな空腹を耐えることに疲れたような飢えた目をしていた。彼らがこの先、ハルビンまで歩いていけるとはとても信じられない。

「さあ、みなさん、早く乗車してください」

将校は軍用列車の乗客たちに号令をかけた。

白刃をかざし、ピストルを構え、様々に身構える軍人たちに守られつつ、人々は無蓋列車に乗り込んだ。

私たちも軍人に助けられて貨車に乗ったが、開拓民たちの視線が背中に刺さるようだった。

乗ってみて貨車の中を見渡すと、みんなでもう少し譲りあえば、あの開拓民の中の病人たちを乗せる程度の余裕はありそうに思えた。

「病人だけでも、乗せてやったらどうだろう」

誰かが独り言のように言った。

「文句のあるやつは降りろ！　人を助けたいなら、わが身を犠牲にするがいい」

若い将校の目は血走り、全身から殺気が立ち上っていた。

将校は軍人やその家族たちが全員乗ったことを確かめると、機関車のほうに合図を送った。

「出発！」

その声は泣き叫びのようでもあった。

機関車は汽笛を鳴らし、車輪の音をきしませて動きだした。

将校は開拓民たちに向かって、

「悪く思うな。君たちの幸運を祈る」

と言って敬礼をした途端、開拓民たちはウオーッと声を発して、列車にとりすがった。

私たちは最後尾の貨車に乗っていたから、私たちが襲われるような恐怖を感じた。

無蓋列車の箱枠には大勢の人が必死にすがりついている。

「みんな、その手を払え！」

若い将校は日本刀を振り上げて叫んだ。

私も母も姉も、ほかの人たちもみんな、最後尾に乗っている人たちはみんな、箱枠にしがみつく手を振りはらった。振りはらっても外れない時は、その手の指一本一本をもぎとるようにして、はがしていった。

「こら、離れんか。離れないとその指を切り落とすぞ！」

将校は本気で切りはらいそうな勢いである。

列車は逃げるように速度をあげるが、無蓋列車の箱枠にしがみつき、離れようとしない人々がまだ何人もいる。

ああ、私たちはなにをしているのであろうか。自分たちが逃げるために、同じ日本人を列車から振りはらっている。逃げる特権を振りかざす関東軍と同じことをやっている。こんなむごいことをしていいのだろうか。こんな残酷なことを、ぼくができるなんて……。私は一瞬呆然《ぼうぜん》となる。がすぐにわれに返る。しっかりしないと後ろから斬られるかもしれない。

私は泣きながら、箱枠にしがみつく人の手をもぎとっていた。ごめんなさい、ごめんなさい、ごめんなさい……。

すべての人の手を振りはらってあたりを見ると、夕闇の中に大勢の人が這《は》いつくばり、みな一様にこちらに向かって片手をあげ、哀願するように叫んでいる。銀色の鉄路が二本、先端を細めるようにして遠ざかり、暗くて見えないはずの群衆の目はどの目もギラギラと光っている。それはまぎれもない恨みの目の光であった。

これは見殺しではないか。私は見殺しに手をかしてしまった。いや、手をかしたどころか、私自身が見殺しの張本人をやってしまった。私の中にも悪人がいたではないか。

私は懸命に嗚咽《おえつ》をこらえ、力いっぱい目を閉じ、自分がたった今したことを、たった今見たものをしぼりだそうとした。

一生かかってもこの償いはできないだろう。

母が言った。

「どんなことでも、自分が耐えられる限りはやるしかないのだわ。耐えられなくなったら、それは死ぬ時……」

こんなことまでして命を繋《つな》いだところで、そんな命にいったいどんな価値があるというのか。私は自分の本性を見てしまった。こんな命、明日なくなるかもしれない命。私は自己嫌悪で身悶《もだ》えた。

「これが戦争よ。戦争になれば、国家も人間もみな本性を見せるのだわ」

母は顔を歪《ゆが》めて言った。

私は目の前が真っ暗になり、その場にいたたまれないほど動揺した。

ついにたまりかね、私はわっと泣いた。

私の泣き声をきっかけとして、最後尾に乗っている人たち全員が声をあげて泣いた。

泣き声はやがて力つき、線路の上を走る列車の音だけが、無限につづくかのようだった。

見上げれば、若い将校たちは緊張した表情を崩すことなく、凝然《ぎょうぜん》として遠ざかりゆく光景をにらんでいた。力ない夕月の光の下で、見棄てられしものたちの絶叫を眉ひとつ動かすことなく聞いている。彼らはいったいなににたいして忠誠を尽くしているのであろうか。

見殺しにするものも見殺しにされるものも、見棄てられしものであることに変わりはない。今、この無蓋列車に揺られているものはすべて、人間としての最も大切なものから見棄てられている。もう、取り返しがつかない。

夜になると気温は下がり、風は容赦なく吹きつけた。私は上半身にお札の入ったたすきを巻いているから、濡れた服を脱ぐわけにもいかず、上から押さえて水をしぼり、あとは歯を食いしばって寒さに耐えた。

突然、列車が止まった。

列車が止まったということは避難せよとの暗黙の指示であったが、誰ひとり動こうとしない。みな腰が抜けたように、ぼんやりと空を見上げている。

飛行機の爆音らしきものが聞こえる。

ソ連機の夜間飛行か。どうやら一機だけのようだった。

その爆音が頭上に至った時、花火の弾けるような音がして、空が急に明るくなった。焼夷弾か照明弾を空中で炸裂《さくれつ》させたのだ。一つ、二つ、三つ……。それは花火のしだれ柳とそっくりな尾を引いて光を放ち、あたりを真昼のように照らした。

その時、私は、いや列車に乗っているものはみな、異様な光景を見た。

大地のあちらこちらに人間の死体が転がっていた。線路際にあるのはたぶん先行する避難列車が捨てていったものであろう。どの死体も衣服を剝がされて丸裸だ。白い足袋だけを履いた女の死体もある。だが、線路から遠く離れたところにあるのは中国人の暴徒によって襲われた開拓団の人たちであろう。もうかぞえられないほどの死体が累々と折り重なってつづいている。見渡すかぎり死体の山だ。この人たちが長野開拓団の人たちでないことは理屈では分かっていたが、私にはどうしても彼らと重なって見えて仕方がない。私が指をひきはがし、手を突き放した人たちが、中国人の暴徒に襲われ、虐殺されたにちがいない。そうだ。きっと同じ人たちなのだ。私が見殺しにした人たちなのだ。

また照明弾が炸裂した。その光の中で、無蓋列車に乗っている人たちは顔を見合わせ、そしてみなうなだれた。

死臭が漂ってくる。いや、風がないから漂うというのではない。死臭が這いあがってくる。むせ返るようにからみついてくる。死臭には爆弾や銃弾の火薬の臭いも混じっている。

ソ連機は私たちを襲ってこなかった。

列車はゆっくりと走りはじめた。

私は死体の山から目を離せない。見ているうちに、嘔吐感《おうと》が止めようもなくこみあげてくる。

この嘔吐感は私の罪の意識だろう。

私は無蓋列車の箱枠の外にむかって吐いた。罪の意識を懸命になって吐いた。

それでも少しは眠ったらしい。目覚めると貨車は止まっていた。いい天気だ。

機関車は給水柱から水を補給していた。

私たちは貨車から降りて、機関車のそばに集まり、給水が終わるのを待った。

給水柱からは滝のように水があふれ出ている。私たちはそれを両手に受けて、思う存分に飲み、水筒を満たした。満洲は水が悪いというが、そんなことを気にしている場合ではない。久しぶりに飲む水は喉が鳴るほどに美味しかった。

平山《へいざん》、小嶺《しょうれい》、玉泉《ぎょくせん》という駅を通過した。どの駅にも食べ物を売る中国人の姿はなかった。

貨車はたびたび止まったが、もはや逃げる気力も薄れていた。腹が減って動けないのが本音だった。ソ連機？　そんなものが来るなら勝手に来てくれ。機銃掃射でもなんでも好きなようにやるがいいさ、と思っていたが、ソ連機は来る気配さえ見せなかった。

そのうち貨車が止まるのは、機関士の気分次第だろうぐらいに考えて、怠慢を決め込んでいると、突如、ソ連機が目の前に現れ、うなりをあげて襲ってきた。もう、全員悲鳴をあげ、貨車から飛び降りて、灌木《かんぼく》や草叢《くさむら》に身を隠した。まだ、こんなにも敏捷《びんしょう》に動く力が残っていたのかと、われながら驚きもするが、目の前に火を噴く銃口を見たら、誰しもが最大限の能力を発揮するのではないだろうか。

ソ連機が去って、ふたたび静寂が訪れると、まったくだらしなく貨車に乗り込み、床の上に坐り込む。

屋根のない貨車に身を横たえ、つのりにつのる空腹をかかえ、空からぎらぎらと太陽に照りつけられていると、このままわが身が干上がってしまうのではないかと思われた。

十五日になった。

十一日の夜に牡丹江《ぼたんこう》を発ち、十二、十三、十四と、長時間列車に揺られた疲労に加えて、飢えや渇きや寒さや暑さ、それに死の恐怖とに苛《さいな》まれて、坐っているのもつらかった。できることなら横になりたかったが、その余地はなかった。これがかえって幸いしたのかもしれない。横になっていたら、たちまち眠り込み、そのまま死んでいたであろう。

あれ？　なんだろう。急に激烈な太陽の熱さが薄れ涼風が吹いた。見上げると、貨車は屋根のあるホームに入ったのだった。そうだ、貨車はついにハルビンにたどり着いたのだ。

助かった、という思いで涙が出そうになった。が、ほっとする間は一瞬としてなかった。

銃声が鳴った。

四角い石をはりつめた長くて広いホームに、驢馬《ろば》のように背の低い蒙古馬《もうこ》にまたがった兵士たちが空に向けて発砲しながらなだれ込んできた。満洲国軍の兵士たちだと一目で分かった。彼らの軍服は日本兵と変わらないのだが、乗っている馬に特徴があった。彼らは貨車のそばへやってくると、馬上から無蓋車の箱枠に軽々と飛び移り、中へ降りると、

「戦争は終わった。日本は敗れた。われわれ満洲国軍は関東軍の支配から脱した。今からわれわれが日本人を支配する」

と日本語で、声も高らかに叫んだ。

無蓋車に乗っている人々には、満洲国軍兵士がなにを言っているのかその意味が分からなかった。なぜ今、目の前で、満洲国軍兵士が勝利者然としてふんぞり返っているのか。

そんな日本人の不審げな表情を見てとると、満洲国軍兵士はもう一度声を張り上げた。

「本日、正午、日本帝国天皇はラジオを通じて、全国民に、日本が無条件降伏したことを告げた。日本の満洲支配は終わった。満洲国政府及び警察の指揮権は中国人にとってかわった。すなわちわれわれは中華民国を回復したのである」

流暢な日本語だった。

日本が敗けた？

淋しいような気分ではあったが、避難列車で逃避行をつづけている間に敗北感は体の芯にまで染み込んでいたから、今更、涙がこみあげてくるというようなことはなかった。それより、戦争が終わったことの嬉しさのほうがはるかに大きかった。

が、貨車に乗っている日本人たちは、といっても軍人とその家族及び軍関係者ということになるのだが、みな肩をふるわせて泣いていた。

満洲国軍兵士は関東軍の支配下から逃れ、公然と反乱を起こしているのである。追い討ちをかけるように満洲国軍兵士は言う。

「われわれはただちに関東軍にたいして武装解除を命ずる」

満洲国軍兵士たちは構えた銃の先を動かして軍人たちに降りろと命令した。

関東軍兵士たちは抗う素振《そぶ》りも見せずに立ち上がり、貨車から降りた。

この光景が私には不思議でならない。

満洲国軍兵士の言葉に誰ひとり疑問の声を上げない。

「でたらめを言うんじゃない。天皇陛下大元帥がそんなお言葉を申されるはずがない。神州日本は不滅だあ」とか「うるさい！　われわれは貴様らの上官だ。上官に向かって生意気なことをほざくんじゃない」とかなんとか叫んで、日本刀を振りまわす軍人がひとりくらいいてもいいのではないかと思ったが、そんな武ばった真似は誰もしない。

みな、この日を予期していたかのように、また天皇陛下のお言葉には逆らえないとばかりに、軍人たちはホームの中央に一塊になり、彼らはそこに鉄砲、拳銃、軍刀、銃剣などを投げ出した。不貞腐れた表情ではあったが。

それらの武器はみるみる山のように積み上げられていった。

これほどの武器があるなら、なぜ今ここで、中国人の反乱兵士たちを粛清してみせないのだ。このまま私たちを道連れにして全員討ち死にしたっていいではないか。こんな情けないものを見るくらいなら死んだほうがましだ。私は日本の敗戦には泣かなかったが、この軍人たちのていたらくに泣いた。

「全員整列！」

満洲国軍兵士が号令を発すると、日本軍人たちはなにがおかしいのか、にやにや笑いながらそれに従っている。そうやって中国人にたいする優越意識を満たし、また立場が逆転した現実を認めようとしないことを演技しているつもりだろうが、現実はどんどん厳しく進んでいく。

日本の軍人たちは、満洲国軍の兵士たちに銃の先で小突かれながら、万歳の格好をさせられ、一列に並ばされた。ざっと見て二五〇人ほどの列だった。

満洲国軍兵士は、日本軍人の軍帽をはじから脱がせて、その場に投げ捨てていった。次に兵士たちは、日本軍人の肩や襟についている階級章をむしりとった。びしりっびしりっという無情な音がしばらくつづき、あたりに星のついた徽章《きしょう》がゴミくずのように散乱した。抵抗するものはひとりとしていなかった。

帽子を脱がされ、階級章を剝ぎ取られ、武器を奪われた軍人ほど哀れなものはなかった。

この時初めて、私は日本が敗けたということを実感したが、この実感も夢おぼろとしたもので、はなはだ心もとないものだった。なぜなら、満洲に生まれ育った子供は、軍の権威と権力によって固められた環境の中で生活していたが、こと戦争の話となると他人事だった。国の教育がそういう方針だったのである。満洲は五族協和を唱える王道楽土の地であり、理想の国家である。目下、戦争をやっているのは日本であって満洲ではない。ゆえに満洲は安泰である。というわけだから、学校で軍歌を歌わされることもなかったし、軍事教練めいたものもなかった。もちろんこれは国家が国民を欺瞞《ぎまん》していたものであるが、子供の私ばかりか満洲に住む居留民のすべてがその欺瞞の上に生活していたのである。なにしろ、牡丹江では八月八日までダンスホールが営業をしていたのであるから。だからソ連軍の侵攻は寝耳に水だったのである。

戦争となったらやおら逃げることになり、そして一週間も経たぬうちに、はや敗戦であった。

戦争にたいして私は遅れてやってきた少年であった。愛国心の教育も知らず、天皇陛下万歳の両手の上げ方も教わらないうちに戦争は終わってしまった。そのくせ機銃掃射を受けて死にそうになったり、川の水にのみ込まれそうになったり、人を見殺しにすることに参加する羽目になったり、恐ろしいことだけは劇的な強さと激しさで経験させられた。あれよあれよと見る間に、あたりで人は大勢死んでいき、わずか三十センチの差で自分は死なずに生きている。なぜぼくでなくて、あの軍人が？　という疑問がいつまでも心から去らない。そんな死臭の充満する光なき世界にまるで幻影のようにぽつりと立たされている。それが私の目に映る、八月十五日の私自身の実像であった。

「全員、両手を頭に！」

満洲国軍兵士の号令に日本軍人はしぶしぶ従い、全員そのようにした。

「右向け右！……前進！」

五メートル間隔で満洲国軍兵士が銃を構えて引率する。先導する将校クラスは背の低い馬に乗っている。その馬蹄の音だけが響くハルビン駅のホームに急に軍人たちの歌声が響いた。

日本男児と　生まれ来て
戦さの場《にわ》に　立つからは
名をこそ惜しめ　武士《つわもの》よ
散るべき時に　清く散り
御国《みくに》に薫れ　桜花

（『戦陣訓の歌』）

ひとりの軍人が歌いはじめると、みるみるそれに和するものが増え、いつしか軍人全員の大合唱となった。

ホームに残された軍人家族たちは、その歌声を聞くや、たまりかねたように泣きじゃくった。父を呼ぶ声。息子の名を呼ぶ声。夫の身を気遣う声……。どの声も悲痛な叫びだった。

「戦陣訓の歌だわ。素敵だわ。男らしいわ」

私より七つ年上の姉は女学生であったから、愛国教育にかなり染まっているらしく、感きわまって涙を浮かべている。母はと見ると、母は無表情というよりは怒ったような顔をしている。私は、なにかが違う、という違和感につつまれていた。言っていることとやっていることが全然違うじゃないかという不満であった。戦争が始まったら、居留民を見捨てて逃げた軍隊が、敗戦となって捕虜となり、縄打たれたようにして集団で連行されていく。それなのになにが「日本男児と生まれ来て……」だ。散るべき時を見失い、逃げる軍隊という存在価値のないものになったくせに、今頃になって突然自分を美化するのだからびっくりしてしまう。日本軍人の頭の中が私にはさっぱり分からなかった。

日本軍人たちはホームの途中から右に曲がり、そのまま建物の陰に隠れて見えなくなってしまった。泣き叫ぶような歌声だけがいつまでもつづいた。

ホームに残されたのは涙をすすりあげる軍人の家族とほんのひと握りの民間人の家族であった。ほとんどが女性で、男がいたとしてもそれは老人と子供だった。私たちもどこかへ連れていかれるのだろうかと、不安な思いでいると、満洲国軍兵士が言った。

「手荷物は没収する。全員、リュックサック、ボストンバッグ等持ち物はすべてその場に置いて汽車から降りろ！」

母は、国債や株券、貯金通帳などの入ったリュックサックを、そして指輪や宝石のいっぱいつまったハンドバッグを足下に置いた。満洲国軍兵士の銃口がこっちを向いている。逆らえるわけがなかった。

「私、うちのアルバムからいい写真ばかりを抜いて持ってきたんだけれど、やはり置いていかなくてはならないのかしら」

姉がぐずついていると、満洲国軍兵士がつかつかとやって来て、姉の胸元に銃を突きつけた。

姉は反射的に直立不動になり、リュックサックを足下に下ろした。私も同じようにした。

服で隠してあるが、私の体にたすき掛けにして巻きつけられてある現金が見つかりはしないかと心配でならなかったが、そんな表情を見せまいと、私なりに頑張った。

「全員、降りろ！」

言われるがまま、みんな貨車から降りた。

「お前たちに用はない。全員、駅の外へ出ろ」

そう言われて、みんなきょろきょろとあたりを見回した。指導者らしき人物はどこにも見当たらない。戸惑いつつも、全員手ぶらで、ぞろぞろと歩き、改札口を抜け、外へ出た。千人近い人間が呆然《ぼうぜん》として天を仰いだ。ハルビンの空は絵の具を塗ったように真っ青だった。

振り返れば、白い石造りのハルビン駅が威風堂々と立っている。アールヌーボー調の美しい建物のその正面てっぺんにある丸時計の上には「大満洲国」と書かれた看板がかかげられていた。この看板も早晩取り除かれるのであろうが、青い空と白い建物、その鮮やかな色のコントラストに私はうっとりと見とれていた。

その時、母が突然、声をあげて笑った。

「お母さん、どうしたの？」

姉が怪訝《けげん》な顔で訊いた。

「日本が戦争に敗けたのに、不謹慎じゃない？」

「だって、おかしいじゃないか。昭和八年の暮れに満洲へ渡ってきて、仕事も成功し、栄耀栄華《えいようえいが》を味わって、十二年経ったら、まるですべてが嘘のようにかき消えて、こうしてハルビン駅前に立っている。着の身着のままの丸裸で。これがおかしくないの？　おかしいじゃないの。おかしいわよ。おかしくてたまらないわ」

母はいっそう声高に笑った。それはやがてすすり泣きにかわり、最後の涙を手の甲でぬぐうと、優しい笑みを浮かべて言った。

「お前たちを連れて、無事にハルビンに着いただけでも上出来だわ」

「そうよ。戦争は終わったのよ。私たち殺されないですんだのよ」

姉もほほ笑みながら言った。

「違うわ。まだ殺されていないだけ。危ない目にはこれからいくらでも遭うわ。そのことを忘れないでね」

母は厳しい顔で子供たち二人を見た。

人々はみんな途方に暮れたようにとぼとぼと歩き出したが、どこへ行けばいいのか分からぬまま、ただ歩いているという感じだった。

「私たちはどこへ行くつもり？」

姉の質問に、

「ナショナルホテルに行くつもりよ。あそこならお父さんと何度か泊まったことがあるし、もしお父さんがハルビンに来たら、まずはあそこに私たちを捜しにくるに違いないわ」

母は目を輝かせて言った。

「私たちもご一緒してよろしいでしょうか？」

「もちろんよ」

三人の女中たちも手ぶらの身でついてきた。

「お父さん、ぼくたちのこと見つけてくれるかな」

「きっと見つけてくれるわよ。だってお父さんて勧進帳の弁慶みたいな人だもの」

なんとなく、姉の譬《たと》えは当たっているように思えた。父は気が優しくて力持ちであり、知恵があり、頼もしかった。

街を歩きながら、ここは満洲かと思った。建物はすべて西洋風であり、風はロシアの匂いがする。しかし住んでいる人は中国人が多く、広い道路の上を馬車が通り、洋《ヤン》車《チヨ》（人力車）や快車《カイチヨー》（自転車タクシー）がのんびりと走っていた。

建物の窓には青天白日旗が一つ二つひるがえっていたが、中国人の表情には格別なものはなにもなかった。

そのホテルは地段街《じだんがい》にあった。

部屋は二つ空いていて、それを確保した。

いよいよ、私が隠し持っていたお金を使う時がやってきた。私はなにか報われた気がした。

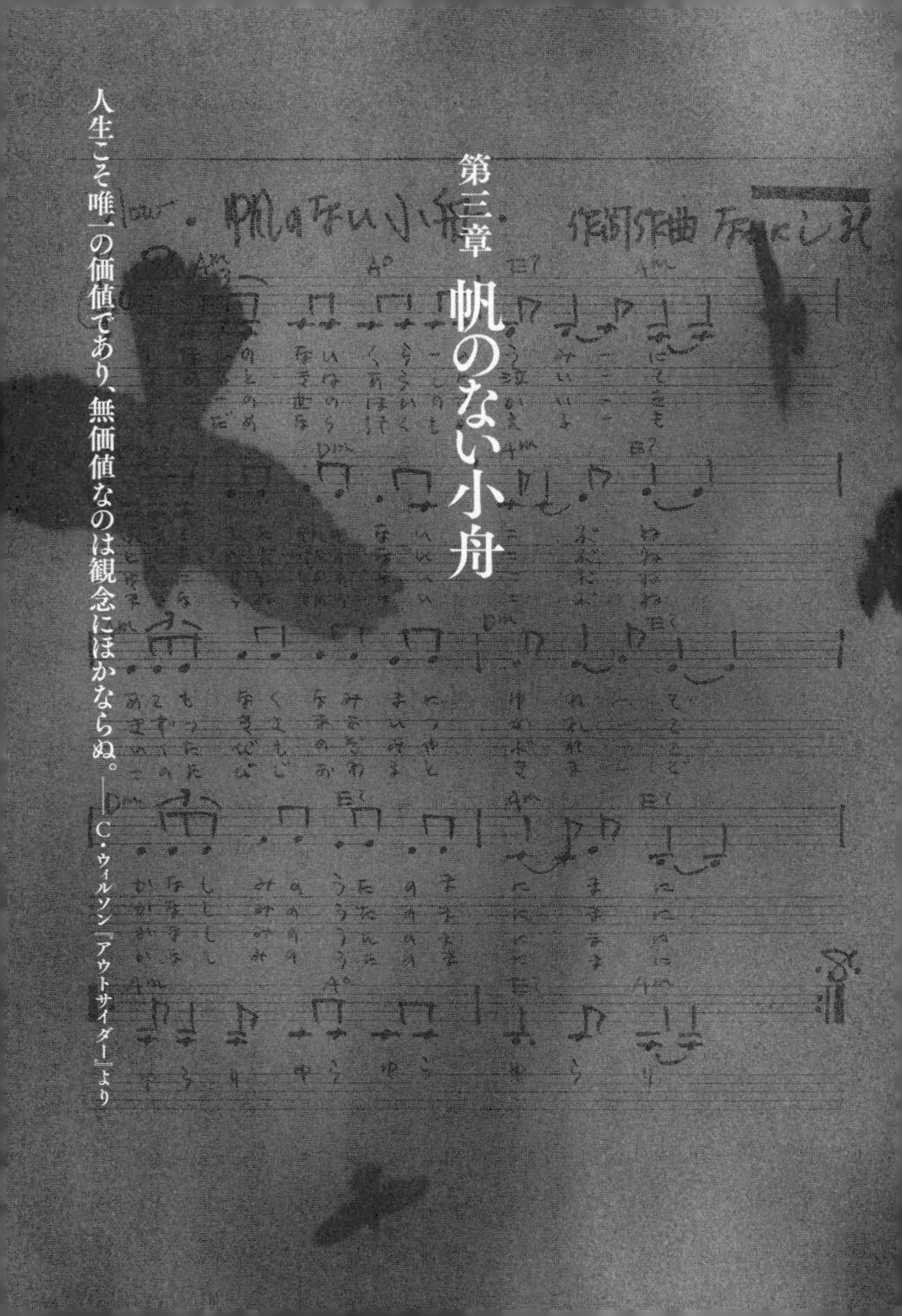

第三章　帆のない小舟

人生こそ唯一の価値であり、無価値なのは観念にほかならぬ。

——C・ウィルソン『アウトサイダー』より

ナショナルホテルのフロント近くのトイレに母は私を連れていき、個室の中で私の上着を脱がせ、伊達締めを一本はずすと、中から札束を一個取り出し、ふたたび私の体にたすき掛けにした。私はその上に服を着た。お札はまだ湿り気を帯びているようだった。私は何か重大な使命を果たしているような興奮と緊張をおぼえた。

フロントに戻ると、

「なに日本が戦争に敗《ま》けたって、満洲は大丈夫ですよ」

フロント係の日本人男性は口の端に笑みを浮かべて言った。

「その割にはお値段が高いじゃない？　以前泊まった時の三倍だわ」

母は不満を言った。

「やはり、そのう、ご時世でして……」

「なによ、人の足下見ちゃって。でもお部屋があって助かったわ」

母からお金を受け取ると、フロント係は私たちを部屋へ案内した。

このロシア風のホテルは、一階にフロントと食堂があり、二階が洋間の客室、三階が和風の客室になっていた。

私たちの部屋は三階だった。ひと部屋に私たち家族三人、廊下を挟んだ向かいの部屋を女中たち三人にあてた。

和室といっても、入り口は洋風のドアであり、中に入るとコンクリートの靴脱ぎ場で、上がり框《がまち》は二尺ほどもあって、普通の日本人には高すぎた。窓は洋風の縦長外開きで、ステンドグラスがはまっている。たぶん洋室をにわか改造したもののようだが、欄間には扁額《へんがく》が掛かっていて、絵は山水だった。

窓から外を見ると、正面が五階建ての丸商百貨店、右に道をへだてて前田《まえだ》時計店の四階建てのビルがあった。

夜になると、街のそこここに夜店が立ち、赤い灯青い灯がともった。どこからともなく胡弓《こきゅう》が奏でる音楽が流れてくる。日本の敗戦は絵空事だったのではないかと思わせるような平和な光景だった。

軍用列車にもぐり込んで牡丹江《ぼたんこう》を脱出した八月十一日の夜以来、雨風にもまれ、機関車の黒煙にまでまみれて生きのびてきたが、顔も体も垢《あか》まみれだ。その汚れを、多少お湯は濁っていたが、とにかく風呂に入ってきれいさっぱり落とした。ほとんど食べた記憶もないくらい、ひもじい思いをしてきたが、それも食堂で思いっきり食べて満たした。

満洲各地から避難民が大勢ハルビンに集まっているようだったが、父からの連絡はなにもなかった。それでも、ソ連軍機の爆音の聞こえない、静かな五日間が過ぎた。

八月二十日の昼近く、恐ろしい轟音とともにホテルが揺れた。振動で窓ガラスがピリピリと鳴った。何事かと窓を開けてみると、赤い旗を立てた軍用自動車に先導されてソ連軍戦車隊の長い列が、キャタピラーの音もすさまじく、地段街《じだんがい》を南から北へゆっくりと通過していく。装甲車隊もそれにつづく。戦車はハッチを開け、ソ連軍兵士が身を乗り出して笑っている。最後の軍用トラックは兵士であふれんばかりである。道を埋めた群衆に得意気に手を振っている。ソ連軍のハルビン入城である。

それを歓迎する人たちはみな「ウラー」「ウラー」と声をあげて万歳をする。中にはむろんロシア人もいて、彼らは「インターナショナル」を高らかに歌っている。兵士たちに駆け寄っていく人もいる。ソ連兵はみな若く、痩せているものは狼《おおかみ》のように、太ったものは熊のように獰猛《どうもう》な眼をしていた。

「彼らはみな犯罪者軍団だわ」

と母はつぶやいていたが、突如、姉に向かって言った。

「宏子《ひろこ》、フロントへ行って、ハサミ借りていらっしゃい」

「なにに使うの？」

「いいから、早く行って借りてらっしゃい」

姉は不得要領な顔をして部屋を出ていったが、すぐに大きな裁ちバサミを持って帰ってきた。

母はそれを受け取ると、

「宏子、お前は今日から男の子になるのよ」

「ええっ、どういうこと？」

「お前の身に万一のことがあるといけないから、髪を切るのよ。さあ、私が切ってあげる」

「いやよ、そんなこと」

母は姉を捉え、押さえつけて言った。

「お前も、あのソ連兵たちの狼みたいな顔を見ただろう。あの兵隊たちがおとなしくしていると思うの？　日本の女たちを手当たり次第あやめるに決まってるわ。だから、お前は男の子になり、その難に備えるのよ」

言いながら母は姉の髪をどんどん切っていった。姉は自慢の髪をばっさりと切られ、泣きながら坊主頭になっていった。

「お前は色が白くていけないわ。食堂から消し炭をもらってきなさい。それで顔を汚しましょう。さっ、急いで！」

母の厳しい声に追い立てられて、姉は食堂から消し炭をもらってきた。

母は左手で姉の頭を押さえ、右手で消し炭をこすりつけて、姉の顔を黒く汚していった。一人の少年ができあがった。

「どこからどう見ても男の子だわね。これなら安心だわ」

母はにっこり笑い、

「私も、少しは不美人にならないと」

自分の顔を消し炭で汚していった。

母はその時、四十二歳だった。

翌朝、けたたましい銃声で目が覚めた。

ダダダダダダダッ！　壁をも揺るがす機関銃の音だ。万一にそなえて、私たちは服を着たまま寝ていたから、素早く起きて布団を片付けた。

廊下にあわただしい靴の音が響いたかと思うと、突如、ドアが激しい音とともに開き、見知らぬ男が飛び込んできた。日本人だ。男は必死の形相で四つん這《ば》いになると、上がり框の下へもぐり込もうとした。が、すぐあとにピストルを持った三人のソ連兵が追いかけるように入ってきて、這《は》いつくばった男の足をつかまえ、三人がかりで、抵抗する男を引きずりだした。

男は背中にピストルをあてられ、両手をあげた格好で、部屋を出たが、出ると同時に駆け出したらしい。

タン！　とピストルが鳴ったかと思うと、男のうめき声と倒れる音が聞こえた。

入れ替わりに、眼鏡をかけた背広姿の東洋人が入ってきて、いきなり天井に向かってピストルを放った。

タン！　玩具《おもちゃ》のような音だったが、銃口から赤い火が出た。

タン！　タン！　タンタン！　天井に向かって撃っていた。天井に隠れているものを殺すためだろう。天井には黒い穴がたくさん開いた。

鉄兜《てつかぶと》をかぶった大男のソ連兵が二人、のっそりと入ってきた。彼らはマンドリンと呼ばれる自動小銃を肩からぶら下げていた。

「われわれはソ連軍だ。男狩りをしている。男がいたら、男を出せ！」

眼鏡の東洋人は朝鮮訛《なま》りの日本語で言った。

「金目のものがあったら、全部出せ！　嘘をついたら殺す。そこに全員ならべ」

私たちはどうしたらいいのか分からず、もじもじしていると、

「私はソ連軍の通訳だ。ぐずぐずしてると撃ち殺すぞ」

母は一番外側に坐り、左側に私を坐らせ、私の左隣りに姉を坐らせた。むろん正座である。母は姉を少しでも兵士たちの目から遠ざけようとしていた。

一人のソ連軍兵士と眼鏡の朝鮮人通訳が銃を構えて私たちを監視し、一人の兵士は軍靴のまま畳の上にあがった。その男の、袖をまくった軍服からのぞく毛むくじゃらの腕には蠍《さそり》の入れ墨があった。

そのソ連兵はのっしのっしと歩きまわり、自動小銃の先で欄間の扁額を下から突き上げた。額ははずれたが、裏からはなにも出てこなかった。花の生けられていない花瓶の中までのぞき込んだ。なにもないと分かると、疑いの目でじろりと私たちを見た。

母を上から下、下から上へとねめまわす。

母は私の手を握っている。その左手がぶるぶるとふるえている。私の手もふるえている。姉の手もふるえている。

次に私をねめまわす。

ああ、ぼくの体に巻きつけてある札束が発見されたらどうしよう。

もう歯の根が合わないどころではなかった。私の体はがたがたと音をたててふるえた。

ソ連兵の目は姉に移って、しばしとどまった。

その目は姉が少年なのか少女なのか判別しかねているようだった。

長い時間だった。私たちはただ歯を食いしばってふるえていた。

「本当に男はいないんだな」

母は無言でうなずく。

「本当に金目のものはないんだな」

母はまたがくがくとうなずく。

朝鮮人通訳は目をつり上げ、ピストルの狙いを母から私へ、私から姉へと移動させ、それをなんどか繰り返し、最後に私のどこを狙ったのか、ぐいっと引き金を引いた。

ガーン！

銃口が火を噴き、ピストルの音がひときわ大きく轟《とどろ》いた。

熱いものが私の右耳をかすめていった。それは母の左肩のそば近くでもあった。

背後では窓ガラスが砕け散ったようだが、振り返る余裕はなかった。失神しないでいるのが精一杯だった。

部屋の外では女の悲鳴や男の叫び声が絶え間ない。

二人のソ連兵はもう一度、部屋の中を見回し、ついにあきらめて出ていった。

「ああ……」

安堵《あんど》の息をもらし、私たち三人は互いに寄り添い抱きしめあった。

姉の体も母の体もけがされることなく、私が隠し持っているお金も発見されることなく、無事に命拾いをしたことはまるで奇跡のように思えた。あの朝鮮人通訳の撃ったピストルの弾丸が私にも母にも当たらなかったことも。

廊下の向こうの部屋から女の悲鳴が聞こえる。女中たちの身になにかあったのだろうか。

「いけない。あの子たちが危ないわ」

そう言って母が靴を履いて部屋を出るとすぐ目の前に、朝鮮人通訳が眼鏡を光らせていて、母を押しとどめた。

「男の楽しみを邪魔してはいけませんよ」

通訳はにやりと笑った。

すると、自動小銃を肩からつるした二人のソ連兵がズボンのベルトをしめながら部屋から出てきて、

「ハラショオ、ハラショオ、オーチンハラショオ！（結構、結構、大いに結構！）」

と笑いながら言い、肩を抱きあい靴音を響かせて階段を降りていった。

母が部屋に入り、姉があとにつづいた。母は私に来てはいけないと言ったが、私はそれを無視して入っていった。

三人の女中が声をあげて泣いていた。

部屋の真ん中に服をほとんど脱がされた形の妙子《たえこ》は、もんぺの紐《ひも》を結ぶ気力もなく、大の字になったまま天井を見上げてわんわん泣いていた。新潟《にいがた》出身の二十歳の娘である。

その右側で、畳にぺたりと坐って、もんぺの紐をゆっくりと結んでいるのはツネである。ぼさぼさに乱れた髪で顔を隠して泣いていた。石川出身の二十二歳だ。

左の壁には淑子《よしこ》がぴたりと張りついて、強張《こわば》った顔でひきつけたように泣いている。淑子の服は乱れていなかった。

「淑子、お前は大丈夫だったのかい？」

母の問い掛けに淑子は声なくうなずいた。

淑子は平壌《ピョンヤン》出身の朝鮮人で、名は金愛淑《きんあいしゅく》といったが、わが家では淑子と呼ばれ、私が三歳の時から私の世話係をつとめていた。乳母《うば》のようなものだ。年齢は二十二。三人の中では一番美人で、私は淑子に甘えて眠るのが嬉しく、毎日、夜が来るのが待ち遠しかった。淑子は肌が白く、胸は大きくて柔らかい。そしてこよなく優しい。淑子の胸は私にとっては桃源郷で、その胸に顔を埋め、乳房に触り、乳首を吸い、夜毎、夢心地で眠りに落ちたものだ。

「あの朝鮮人の通訳に助けられたのかい？」

「私、朝鮮人です。どうぞ助けてくださいって、朝鮮語でお願いしたんです」

「それは良かったわねえ……」

母の言葉には力がなかった。

「私、もうお嫁に行けない……」

畳をたたき、畳をむしって妙子は泣いた。

するとツネが母の膝をつかみ、それを揺すって身をよじりつつ言った。

「こんなに汚されてしまって、私、日本に帰れない……」

「ごめんなさいね。満洲に渡ってきたばっかりに、こんなことになってしまって。でも妙子もツネも日本ではお母さんが待っているのでしょう。いつのことになるか分からないけど、その時が来たら、日本へ帰りましょう。ね、その日が来るまで頑張りましょう」

母も一緒に泣いていた。そして呆然としている姉のほうへちらりと視線を投げた。それは、髪を切って良かったでしょうといっているようだった。姉は生まれて初めてみる人間のむごたらしさ、あさましさ、そして女の身の弱さを知って、わなわなとふるえているばかりだった。

女中たちの部屋を出ると、ホテルの廊下にはソ連兵に撃たれて死んだ日本人の男たちの死体が転がっていた。あるものは天井に隠れていて、下から闇雲に撃たれた自動小銃の弾に当たり、血だるまになって転げ落ちてきたという。天井には大きな穴が開いている。あるものは何気なくズボンのポケットに手を入れたため、武器を持っていると疑われ、ピストルで撃たれて死んだ。また、あるものは大きな柱時計の中に隠れていたところを発見され、即座に撃たれた。どの死体からもまだ血が流れていた。それを跨《また》ぎ跨ぎ歩いて部屋に戻った。

窓の外がざわめいている。

どこにこれほど大勢の男が隠れていたのだろう。男狩りに遭った日本の男たちは、腰を縄でつながれ、両手を頭にのせて、自動小銃の先で小突かれながらソ連軍のバスに押し込まれていった。彼らもまた歌っていた。

日本男児と　生まれ来て
戦さの場《にわ》に　立つからは……

また『戦陣訓の歌』だ。日本の男たちはよほどこの歌が好きなようだ。戦って死ぬ時に歌うべき歌のはずだが、どうしてこんな時にこの歌を歌うのか、私には軍人ばかりではなく、日本人の男たちの頭の中が分からなかった。

彼らを乗せたバスが出ていったあと、私たちはホテルの外へ出た。淑子を見送るためだ。

淑子は私たちと一緒に日本に帰って、今までと同じように働くつもりであったが、それをあきらめ、朝鮮人会を頼って平壌へ帰ることにした。この先無事日本に帰れる保証はないし、もしそれが叶《かな》ったとしても、朝鮮人の身ではきっと不愉快なあつかいを受けるに違いないからである。

別れ際、淑子は私に駆け寄り、力いっぱい抱きしめ、子供を相手とは思えないような熱烈な接吻をした。

「淑子ねえさん、きっとまた会おうね」

「ぼっちゃん、お元気で」

長い長いとろけるような接吻だった。

あまりに濃厚な淑子の接吻に私の脳髄はとろけそうになり、眩暈《めまい》さえ起こした。ハルビン地段街の街景色がぐるぐるとまわった。道行く人影もまわった。母や姉や女中たちの姿も回り、陽炎《かげろう》のように揺れ、やがてむこうが透けて見えるようになり、そして見えなくなった。

淑子の舌が私の口の中に入ってきた。私はそれをしゃぶり、自分もまた舌を淑子の口の中へ入れていった。淑子はそれを柔らかく噛み、私の口へ押し戻し、さらに奥深く私の口の中へと侵入し暴れまわった。ねっとりとしたその甘さに私は全身がとろけそうになった。

淑子は私の顔を両手ではさみ、

「坊っちゃん、お元気で」

とふたたび言ったが、その声には少年の声のような響きがあった。

私ははっとして言った。

「ゴースト、あなただったの？」

「うふふふっ」

ゴーストは私を迎えにきてくれたんだ。しかし、ここはどこだろう。最高塔でないことは確かだ。むろんハルビンでもない。冷たい風も吹いていないし、夜空の月も星もなにも見えない。第一、私は仰向けに寝ていて、ゴーストが私の上におおいかぶさっている。

「ゴースト、ここはどこ？」

「さあ」

私の目から二メートル上のところで二十燭光《しょっこう》の電球がぼんやりとした光を落としている。

二十燭光の裸電球？　おおっ、そうか。

私は思い出した。思い出さないわけがなかろう。ここは私の人生での、人生ってほどまだ生きてはいなかったけれど、とにかくわが人生で最大の貧困と屈辱の場所であった。

そのアパートは
五反田《ごたんだ》駅から歩いて

五分ほどの裏町にあって
灰色のモルタルが塗りたくってあったが
それもところどころ剝《は》げ落ちた
どことなくかしいでいるような
古ぼけた木造建築であった
半畳ほどの靴脱ぎ場には
擦り切れた油じみた運動靴やサンダルが
あふれんばかりに折り重なっていた
私は自分の脱いだ靴を
右手につまんで框に上がる
廊下の板は湿気でたわみ
一足ごとに危ういむせぶような音を立てた
玄関の横にある便所は汲み取り式で
臭気は鼻から脳天を突き目で止まった

ああ　私の二十歳の頃よ

涙のほとばしるような臭気の日々よ
私の部屋は入ってすぐ左
すなわち便所と隣り合わせだった
幸い間に押し入れがあったが……
部屋は三畳であったが
六畳間をベニヤ板で間仕切りした
相部屋式三畳間であった
といっても間仕切りは
天井にまで達していない
間仕切り上つまり天井の真ん中には
二股のコンセントがあり
二本のコードが左右に分かれていた
天井のフックに引っ掛けられた
コードの先には二十燭光の
電球がぶら下がっていて笠もない

ああ　私の二十歳の頃よ
言葉しか持たぬ無一物の頃よ

「ここはぼくがかつて住んでいたアパートだ」

「その通り」

「いつの間にぼくを連れてきたんですか？」

「君が淑子さんと口づけを交わして夢見心地になりながら私を呼び出したんだわ。私は大急ぎで飛び出していって、君をさらったのよ」

「その間、ぼくはどうしていたんですか？」

「気持ちのいい夢を見て、私の背中の上で空中遊泳してたんじゃないかしら」

「しかしまたなんだってこんなところへぼくを連れてきたんですか？」

「連れてきたのは君の記憶の意志ですよ。君はここへ帰りたいと思ったのよ。淑子さんとの接吻のその甘さと匂いによって最高塔にいる君の頭の中の自動式記憶想起装置が作動したんだわ。だから私は君の記憶想起の回路を通って飛びつづけたらここに出てきたってわけ」

「ゴースト、この部屋はね、ぼくがシャンソンの訳詩で徹夜を重ねていた、ぼくの聖域でもあるんだ」
「そうみたいね。楽譜がそこらに散らばっているわ」

二十燭光の明かりの下で
アパートのざわめきの中で
文机《ふづくえ》の上にシャンソンの楽譜をひろげ
ギターでぽろぽろと
音をひろい　鼻歌で追いかけ
辞書を引きつつ訳詩に励む
時の過ぎゆくのも忘れ
ただただ言葉だけを探し求め
呻吟《しんぎん》し落胆し暗中模索し
ついに歓喜に至る時の歓喜！

ああ　私の二十歳の頃よ

永遠という無時間をかいま見た日々よ

「それにしてもこの部屋、強烈な臭いだわね」

ゴーストは咳《せ》き込むようにして言った。

「実はね、それだけじゃないんだな」

夜、寝ようとして
押し入れから布団を引き出すと
何十匹という油虫が這い出てくる
こげ茶色のたっぷりと肥えた
堂々たるゴキブリ軍団の来襲だ
私は　布団をぐるりと囲むようにして
DDTを山と積んで防波堤を作る
さすがの油虫もそれを越えようとしない
私は布団の上に新聞紙を敷く
シーツがわりだ

油虫どもがたむろしていた布団に
じかに寝ることなんてできないことだった
私はがさごそと布団に入る
そして新聞紙で体を覆い
しかるのちに上布団を掛ける
どうだ参ったか！　油虫め
これなら一歩たりとも近づけまい
白いＤＤＴの山の連なりは
私の聖域を守る万里の長城であった

ああ　私の二十歳の頃よ
ゴキブリアパートのあの白い城砦よ

私はゴーストを軽く押し退け、右手を伸ばして文机の上の電気スタンドをつけた。

「ゴースト、なにが見えますか？」

ゴーストは口をぽかんと開けたまま絶句した。

ゴーストの身体は少しふるえているようだ。

「見えますか？　やつらがごそごそやってるの？」

「嘘でしょう？　これみんなゴキブリ？」

「そうですよ。ここは油虫どもの棲家《すみか》だった。そこにぼくが割り込んできたって感じかな。でも大丈夫、やつらは絶対にＤＤＴの山を越えてきたりしないから」

「何十匹いるのかしら？　部屋中うようよしてるじゃないの」

「しかたないよ。ここへ迷い込んできたのがぼくなんだから。じゃ、追い払ってやるか」

私は布団から出て立ち上がり、蠅《はえ》たたきでぱたぱたと畳をたたいた。するとゴキブリどもは巧みにＤＤＴの山を避けつつ、一斉に押し入れの中に逃げ込んだ。その時の彼らの這いまわる音たるや、背筋が凍りつくような凄《すさ》まじさだ。

「でもね、しばらくすると、またのそのそと這い出てくるんだよ」

「だけど、君はなぜこんなアパートに住んでいたの？　もう大分稼ぎもあったでしょうに」

「このアパートはね、家賃五〇〇〇円、三畳間三〇〇〇円が相場の時代にしては破格の安さだった。なにしろ、ぼくは大学進学のための学費を貯めなくてはならなかったから」

「それにしてもひどい部屋だわ。まったく最悪の環境ね。よくここでシャンソンの訳詩なんかできたこと」

DDTに護られながら
眠ろうとして眼を閉じる
油虫の這いまわる音がする
もう夜中だというのに
一階からも二階からも
人々の会話が絶えない
隣の部屋で抱き合う
男女の声が丸聞こえだ
なにがあろうとかまわない
爆弾さえ落ちてこなければ
なにがあろうとかまわない

銃弾さえ飛んでこなければ
なにがあろうとかまわない
雨露さえしのげれば
なにがあろうとかまわない
引揚げから十三年経ったが
死はなお私のすぐそばにあった

ああ　私の二十歳の頃よ
戦争の恐怖の余韻の中に眠った夜よ

「ほら、やっぱり君の潜在意識の中には戦争体験が抜き差しがたい太い柱となって存在しているのよ。それから目をそらそうなんて考えてはいけないわ」

「目をそらさないと、生きていく意欲も自信も持てないんだ」

「絶望の中に一瞬の閃《ひらめ》きをみつけることだわ。それには創造という行為しかないの。未来につながる時間を生きるには、遠い隣人を愛するという無限の愛と忍耐をもって闘うしかないのよ」

ゴーストの言葉の意味はよく分かった。今現在の自分のまわりにいる人間たちを愛するなんて自己愛となんら変わらない。遠くの愛とは、国境を越えて、時間を超えたはるかかなたにいるであろう人間たちに向かって、そこに語りあえる友がいるに違いないという信念を以て創造する愛だ。分かるけど、そんな愛が私の中にあるだろうか? そんな忍耐力が。

「君は淑子さんと接吻していて、なぜこのアパートを思い出したの?」

「淑子ねえさんはぼくが生まれて初めて出会った世にも優しい女性だった。ぼくに三年間、添い寝してくれたんだもの。淑子ねえさんとの別れは本当に悲しかった。だから、唇をはなすのがイヤだったんだ」

「それで?」

「その時、ぼくの頭に、人生で二度目に出会った優しい女性が閃いたんだ」

「なんていう名前?」

「洋子《ようこ》っていうんだ」

「どんな風に優しいの?」

「底なしに優しいのさ。愛することは優しくすることだってことをぼくに数えてくれた人だ」

洋子は大井町《おおいまち》にあった名曲喫茶「らんぶる」のレジ係だった。さほど美人というほどでもないが憂いのある眼差しの知的な女性だった。

私はクラシック音楽にのめり込んでいて、小銭と時間さえあれば、九段《くだん》高校の帰りに神田《かんだ》の「らんぶる」もしくはこの大井町の「らんぶる」に行き、モーツァルト、ベートーヴェン、マーラー、バルトークなどを聴いた。当時、私たち一家が住んでいた下神明《しもしんめい》からぶらぶら歩いて行ける距離でもあった。なにを隠そう、私は洋子に惚《ほ》れていた。マイクを使って店内に曲目紹介する時の、そのよく通るアルトの声に魅せられていた。

私の気持ちは洋子に通じたらしく、音楽以外は物音ひとつしない店内にあって、二人はアイコンタクトで互いの想いを交わしあった。

私の人生には逃避行や引揚げ体験など「漂泊」の色がいつもつきまとっていたが、それを決定的にする事件が起きた。

私の母は青森にいた頃に脳溢血を患い半身不随だった。その母があまりの貧乏に耐えかねたのだろう、左手を自分の口の中に入れ、奥歯にかぶせてある金歯を何個か抜き取り、それを手のひらにのせ、「さあ、これを売って食費の足しにしてくれ」と言わんばかりに、兄嫁の前に差し出した。すると、兄嫁は「あら、お義母《かあ》さん、頭おかしくなっちゃった。まったくイヤんなっちゃうわ」と、わざと迷惑そうな顔をした。それを見た私はもう我慢がきかなくなり、兄嫁をげんこつで殴ってしまった。前歯が二本折れるほどに。そういうことの起きる原因はすべて貧乏にあった。うどんの滓《かす》などというものの存在を知っている人がいるだろうか。製麵所がうどん玉を大量に作っていく過程で出るきれっ端だ。一本の長さが最長でも一〇センチあるかないか、ほとんどが三センチほどのものだ。もはやうどんとはいえない。うどんの滓だ。まともなうどんは一玉が十円だが、うどんの滓ならその金額で両手にあまるほど買うことができる。どうせ飼料にするか捨てるかするものなのだろうが、それを製麵所は、ほんのお印ばかりの値段で裏口からこっそり売ってくれる。それを買うのは猛烈に恥ずかしい。

買い物客が何人もならんでいるところで、「うどんの滓ください」という時は顔から火が出る。店の人は「裏へまわれ」と目と顎《あご》で応じる。裏口へまわると、新聞紙でくるんだ大きなうどんの滓の塊が、十円玉とひきかえに、私の手に載せられる。私は逃げるように、その場を立ち去る。

これを、素うどんで食べるのだから、そのまずさたるや、噛む必要もないようなうどんの滓を噛みながら泣きそうになる。

なんでそんなにまでうちに金がないのか。兄には定職がなく、またどこかに勤める気などさらさらなく、一攫《いっかく》千金を狙って新しい会社を起こしてはつぶしている。借金が増えるばかりだ。

ぷいと家を出た私が夜遅くに帰ると、私の文机の上に義絶状なるものがあった。

義絶状

兄嫁に手をあげた不届き者につき

お前を今日かぎり義絶する

そして日付と名前、宛名は私だ。なんと今時、古式にのっとって墨黒々と筆で書かれている。

私は、まだ高校三年だったから、教科書など必要最小限の物を持って家を出た。なんという時代錯誤なことをやったものか。

さて今夜からどこで寝ようか。あてもない。

私の足は自然と「らんぶる」に向かった。

「どうしたの、蒼《あお》い顔して」

洋子は心配そうに声をかけてきた。

「家出しちゃったんだ。お金貸してくれないかな。コーヒー代もないんだ」

幸い閉店間際だったので、客はいなかった。

「いいわ、貸してあげるわ。寝るところがないんだったら、私のところへ泊めてあげるわよ」

ああ、なんということだろう。こんなにもおあつらえ向きなタイミングで恋がかなうなんて。しかも、今夜のねぐらにありつけた。私は全身の力が抜ける思いだった。

帰り道、私たちは大井町駅近くの、京浜東北線《けいひんとうほく》が下を走る土手のベンチに坐った。

「汚いアパートの小さい部屋よ」

洋子の目は、恥じらいに揺れていた。

「布団にくるまって寝られたら文句はないよ」

洋子が私の手を握った。二人の唇が触れそうになった時、洋子のバッグから林檎《りんご》が一個ぽろりと滑り出て、土手を転がっていった。折から通り過ぎていく電車の明かりに照らされて、黄金の玉のようにキラキラと光った。

私はポケットの中に丸め込んであった義絶状を土手の下を行く電車のテールランプに向かって投げた。

「あなたのお家はどっちなの？」

唐突に洋子が言った。

私は一瞬、自分の家の方角を指さそうとしたが、もうあの家には帰らないのだと気がついて、たぶん洋子の家のある方角だろうと思われる空を指さして言った。

「こっちだ」

「よくできました」

洋子は美しい声で笑った。

二人は互いの腰に手を回して、ゆっくりと土手の道を歩いた。

洋子の部屋は名曲喫茶「らんぶる」からほど近いところにある小さなアパートの一室だった。

玄関で靴を脱いだ時、

「靴は持って上がってね」

と言われて、私はふと戸惑った。が、言われたとおりにした。

洋子の部屋は一階の一番奥で、決して豊かとは言えない雰囲気につつまれていた。六畳一間に小さな台所がついている。むろん押し入れはあり、壁際には和ダンスが置かれていた。

洋子はつけたばかりの明かりを消すと、なんの前触れもなく口づけしてきた。私はたじたじとなりながらもそれに応えた。

なんという接吻だろう。またその接吻の甘美さ……。

私は女を知っていたことは知っていたけど、一年先輩の友人に連れられて、新宿《しんじゆく》二丁目の赤線に一回、花園《はなぞの》神社の青線に二回通っただけのいわば駆け出しだった。しかし娼婦は決して唇を許さない。唇は恋人のためにあるものであり、そこには魂が宿るというのが、洋の東西を問わず娼婦にとっての昔からの掟《おきて》のようであった。だから、甘美な接吻などはしたことがなかった。

それが突然、この奪われ方である。もう頭をガーンとやられたような衝撃にわれを忘れた。

布団を敷くのももどかしく、着ているものを脱ぐことさえ忘れて抱きあった。

壁際の和ダンスの蝶番《ちょうつがい》がかたかたと激しく鳴りつづけたが、そんなことに構っていられなかった。

私は生まれて初めて、女の心と身体の奥深さと神秘に魅せられていた。

私は洋子の身体の上で、まるで波にたゆたう水死体だった。力も魂も虚脱したまま時の経つのも忘れてまどろんでいた。洋子の深い呼吸に合わせて私の身体が浮き沈みする。そのたびに、二人の胸と胸の間にある汗の水滴が泡のはじけるような音をたてる。洋子の吐息は海の匂いがした。

その時、ドアがたたかれ、外からがたがた揺すられた。男の怒ったような声がする。

私ははっとわれに返った。

洋子は私を押し退けて飛び起き、

「今、開けますから、ちょっと待ってください」

とドアの外に向かって言い、私には小さな声で言った。

「彼なの、すぐ帰すようにするから、窓から逃げて外で待ってて！　帰ったら部屋を明かるくして、カーテンを開けておくわ。それを合図に戻ってきて！」

私は手早くカバンと靴を持ち、窓を静かに開け、外へ飛び出した。

窓の外は物干し場のような庭だった。そこで靴を履いていると、男を迎える洋子の声が聞こえてきた。私はわざとそれを聞くまいとした。

「靴は持って上がってね」

洋子が玄関で言ったのにはこういう意味があったのか、と私は今更のように納得した。

そりゃあ、彼氏くらいいるだろうな。

洋子にたいしての怒りとか嫉妬のようなものはなにも湧いてこなかった。自分はまだ女に嫉妬心を抱く柄ではないという意識もあった。

土手に腰を下ろして、下を走りゆく京浜東北線をぼんやり眺めているうちに二時間ほどが経った。

振り返ると、アパートの窓には明々《あかあか》と明かりがつき、カーテンが開かれていた。

私は玄関からアパートに入り、自分の靴を持って洋子の部屋に戻った。部屋には布団が敷かれてあった。洋子はパジャマ姿だった。

「ごめんなさい。寒かったでしょう」

「君はお妾《めかけ》さんやってるの？」

「まさか。お妾さんだったら、もっと綺麗なところに住まわせてもらうわ。古くからの知り合いなの」

「時々は来るんだ」

「来てもすぐ帰るわ。家庭のある歯医者さんなの」

「じゃあ、今夜はゆっくり寝られるんだね」

「そうよ。ゆっくり寝てちょうだい。悪かったわ、びっくりさせて」

洋子はカーテンを閉じ、明かりを消すと、私の口に唇を押しつけてきた。たった今、他の男とキスを交わしたに違いない洋子の唇は妙にぬめぬめとして、私の官能を煽り立てた。

和ダンスの蝶番がふたたび激しく鳴った。

私は、歯医者の男と張り合いたい気持ちもあってか、急に一人前の男でもあるかのように洋子の身体を乱暴にあつかった。

洋子は、今にも死にそうな声で泣き、海老《えび》のように身をのけぞらせ、跳ね返った。

そんな夜が二週間つづいた。

この気怠《けだる》く甘美な時の流れは、私がこの世に生まれ落ちて初めて与えられた休息のように思えた。卒業式には出なかったが卒業はできた。

洋子は歯医者の男と別れるから、このまま一緒に暮らそうと言ったが、私はその必要はないと言った。

洋子は私のために苦労したいと言い、私は自分のことは自分で決めると言う。女の献身的な愛と若者の傲慢《ごうまん》な残酷さがぶつかりあうような会話を重ねたあげく、私は洋子の家を出た。

それからというものは、ただもう毎日が放浪生活だ。友人の家に泊めてもらうといってもニ日が精いっぱいで、三日とはいられない。といってそんな友人が大勢いるわけでなし、すぐに当てがなくなり、仕方がないから、適当な口実で友人から金を借りて短い旅に出る。なんてことをやっても二度か三度で借りる相手はいなくなる。道路工事のアルバイトもやった。家庭教師もやった。なにをやっても長続きはしなかった。住むところがないからである。そこで私は薪炭《しんたん》屋に住み込んで配達員になったりしたのだが、この仕事はあまりにきつく、すぐに音《ね》を上げて半年でやめてしまった。そうやってあちこちとさ迷ったあげく、十九歳になってやっとたどり着いたのが、御茶ノ水《おちゃのみず》駅前の喫茶店「ジロー」のボーイという仕事だった。

洋子と別れて一年半ほど経った昭和三十三(一九五八)年十月のある日、洋子が突然、目の前に出現した。

私はど肝を抜かれた。洋子の家を出てから、洋子とは一度として連絡をとっていない。だから私がここで働いていることを洋子が知っているはずがないからである。

休憩時間、蝶ネクタイをはずして洋子の向かいの席に坐った。

「どうして、ここが分かったんだい?」

「女の勘よ」

洋子は神秘めかしてにやりと笑う。

「怖いな。で、なんの用なの？」

私はわざと冷たい態度で言う。

「私のところへ帰ってきてとは言わないわ。言っても、あなたは聞かないでしょうから」

「うん。たぶんね」

「明日か明後日《あさって》、私に付き合ってほしいの」

「なにがあるの？」

「日本初のゴッホ展が上野であるのよ。それを一緒に観にいってほしいの。どうしても、これだけは、あなたと一緒でないと私悲しいの」

ゴッホ展のあることは知っていた。ゴッホの実物の絵を観たことはないが、画集やなにかで観るかぎり、その狂気にも似た執念というか情熱というか、あの燃える炎のようなタッチに満たされた画面に私の心は魅せられていた。

「あなたもお好きでしょう」

「よくは分からないけどね」

二人は約束を交わした。

十月も終わりの頃、上野《うえの》の東京国立博物館で日本初のゴッホ展を見た。会場を出ると細かい雨が降っていた。

洋子の傘に入り、ならんで歩くと、お互いに息が弾んでいるのが感じられた。ゴッホの「糸杉」、黄金の太陽に照らされた麦畑の「穀物の刈入れ」、自身が炎と化した「自画像」など、あの強烈な作品をたくさん見せられた興奮がまだつづいているのだろう。

「私の部屋を出ていって、いったいどんなところに住んでいるの？」

「世にもおぞましい部屋さ」

「あなたの、そのおぞましい部屋で、あなたに抱かれてみたいな」

私はゴキブリアパートを一瞬頭に描き、とても連れていけるところではないと思ったにもかかわらず、口のほうは別な言葉を吐いた。

「本当に来るかい？」

洋子はこっくりとうなずいた。

「怖気《おぞけ》をふるって風邪《かぜ》を引いても知らないぞ」

「なにがあっても驚かないわ」

私を見上げた洋子の顔に赤い傘の色が映えて、ほんのり紅がさした。

上野から山手線《やまのて》に乗り、五反田で降りた。

二人は肩を寄せあって歩いた。しかし、

「これだよ」

と私が自分が住んでいるアパートを指さすと、洋子は身体をぶるぶるとふるわせ、言葉を失った。玄関を上がり部屋に入るや目に涙をためてしゃくりあげた。それはほとんど怒りに似た身悶《みもだ》えだった。

「だから、言っただろう。風邪を引くって」

「どうしてこんな部屋を借りたりするの？　どうして私のところへ来ないの？　そんなに私のことが嫌なの？　私はあの人とはとっくに別れたわ。ね、なぜなの？」

私はなにも答えなかった。

短い沈黙があった。

私の本心を言うなら、洋子にはここで黙って帰ってほしかった。が、私は心にもないことを言ってしまった。

「どうした？　俺の部屋で俺に抱かれるんじゃなかったのかい」

「もちろん、そのつもりよ」

洋子も強がりを言った。

「本当だねえ。泣きだしても知らないぞ」

俺は押し入れを開けて、脂じみた布団を引っ張りだした。油虫が群をなしてついて出てきた。

「…………」

洋子は身をすくめ、爪先立ちになった。

私は布団の上に新聞紙を敷き、まわりにDDTで白い防波堤を築いていった。

洋子は驚きに瞠《みは》った目で、私が黙々と進める儀式をみつめていた。

私は洋子を布団の上、つまり新聞紙の上に坐らせた。

洋子の身体は小刻みにふるえていた。髪の毛に雨の滴がまだ光っていた。

「脱げよ」

と私が言うと、洋子は自らブラウスのボタンを外しはじめた。

本も読めないような、二十燭光の黄色っぽい光の中に、洋子の白い裸身が幻影のように浮かびあがった。

私は洋子を両手に抱きよせ、唇を重ね、新聞紙をがさつかせて横になった。

窓下の壁ぎわに、ゴッホ展のパンフレットが二冊立て掛けられてあった。表紙の絵は「糸杉と星の道」で、そこだけが青と緑と黄色に彩られていて、まるでこの部屋の小さな窓のようだった。その窓からは、背の高い二本の糸杉があたかも一本の木でもあるかのように燃えて、からまりあい、糸杉の左右に星と三日月が輝く、狂気じみた、プロヴァンスの田園風景があった。

二人の抱擁は雨の匂いがした。そしてDDTと新聞紙の臭いがしたが、それよりもなによりも、便所と隣り合わせのこの部屋そのものが持つ、すえたような人間生活のどん底の臭いが目に染み、鼻を刺激し、喉にからんだ。

私は洋子の裸身を抱きしめてはいたが、身動きひとつできなかった。もう悲しくて悲しくて、涙とともに嗚咽《おえつ》しそうであったが、そうしたら最後、なにかが崩れて、ここまで自分が構築してきた人生の実体というものが雲散霧消してしまうような恐怖があった。私はぐっと嗚咽をこらえていた。

その時、私は不思議な声を聞いた。

それは私の耳元でつぶやく洋子の声だった。

「南無阿弥陀仏《なむあみだぶつ》、南無阿弥陀仏……」

私は洋子がどうかしてしまったのかと思った。

身を起こして洋子を見た。洋子は目を閉じ、優しさにみちた表情で、ひたすら私の身体の一部を両手で撫でさすりながら、南無阿弥陀仏を唱えていた。アイラインを溶かし涙が黒い線を引いて左右の耳に流れ込んでいた。

なにかの宗教に洋子が凝っているという話は聞いてないが、彼女が全身全霊をこめて、私に幸あれかしと祈っていることは確かであった。

ああ、俺はこのまま死ぬかもしれない。

「南無阿弥陀仏、南無阿弥陀仏……」

私は洋子の髪に顔を埋め、その海の匂いに酔いながら、洋子の念仏を死出の唄のように聞いていた。それはいつしか、さようならという告別の言葉となって、さざ波のように私の耳にうち寄せ返した。

私は自分が今、洋子の念仏に送られて、彼岸へと旅立つ身であることを意識した。

話をここまで聞き終わると、ゴーストは慎重な調子で言葉を吐いた。

「その時、洋子さんは君の死体を抱いていたんだわ。いや、死体に抱かれていたのかも」

「ぼくという死体？」

「そう。君はすでに死んでいたのよ」

「分かりにくいな」

「君の魂が死んでいた」

「うん。それなら分かるような気がする」

「日本へ引揚げてきた昭和二十一（一九四六）年十月末から十二年間、君の魂はずうっと死の状態にあったということよ」

ゴーストに言われるまでもなく、昭和二十年の八月十一日に爆弾を間近に見、爆風に飛ばされて以来、機銃掃射から間一髪逃れた死の逃避行、飢餓にみちた避難民生活、引揚げとつづいた生活の中で、毎日毎時間、死ぬための心の準備をしていた。生きようとするのはいわば本能のかけらがそうしているのだ。毎日の体験はその一つ一つが人間にたいする絶望と虚無であった。

一度として命の充実を感じたことはなかった。それが今なおつづいている。私はずうっと死につづけていたのだ。

「このゴキブリアパートがとどめの場所」

「じゃ、なにかい、この部屋はぼくの棺桶《かんおけ》だというのかい？」

「そうよ。『罪と罰』のラスコリニコフの部屋よりもこの部屋のほうがよっぽど棺桶らしいわ。君は死神にとりつかれているのよ」

「助けてくれ、ゴースト。どうすればいい」

ゴーストは素早く貫頭衣を脱ぐと、新聞紙の上に寝そべり、私を迎える姿勢を取った。

「さあ、いらっしゃい。君も服を脱いで！」

言われた通り、私はゴーストの裸身の上に身を重ね、ゴーストの濡れた洞窟の中に怖々《こわごわ》と入っていった。

ゴーストは、かつて洋子がしたように、私の頭を両手で撫でさすった。そしてなにか言った。

「カバラミネラリスラビシモンベンカーラ、カバラミネラリスラビシモンベンカンターラ」

「なにそれ？」

「錬金術の呪文よ」

「錬金術？」

「魂の錬金術よ」

「魂の錬金術ってなんなの？」

「錬金術については知っているでしょう？」

「おぼろげながらね」

錬金術というのは古代エジプトを発祥の地としていて、その目的は金ではない卑金属を人工的手段によって金に変えようとする魔術的空想科学である。アレクサンドリアを中心とするアラビアの秘教化学として発展し、ヨーロッパでは十四、五世紀に全盛を迎えた。結果として錬金術は卑金属から金を作り出すことに成功はしなかったが、その実験と研究の過程でさまざまな副産物（薬品、ダイナマイト、ニュートンによる引力、キュリー夫人による核エネルギー）を発明発見し近代科学の基礎となった。錬金術師はいわば科学者の前身とも言われている。

「この原理を人間に応用したのが魂の錬金術なのよ。つまり、金でない人間を金にする」

「なんだか随分非科学的な話だね」

「まあ黙って聞いてよ。人間はね、誰もがこの世に生まれ落ちた時には金だった、というのが前提なの。ところが生きているうちに、この金の上に習慣、教育、宗教、伝統、常識、流行、洗脳、欲望、羨望《せんぼう》、嫉妬、打算、自尊心……実に多くのものが降り積もってしまい、人は誰でも自分が金であったことを忘れてしまっている。そこで、それら幾層にも降り積もった被膜のような束縛を取り払ってあげることで人は自分が金であることを自覚するということ。ディスカバーとは覆いを剝《は》がすという意味だから、このことによって人は自己発見する。この時、人は金になるのよ。その秘術が魂の錬金術なの」

「錬金術って、確か、卑金属を一度腐らせ、死の状態にするんだよね」

「そう。そうして塩と水銀を加え、クリスタルのフラスコに入れ、地中で長時間熱すると、卑金属は変成する。それに『賢者の石』を加えると金になる」

「金になるとどうなるの？」

「不滅になるの。でも、そのためには、どうしても一度、死ぬ必要があるの。死んで、あらゆる束縛から解放される必要があるの」

「それが今なんで必要なの？」

「君には死神がとりついているって言ったじゃないの」

「死神を追い払う方法ってないの？」

「たった一つあるわ。それは死ぬことよ。死ねば死神は君のそばから離れていくわ。簡単なことじゃない？」

「死ぬほうにとっては簡単ではないな」

「そこで私が君に完璧な死を与えるのよ」

「完璧な死ってなに？」

「蘇生して復活する死よ」

「復活する死って？」

「永久不滅の命。君は金になるのよ」

「うーん、よく分からないな」

「今は大至急、君にとりついている死神を追い払わなくては」

「それにしてもゴースト、あなたの論理には矛盾があるよ」

「どんな矛盾？」

「第一、今、ぼくたちがいるのは昭和三十三（一九五八）年の十月ですよ。今日という日は、ぼくの人生ですでに生きてきてしまった日だ。この先ぼくは、死なずになんとか生きつづけた。そのことはあなただって知っているではありませんか。だから昭和四十（一九六五）年の十一月にぼくとあなたは出会ったんじゃないですか？ぼくがここで死なないことが分かっているのだから、魂の錬金術の必要はないよ」

「そんなことに私が気づかないとでも思ってるの？　問題はもっと別次元にあるんだわ。封印した記憶の中で、君は淑子さんとキスを交わして、洋子さんを連想し、このゴキブリアパートに帰ってみたいと思った。そして、私と一緒にタイムトラベルして帰ってきた。そして君がこの部屋で、世にも優しい洋子さんとふたたび抱きあったとしたら、君は間違いなく死んでいるわ。洋子さんの南無阿弥陀仏に送られて。私という邪魔者がいたからそうはならなかったけど」

この時、私の心の中で不思議な現象が起きた。私の心が燃えるように熱くなったのだ。それは熱望するとか熱愛するとか、情熱とか熱情とかそういう言葉に出てくる熱という文字にふさわしい熱きうずきだった。そう、私は死にたがっていたのだ。しかし同じ死ぬなら、洋子の南無阿弥陀仏に送られて死ぬことをわれ知らず熱望しつつ生きていた、ということを、ゴーストの言葉によって思い知らされたとでもいうのか。

「世の中にはね、忘れられない過去に戻ったまま帰ってこない人が大勢いるじゃないの。戦争から帰ってきた兵士が、現実生活に適応できないまま戦争を追体験するために戦場へ帰っていくとか。人生最愛の人を失った悲しみを認めることができず、陰膳《かげぜん》をすえて生活しているうちに精神に障害をきたす人とか。記憶の迷宮に迷い込んで帰ってこない人は、行方不明者、自殺者も含めると、それこそ山のようにいるのよ。君もそのひとりになるところだったのよ」

「ぼくの場合なら昭和四十年十一月、入院先の病院で死す。死因は二度目の発作ってとこかな」

「そういうこと」

「なるほどそうか。分かったよ。でもなぜ今、魂の錬金術をぼくにほどこすの？」

「最高塔に登った君が、封印した記憶の闇の中に降りていって、二度と今回のような危険な目に遭わないようにするためよ」

「でも、それだって、ぼくが一度生きてしまった過去の記憶だよ」

「人生を真剣に生きようとする者は、過去の体験をなんどもなんども反芻《はんすう》する必要があるのよ。過去の体験は、その人独自の、世界で唯一無二の長大な大河小説のようなものなのよ。一回や二回読んだくらいで理解できるはずがないわ。三回、四回いや百回、千回、万回読んでもまだ理解不可能なものなの。過去の体験を適当な解釈をして本棚にしまい込んではいけないわ。なぜなら記憶っていうのは大抵本人の脚色演出のもとに整理されているから。人間誰しも過去の体験を、まさに初めて遭遇したかのように新鮮に追体験することは無駄じゃないわ。それは新しい自己発見と自己創造でもあるから。特に、二度と見たくないと思って、自分の過去の体験を記憶の闇の奥へ封じ込めてしまった君の場合は、君の過去がまるで冷凍保存されていたみたいに新鮮な状態で眼前に再登場するわけだから、それこそ物凄いショックに襲われるかもしれないわ。君が平常心でいられる保証はない。その場で卒倒して、死んでしまうかもしれないじゃないの。だからそのためにも、君は私が与える完璧な死を受け取らなくてはいけないのよ」

「ということは、仮死状態になるってこと？」

「違うわ」

「臨死体験かな？」

「違うわね」

「擬死体験だ」

「全然違う」

「あとはなんだろう」

「本当の死よ」

「ええっ、そりゃあないよ。少しくらい種明かしをしてくれたっていいじゃないですか」

「あとは死んでのお楽しみといったところね。黙ってお任せあれ。私は君の教育者であり指導者であり、錬金術師《アルケミスト》でもあるのだから」

私の頭はこんぐらがってしまっていた。いったい今、自分がどの時代のどこにいるのか。それさえ忘れそうになっている。しかしなにがどうであれ、死ぬなんて話は困る。たとえそこになんらかの仕掛けがあって、生き返ってくるにしろ、その保証はないわけで、そんな物騒な実験めいたことはやめてほしかった。

「本当に？」

「いずれにしてもこの部屋の空気は悪すぎるわ。便所とＤＤＴ、そして油虫どもの臭いが混じり合って、私まで死んでしまいそう」

ゴーストはいつの間に用意していたのか、吐息の交換マスクを取り出すと、私の顔にかぶせ、自分もかぶった。

ゴーストの甘い息が私の喉の奥まで達した。ゆっくりとしたテンポで二人の生温かい呼吸が混ざりあった。ゴーストの薔薇の鍾乳洞の中にすっぽりと呑み込まれていた私の反応体はますます自己の存在を主張しはじめた。私がゆっくりと身体を動かすと、ゴーストはそれに応じて鍾乳洞を濡らし狭窄《きょうさく》させる。なんとも言えない恍惚《こうこつ》とした魂の交換であり交歓でもあった。

「どうやって死ぬの？」

「こうやって死ぬのよ」

「こうやって？」

「そう。こうやって」

「腹上死か。死ぬなら腹上死が望ましいって芥川龍之介《あくたがわりゅうのすけ》が言っていたけど」

「理想の死に方だわね、たぶん」

そう言うと、ゴーストの鍾乳洞はそこにゴーストの両手があるがごとく、私の反応体を思いのままにもてあそんだ。

「ああ、ゴースト、やめてくれ。動かないで。それはまずい。ぼくはもう……」

「いいから、我慢しないで。正直坊や。泣きなさい」

私の反応体はあえなく涙をほとばしらせた。

ゴーストは両腕で私の上半身を固く抱きしめると、次には両足で私の下半身をがっちりと固定させた。なのにゴーストの鍾乳洞はまったく別な生き物のように、噴水と狭窄を繰り返し、私の反応体をさまざまに刺激する。私はたちまちにして、二度目の頂点を迎えた。

「ゴースト、ちょっと休ませてくれないかな」

ゴーストは私の声など聞こえない風情で、規則正しい呼吸をつづけている。

私の反応体はまたもやなにごともなかったかのように屹立《きつりつ》し、鍾乳洞の壁面から出てくる何本もの手にいじられ、なぶられ、ねぶられて、あれよあれよとみる間に、三度目の頂点を迎えてしまった。

「ああ、ゴースト、お願いだ。休ませてくれ。これ以上先へ行ったら死んでしまう」

「その先へ行くから新しい景色に出会えるんだわ。いつもと同じ景色を見て、君は今

「それはそうだけど、これ以上は……ああ、死ぬ！　本当に死ぬよ」

私は絶頂に達した女が上げる悲鳴のようなものを発した。が、ゴーストはその悲鳴など聞こえない雰囲気で腰と鍾乳洞を自在に動かし、私を快感でいじめぬいた。その上、ゴーストまでがあえぎ声をあげた。

「どお？　私のよがり声、お気に召して？」

お気に召したもなにもない。吐息の交換マスクの管を通して、私はゴーストのあえぎ声をその熱気と湿り気とともに聞いていた。もう頭がどうにかなりそうだった。

「ああ、いいわ……」

ゴーストは芝居めいた声を発した。芝居と分かっていながらも、情けなくも私は四度目の頂点に達してしまった。目の前が真っ暗になった。心臓は早鐘《はやがね》のようだ。全身、汗びっしょり。しかしこんな快感がこの世にあるなんて知らなかった。身も心もとろけそう、とはあまりに平凡だが、ほかに適切な表現がみつからない。ただただ幸せで、生きているって素晴らしいと思い、自然というものは絶妙なものだなどと感心し、宇宙の片隅でゴーストとこうして結ばれていることが、なにか奇跡のような価値あることに思え、私は泣きたいほどに感動しつつ、五度目の絶頂に昇りつめた。

私は、くらっとした。

あれ？　ちょっと変だぞ。

心臓の鼓動が全身に響きわたる。

目を開けていられなくなった。

目を閉じると、白い光がたなびく中になにかが見える。閉じた目の中でさらに目を細めて相手を識別しようとする。

女がいる。その女がゆっくりと振り返った。洋子だ。長い髪をたらした裸身の洋子だ。

「洋子！」

私は呼んだ。

「…………」

「お前はあれっきり俺の前から消えてしまったけど、どこでなにをしてたんだい？」

長い間、疑問に思っていたことを訊《き》いた。

「私はこのアパートを出たあと、真っ直ぐ家に帰り、睡眠薬を大量に飲んで、死にました」

「死んだ？　なぜ、そんなことをしたんだ？」

「私が死ななかったら、あなたが今にも死にそうだったから」

「じゃ、お前は俺の身代わりとして死んだつもりなのか？」

「そのつもりだったわ。もし身代わりがかなわなかったとしても、あなたはじきに死んで、私のあとを追いかけてくるはずだから、それもまた私としては楽しみだったわ」

「ばかな。そんなことがあってたまるか」

「でも、身代わりに死んだ甲斐《かい》があったようで、私、嬉しいわ」

私はなんと言えばいいのか分からなかった。今更、お礼を言うのもおかしいが、第一、身代わりなんて、そんなことありえない。でも、本当かもしれない。私はただ惑《わく》乱《らん》して洋子の名前を呼んだ。洋子どこへ消えてしまったんだ？

「洋子……洋子……洋子……洋子、帰ってきてくれ！」

「洋子はここにいるわ」

「……？」

その声は吐息の交換マスクの管を通して聞こえた。

「あなたの洋子は今あなたに抱かれているわ」

たしかに洋子の声だった。

いつの間に、ゴーストと洋子が入れ替わったのか。いや、ゴーストが洋子に変身したのか。マスクの上から見ても、確かに洋子だ。

「もっと激しく私を抱いて！　あの初めての日のように無我夢中になって……」

なんという懐かしい声だ。どんなにこの声を聞きたいと思っていたことか。

ゴーストの鍾乳洞……いや、洋子の陰部は私がかつて愛した時と同じように淫らこの上なく膨張と緊縮を繰り返す。

「ああ、洋子、もうどこにも行かないでくれ！」

私は前後不覚になって、ひたすら激しく洋子の中で暴れまわった。この部屋にないはずの和ダンスの蝶番の音がけたたましく鳴った。そう、あの洋子の家での時のように。

「洋子、お前、死ぬ気があったのなら、言ってくれたらよかったのに。喜んで一緒に死んだのに。ばかだなあ。ひとりで死ぬなんて。でももう離さない。俺はお前と一緒に死ぬんだ」

私は全身反応体となって、汗にまみれ、自らが巨大な活火山となり、マグマとともに噴煙を巻き上げ、爆発した。

自分の呼吸が次第に静まっていくと、洋子のつぶやきが聞こえてきた。

「南無阿弥陀仏……南無阿弥陀仏……」

洋子はかつての日のように私の頭を両手で撫でさすっている。

洋子の吐息は昔と同じ海の匂いがした。

私は海に浮かぶ溺死体《できしたい》のように、洋子の胸の上にあって、ゆっくりと上下していた。

私は恍惚《こうこつ》となり、自分の心臓の鼓動がか細くなっていくのを感じていた。

「南無阿弥陀仏……カバラミネラリスラビシモンベンカンターラ……」

洋子の声はいつしかゴーストの声になり、念仏は錬金術の呪文に変わっていた。

と思った時、静かに脳天を鉄槌《てっつい》で力いっぱい殴られたかのような衝撃を受けた。途端に目の前が真っ暗になり、死の恐怖が襲ってきた。私は全身寒さにふるえ、総毛を逆立てながら、そのまま前に倒れた。

ああ、こうして死ぬんだ。なんてあっけないんだ……。

私は真っ暗闇を真っ逆さまに墜落していた。

いつまでたっても闇の底にぶち当たらない。

私の体は風を切るがごとくひゅうひゅうと音を立てている。そのせいか酷《ひど》く寒い。

私には生きているという感覚はなく、自分が死の世界を墜落しているのだというそのことだけをはっきりと自覚していた。悲しいとか悔しいという思いはまったくなく、生きていた頃の友人や恋人を思い出すことも一切なかった。死とはこういうものかという実感だけがあった。いっそ清々《すがすが》しいと言いたいような孤独感だ。私のこの墜落が完了すれば、すなわち私がこの闇の底にぶち当たって粉砕されれば、最後に残された孤独感も木端微塵《こっぱみじん》になってしまうだろう。その時こそ本当の死の時なのだろうが、ならば今、私が墜落している時間と空間はなんなのだろう。死に行く時間というものなのだろうか。人は瞬間的に死ぬように見えはするが、生から死へと移動する時間というものがあるはずだ。その移動する時間の闇の中を私は今墜落しているに違いない。

そのうち、墜落の速度がやや落ち着いてきたかと思うと、私の体は分厚いテントのような布の上にどさりと背中から落下し、そのままその布によってくるまれた。

風はやんだ。自分の体が風を切る音も消えた。

私は自分の体が太いロープで縛られ、吊《つ》るされ、闇の宙空に浮遊していることを感じる。

その私の体が頭を後ろにして爪先の方向へ移動しはじめる。ゆらりゆらりゆらと。どこからともなく、光が差し込んでいる。

その光は暗黒全体が白い霧のようなものによって覆われていることを教えてくれたが、その白い霧のようなものは、風もないのになにものかによって押し退《の》けられるようにして、ゆっくりと左右に分かれ、掻き消えていった。

私の目の中いっぱいにふたたび闇夜が広がった。星ひとつない。月を探したが、月らしいものはどこにも見えない。光源がどこにあるのか分からないのに、淡い光らしきものがあって、闇夜を闇夜として存在させていた。

さきほどまで私が勢いよく落下していたあの死の闇とは闇の深さが違う。ああ、これはきっと冥界の闇なのだと私が理解しようとしていると、大きな鳥が羽ばたいているのが、その淡い光によって私の頭上に見えた。話に聞く信天翁《アホウドリ》よりも大きい。が、よく見ると、それは鳥ではない。人間だ。両腕に大きな翼をつけた人間が夜空を飛んでいるのだ。翼は腕に装着されているが、翼の両端を数本の紐《ひも》のようなものが繋《つな》いでいて、その紐《ひも》の中央に両足をかけ、ブランコかふいごを踏むようにして漕《こ》いでいる。両腕の上下運動と両脚の開脚屈伸運動によって翼は羽ばたき、その人間はおおらかに、悠々《ゆうゆう》と空を飛んでいるのだった。

が、飛んでいるのは一人ではない。一羽ではないと言うべきか。同じような仕掛けを駆使して、人間が空を遊泳している。右にも左にも、全部で七羽。どこかで見たことのある景色だなと思ったが、すぐに気がついた。スペインの画家ゴヤが銅版画集『妄』の十三番で描いた空飛ぶ人間の図だ。その版画の中で、翼をつけた人間たちが暗い闇の中をどこへ向かってか、空中を飛翔している。あまりに残酷で虚無な現実世界から逃れて、どこでもいい、この世のほかならどこでもかまわない、とにかく「この世のほかなら何処へでも」とボードレールが『巴里《パリ》の憂鬱』の中で言った言葉を、空飛ぶ人間たちは顔全体、体全体で表している。その版画で見た景色を私は今、目のあたりにしている。しかも私は四羽の人間鳥たちによって紐で吊るされ空中を運ばれているのだ。一羽が先導者、四羽が私を運び六羽目が護衛だ。何枚もの大きな翼が上下するたびにばさりばさりと音がする。それはこの世を逃れて、どこでもいい、とにかく逃げるんだという強固な意志の音楽でもあるかのようだ。

音楽といえば、そう、どことなくショパンの葬送行進曲（ピアノソナタ第二番第三楽章）を思わせるメロディが聞こえてくる。それは歌であった。空飛ぶ人間たちが低く、うなるように歌っているのだ。

『帆のない小舟』

星のない暗い海に
船出した帆のない小舟
あてもなく波間に揺れて
悲しみの歌のまにまに

ゆらり　ゆらゆら　ゆらり
ある時は嵐に泣いて
友を呼ぶ帆のない小舟
傷つきさまよい疲れて
悲しみの歌のまにまに
ゆらり　ゆらゆら　ゆらり

この世のほかの世界を
夢に見る帆のない小舟
いくたびも希《のぞ》み破れて
悲しみの歌のまにまに

ゆらり　ゆらゆら　ゆらり
運命なら行くも帰るも
ままならぬ帆のない小舟
この旅路終る時まで
悲しみの歌のまにまに
ゆらり　ゆらゆら　ゆらり

この歌は、あのゴキブリアパートで眠れぬ夜を過ごしている時、あまりに惨めな自分の青春のありように絶望し、私自身を弔《とむら》う歌として作ったものだ。それはどこからともなく現れ出てきて、果たして歌の体《てい》をなしているかどうかなど考えもしないうちに、いつか知らず楽譜に書き留められた歌だ。私の頭の中にはショパンの「葬送」が、絶え間なく鳴り響いていた。私はそれを『帆のない小舟』と名付け、朝な夕なに、歩きながら、はたまた疲れた体を公園のベンチに横たえて、無情な天を仰ぎ見ながら、自嘲的に口の端を歪《ゆが》めて口ずさんでいた。そぼ降る雨に濡れそぼち、空腹をかかえて、帰る場所とてなく、橋の上から汚れた水の流れを見下ろしている時など「この世のほかなら何処へでも」行ってしまいたいと心から思ったものだった。

私は足下の小石を拾って水面に向かって投げる。一つ、二つ、三つ、四つ……。死を連想する数の小石を投げ終わると、私はふたたび歩きだす。そして同じ歌をまた口ずさむ。

そんなことを考えながら、私は今、自分の葬列が冥界の闇を進んでいることには気がついている。

ちょうど歌が終わった頃、目の前に壮麗な建物が出現した。寺院らしいドームも尖塔もないが城塞《じょうさい》とも違う。えも言われぬ威厳に満ちた殿堂という言葉がふさわしい白い大きな建物だ。周りには高い塀があり、大きな門が私たちの行く手に立ちふさがっている。門の前には葬列を迎えるための広場がある。広場の手前は切り立つ絶壁だ。それは無限の闇の底を連想させるが、途中から先は見えない。

私はその広場に降ろされた。紐をほどかれ布をはがされ、門に向かって立たされた。

人間鳥たちも全員広場に降り立ち、片膝立ちの姿勢をとった。

先導していた人間鳥は翼をたたむと、太い右腕を振り上げ、拳で門をたたいた。ドーン！　ドーン！　ドーン！　と三回。

すると、ドーン！　ドーン！　ドーン！　と中から門がたたかれた。先導者も片膝をついた。

声があった。闇夜を揺るがすような、よく響く声だ。

「そこへ来たのは何者か？」

先導していた人間鳥が私を見て、答えよと目で言った。

私は思いつくままに言った。

「死して冥界《めいかい》をさまようものです」

「ここがどこか知っているのか？」

底鳴りのする声が返ってきた。

私は人間鳥を見た。彼は恐ろしいような顔で答えろとささやいた。

私はうろたえつつ答えた。

「死の国へとつづく道にある門です」

「ならば、次の問いに答えてみよ」

「はい」

「お前は自分について何を知っている？」

自分……？　私は少し考えた。

「私は自分についてなにも知りません」

「そのことを恥ずかしいとは思わぬか？」

「ええ、まあ思います」

「ならばなぜ自分自身を知ろうとしない」

「怖いのです」

「なにが？」

「私自身の中にある悪を見るのが怖いのです」

「人間には善も悪もない。ゆえに人間世界に善悪はない。お前も人間ならば、善も悪もないのだ」

「私にはその意味がよく分かりません」

「分からぬなら考えるがよい」

私はしばし沈思黙考した。

「分からぬか？」

「はい。分かりません」

「善も悪もないということはなにもないということだ」

「なにもない？」

「そう。神もなければ悪魔もない。宗教もなければ規律もない。伝統もなければ習慣もない。男もなければ女もないのだ。すべては幻想なのだ。なにもないのだ。なにひとつお前の恐れるものはないし、またお前に軽蔑されるべきものもない。徹底した虚無だ。虚無の中にお前はいるのだ」

「虚無！　希望のない絶望の中にあるということですか？」

「いや、絶望もまたないのだ」

「虚無の中で人間は生きられるものでしょうか？」

「生きられるさ。最初の人間はみなそうして生きてきた」

「でも、希望はあったのではないでしょうか」

「希望なんて言葉もまだなかったさ」

「では、なにによって生きたのでしょうか？」

「生きものの生きる意志によって生きつづけたのだ。野に咲く花のように。草をはむ羊のように。この大地の上で、大地とともに」

「それは獣ではないですか？」

「人間もまた獣だ。お前によって軽蔑されるべきものもいないと言ったはずだが」

「でも、まだ分かりません」

「生きものの生きる意志の中に、わずかながらでも自分自身を知りたいという願望を持つものがいた。それが人間だったのだろう」

「自分を知ったからといって、それがなんだというのですか？」

「自分を知るという行為によって人間はかすかながらも生きる喜びを知ったのだ」

「嫌悪すべき自分をも知ったのではありませんか？」

「嫌悪すべき自分と闘って、納得できる自分に成長させていく時、そこに喜びの種が生まれ、やがて芽が出て茎が生え枝がのび、緑の葉が四方に両手を広げ、そしてついに真っ赤な薔薇の花が咲く日が来ないと誰が言えようか。人間の生きる理由などそれしかない。むしろそれで十分だ」

「ということは、自分を知ろうとすることこそが人間の証《あか》しだということですか？」

「その通り」

「ああ、やっと少し分かりかけてきました。私はなにか大きな間違いをしていたようです」

「お前の過ちはすべての人間が犯す過ちだ。自分を知るということは、できることなら避けて通りたい道だから」

私は自分が間違っていたことに今更のように気がついた。あの絶望と虚無しか見せてくれなかった戦争という記憶を密閉し、心の闇の底に沈めておかなくては、新しく生きはじめることができないと自分に誓った少年時代。以来、私はなに食わぬ顔で生きてきた。満洲で生まれたことも、戦争で悲惨な体験をしたことも、すべてはなかったこととして、日本に住み、日本で戦争を体験し、戦後の貧困を味わった少年たちと仲良くやってきた。それがうまくいかないことがあって、満洲生まれの引揚げ者ということがばれた時、私は五人の同級生によって神社に連れこまれ、最初は草履《ぞうり》で殴られ、次には袋だたきにされ、最後は丸太で頭を強打されて卒倒した。

「おい、満洲！　満洲の坊っちゃん」

「日本にはな、お前たちに食わせる米なんぞないんだよ」

「よそ者は祭りに参加しようなどと思うな」

「標準語をしゃべるやつは目障《めざわ》りだ」

「さっさと満洲へ帰りな！」

因縁をつける彼らのズーズー弁が頭の中に反響する。

青森の中学三年の時の出来事だ。

それからというもの、私の誓いはいっそう強固なものになり、それはそのままつづいた。

「私は今、猛烈に自分自身を知りたいと思いはじめました。密閉していた戦争の記憶のひとつひとつを今こそ直視して、あらたに心に刻みつけたいと思います。そうやって自分自身を再構築しなければ、私の人生は蜃気楼《しんきろう》で終わってしまいます。ご指導ありがとうございます」

「ああ、そうでした」

「気がつくのが少し遅かったようだな。残念ながら、お前はすでに死んでいる」

胸がふるえ、手がふるえ、両目に涙があふれそうになった。だが、私はゴーストとの約束を忘れてはいなかった。私は涙をこらえた。

全身がわなわなとふるえ、立っていられなくなった。

「しかしよく聞くがよい。冥界を旅するものよ。自分を知る道は死することよりも苦しみ多い道であるぞ。そのためには大いなる勇気がなくてはならない。その勇気をお前に与えよう」

「ええっ？　私はすでに死んでいるのでは」

「この虚構の世界で自分を知ろうとし、生きる喜びの種を生み、やがて赤い花を咲かせたいと願うものを死の国へ送り出すことはできない。またいつか会おう。さあ、生の世界へ舞い戻るがよい」

この時、門が開き、中から物凄《すご》い突風が私に向かって襲いかかってきた。私はひとたまりもなく、その場に転倒し、ごろごろと広場の端のほうまで転がった。

もうひとたび突風が吹き、私は広場から突き落とされ、絶壁にそって落下した。

カバラミネラリスラビシモンベンカーラ……カバラミネラリスラビシモンベンカンターラ……。

七羽の人間鳥たちは中空に浮かんだまま、私の落下を見届けながら錬金術の呪文をとなえていた。

「ああ、こんどこそ確実に死ぬ」

と思った時、私の落下は止まった。私を抱きしめていたのはゴーストであった。

「ゴースト！　やっぱり助けに来てくれたのか。怖かった。死ぬかと思った」

「君は死んでいたのよ。死んでいたのだけれど、死の門の前での問答の末、死の国へは送り出してもらえなかったわけ」

「死の失格者ってことかな」

「違うわ。本当に死なすには惜しい人材だっていう意味よ」

「じゃ、ぼくの見たものはなんだったの？　夢？　臨死体験？　なんなの？　儀式かい?」

「そんな甘いものではないわ」

「じゃ、なんなの?」

「君は命がけで貴重な体験をしたってこと。一歩間違っていたら、君は今ここにいなかったでしょう」

「残酷だね。友だちとも思えない」

「無償で手に入るものはないって言ったはずよ。これが真実の愛よ。私の背中に乗って。さあ、行きましょう。君の蘇《よみがえ》りの場所へ」

ゴーストの大鷲《おおわし》の翼の生えたような背中にうつぶせになり、私は両手を前に回し、なにか懐《なつ》かしいものにでも触れる思いでゴーストの二つの乳房を手のひらでつつんだ。

私はなにによってかくも翻弄《ほんろう》されているのだろう。非現実的なことばかりが起きた。なのに現実感は生々しくある。

ハルビンの街角、淑子ねえさんとのとろけるような甘い接吻。と次の瞬間その場面はゴキブリアパートに変わり、私は洋子と抱擁していた。その洋子がいつのまにかゴーストに変身し、私は快楽の絶頂をくりかえしたあげく死んだ。

冥界で、私の遺体は人間鳥たちによって宙空を運ばれていった。あれは私自身の葬列であったらしい。死の国につづく門の前で、声だけの人と問答を交わした。その結果、お前のようなやつを死の国へ送り出すことはできないと言われ、猛烈な風に吹かれて崖から転落した。するとそこにゴーストがいた。私は夢を見ていて、さらに夢の中で夢を見ているのかもしれない。

「君はね、なにひとつ分かっていないからそういう疑問を持つのよ」

ゴーストは、私の考えていることなど先刻お見通しとばかりに話しかけてくる。

「なにひとつ分かっていないとはあまりに失礼じゃないかな」

「じゃ、君はいったいなににについてなら知っているの？」

自問してみたが、私はなにについても知らないと言ったほうが正しかった。「Que sais-je?（私はなにを知っているか）」という言葉を自分の書斎の天井に刻したのはモンテーニュだけど、私もこれを座右の銘《めい》とすべきかもしれない。

「君はね、自分が今現在目で見ている世界だけが現実だと思っている。だけど人の寝静まった夜の世界を知らない。闇の世界を知らない。世の中の裏街道を知らない。人間の欲望の底知れぬ悪辣《あくらつ》さを知らない。宇宙についても知らないし、人体についても知らない。歴史の神秘についても知らない。夢の世界についても知らないし、自分自身の心の奥底を知らない。要するになにも知らないのよ」

「じゃ、ぼくたちが生きている現実とはいったいなんなの？」

「同じ質問を君にそっくりお返ししたいわ。君が生きている現実っていったいなんなの？　君が生きている現実とは、この世に数知れずある夢か幻想かまたは蜃気楼《しんきろう》のひとつにすぎないのじゃないかしら」

「まさか」

「邯鄲《かんたん》の夢（趙《ちょう》時代の青年盧生《ろせい》が邯鄲で見た栄耀栄華《えいようえいが》の一生を送る夢）という中国の故事があるわ」

「あれは枕によって魔法をかけられて見た一瞬の夢だ」

「でも、アインシュタインの相対性理論が現実なら邯鄲の夢が現実でないって立証することは難しいわ。あれもまたひとつの現実であるという仮説は立てられるわけでしょう」

「それは否定できないね」

「『一期《いちご》は夢よ　ただ狂え』（『閑吟集』）と歌った室町人もいるし、『夢こそが現実だ』と言った江戸川乱歩《えどがわらんぽ》先生だっているじゃない。夢の世界にいた乱歩先生こそ実人生を生きていたはずよ。『現実生活への夢の溢出《いっしゅつ》』（『オーレリア』）と言って、人生の出来事のすべてが夢なのか現実なのか分からなくなってしまったネルヴァルというフランスの作家もいたわね」

「フランスの知性モンテーニュは『われわれの生活を夢にたとえた人々は、彼ら自身が考えていた以上に正しかったようである』(『エセー』)なんてことも言ってたな」

「ベートーヴェンの音楽はすべて彼が見た夢の記録かもしれない。ベートーヴェンの実人生と彼の作品のどっちが果たして本当の彼の人生であったろうか。ドストエフスキーだってブルックナーだってゴッホだって作品のほうが現実の人生よりよっぽど現実的だわ」

「だけど、作品が夢の産物であることを忘れるなって言いたいんだろう」

「そう。その通り。君の人生の中でのあらゆる時間は、つまり夢や夢想や妄想や幻想や欺瞞《ぎまん》や策略や偽の告白や山ほどついた嘘などに費やした時間のすべてが君にとってはぬきさしならぬ現実だということを忘れないように。その時、時間は確実に流れ、死んでいったのだから。それは君が死に向かって歩くための貴重な時間でもあったのだから。それらすべてが、今現在の君という人間の各要素となって付着していることもまた避けられないことなのよ」

「だから、ぼくがあまりに絶望的で虚無しかない少年時代の戦争体験を記憶の闇の底に葬ろうとした行為は間違っていたと、もう一度、ゴースト、あなたは言いたいんだろう？」

「やっと、分かってくれたわね」

「つまりね、ぼくは、自分という肉体を支えてくれているはずの下半身を満洲平野の、いや中国大陸のどこかに、いやそれも違う、引揚船が日本に着いた時、広島大竹港の岸壁から海に捨てたんだ。そうやって、ぼくは日本で生きるということを始めたんだ。ところがぼくは成長するにつれて、自分に足がないことに、自分が幽霊だってことに気がつきだした。しかし、その自分の足をみつけ出してくる勇気がない。それで悶々《もんもん》としている時に、ぼくの前にゴースト、あなたが出現したんだ」

「君が無意識のうちに私を呼んでいたんだわ」

「ぼくがゴースト、あなたに初めて会ったのは昭和四十（一九六五）年十一月十五日の深夜のことだった。ゴーストはぼくに黄金の酒を飲ませた。そのお陰で、ぼくは最高塔の上に立った。しかし、最高塔から眺める光景はぼくにとっては嘔吐《おうと》を催すほどに厳しいものだった。忘れていたはずのものが次々と眼前に現れ、ぼくという人間の醜く罪深い本当の姿を見せてくれる。ぼくは最高塔に行くことを拒むようになった。そこで……」

「そしてぼくは『自分を知る意志』というものをもらった。ぼくは今、生き返りたくてうずうずしている」

私が話している間、ゴーストは私をみつめて、なにやら幸せそうな笑みを浮かべている。

「どうしたの？　にやにやしちゃって」

「私、嬉しいの」

「なにが？」

「君が死の国へ送り出されなかったことが」

「最初からそのつもりでなかったの？」

「だから、違うって言ったでしょう。真剣勝負だったって。私にとっても君を失うか失わないかの瀬戸際だったのよ」

「じゃ、あの呪文はなんなの？」

「あれは死者を蘇《よみがえ》らせる呪文ではあるけれど、私が使っても万能ではないわ。万能なのは師匠が声に発した時だけだわ」

「師匠って誰？」

「死を君に与えた」

「君と問答を交わした方」

「あの方はなんという名前なの？」

「空《くう》先生ってみんなは呼んでいるわ」

「色即是空《しきそくぜくう》、空即是色の空？」

「目に見える一切は空という考えをつきつめているうちに姿が消えて声だけになってしまった方なの」

「声だけ？　でも立派な声だ」

「お姿を見た人は誰ひとりとしていないの」

「つまり魂だけの存在になってしまったっていうことかな」

「そう。不滅の魂ってことよ」

「で、あの人間鳥の人たちは？」

「あの人たちは修行僧よ」

「ふーん」

なにひとつ理解できはしなかったけれど、私はなんとなく納得した。

ゴーストは飛翔のスピードを抑えると、はるかを指さして言った。

「見て。あれが儀式をやる式場よ」

見ると、宇宙の一角に白い建物が浮かんでいた。それはさっき私が問答を受けた、死の国につづく道にある門、その奥には殿堂がある。さきほどとは違って、今見る殿堂は自《おの》ずから光を放つかのように白く壮大に輝いていた。殿堂は白い霞を絶え間なく音のしない滝のように降り落とし、その霞の羽の力によってゆっくりと移動しているように見える。

門前の広場に着地した。広場もさきほどとは違って、まるで雲の絨毯《じゅうたん》の上にいるかのように柔らかい。

「さあ、その雲の上にお坐りになって」

私はあたりを見て、坐り心地のよさそうな雲の椅子に坐った。

なにか急にあたりが厳《おごそ》かになった。遠く、ブルックナーの七番シンフォニーの第一主題に似たメロディを弦の低音部がヴァイオリンのトレモロを伴って奏するのが聞こえてきた。さっきまであんなに暗かったのに、今やまるでプラネタリュウムの中に迷い込んだように大粒の星々に囲まれている。

カバラミネラリスラビシモンベンカンターラ……カバラミネラリスラビシモンベンカンターラ……。

男たちの歌声が聞こえる。声のする方を見ると、私の葬列の時に連なっていた七羽の人間鳥たちが宙空に羽ばたいて呪文を唱えていた。なんどもなんども、くりかえし聞こえる。

音楽が止むと、大粒の星たちはやや遠のき、あたりは深夜の闇につつまれた。静けさは耳が痛くなるほどだ。

門が静かに開いた。七羽の人間鳥たちは広場に降り立ち、かしこまって片膝をついた。ゴーストも私もそれにならった。

ゆっくりとした足音だけが聞こえる。圧倒するような空気が私の前まで来て止まった。

「今、太陽は私の足の真下、地球の裏側にあって、太陽はまさに中天にある。正午だ。昼の世界にあっては、自分の精神を常に正午の太陽の位置にたもち、朝と夜のいずれにも偏することなく、その一点を守りつづけることがいかに固い信念を必要とすることか、それはすでにみんなが知っていることであろう。しかるにわれわれ夜の世界にあっても精神のありようは同じだ。今は真正の真夜中である。黄昏《たそがれ》から最も遠く暁《あかつき》からも最も遠い。私の頭上にある暗黒の一点、目に見えないが厳然としてある暗黒の一点、それは死の一点であり、夜の世界の中心である。この真夜中、夜露はたっぷりと草木を濡《ぬ》らし、花々も露に濡れつつ花びらを閉じて深い眠りに落ちている。フクロウは獲物を狙い、蝙蝠《こうもり》は闇夜を徘徊《はいかい》する亡霊どもを追いかけて忙しい。森は深々と呼吸をし、強大な樹木も身をよじって年輪の増える痛みに耐えていることだろう。私たち人間の魂が最ものびのびとその思考を広げる時でもある。そしてわれわれはこの夜の中で、人間の神秘と世界の摩訶不思議をじっくりと体感するのだ。そこで今、暗黒の死の一点がみつめる夜空の下で、ひとりの若者の再生の儀式が行われようとしている」

ここまで空先生が話した時、七羽の人間鳥たちは低い声で呪文をとなえはじめた。カバラミネラリスラビシモンベンカンターラ……カバラミネラリス……。

「若者は死んだ。死によってすべてのものから解放された。世間からも習慣からも伝統からも国籍からも、もろもろの彼の身体と精神にまとわりついていたありとあらゆるものを彼は脱ぎさった。若者は今、生まれ落ちた赤児のようにひたむきに生きようとしている。つまりは、魂の錬金術の第一段階の死を超えて、変成の域に達したということだ。その変成という階段を彼が一段一段確実に上っていくための『勇気』を若者に与えようと思う」

空先生はちょっとくだけた声で、

「また会えて良かったのう」

と言って軽く笑った。

「はい。嬉しゅうございます」

「もう一度、よく聞くがよい」

空先生の朗々《ろうろう》とした声が頭の上で響いた。

「はい」

私はいっそう身を固くして緊張した。

「自分を知る道は死することよりも苦しみ多い道であると言ったはずだ」

「はい。しっかりと覚えております」

「その道を行くためには大いなる勇気がなくてはならない。ただし、この勇気は、敵と戦うための勇気ではない。世の中の戦いという戦いの一切と関係のない極めて純度の高い勇気だ。もう分かっているであろうが、虚無の世界には敵というものも存在しないのだから。明日もない、希望もない、信仰もない、なのに困ったことに己がいる。虚無主義者ならば己もまた否定してしまえば終わる話なのだが、私たちは虚無主義者ではない。ならば虚無世界に息づく命はどうあるべきか。それについて考えたが、なんのことはない、ソクラテス大先生と答えは変わらなかった。『汝《なんじ》自身を知れ』だ。

しかし、ひとつだけ違うところがある。それは、私の考えは世界は虚無であるという認識の上に立っていることだ。虚無の海に一滴の赤ワインを落とすことが果たして空《むな》しいか空しくないか、詩人P・ヴァレリーは『消えた葡萄酒』という詩の中で自問しているが、私のイメージもそれに似ている。虚無の世界に生まれ落ちた命は、海にそそがれた赤ワインほどの効果があるのか、ないのか。しかし私は思う。生まれ落ちた命が生きものとして生きようとする生命力によって生きるのみならず、もし『私とはなんであろう?』と考えはじめたら、それはすでにして小さな光だと。お前は、自分自身を知りたいと言った。勇気をもって、己の過去の体験を直視し、よりいっそう堅固な自分を構築したいと言った。それは新しい自分自身を創造することにほかならない。私はお前のその小さな光が、この真っ暗闇の虚無世界の片隅にあって弱々しく息づきながらもやがては復活の日を迎えることを信じよう」

「ありがとうございます」

ゴーストが私のそばへやってきて、私の左手を取り、薬指に指輪をはめた。

私はその指輪をしげしげと見た。それは銀かプラチナでできた骸骨《ドクロ》の指輪だった。

「それはmemento mori(メメント・モリ)、死を忘れるなかれ、という意味だ。その虚無と暗黒の世界に生まれ落ちたお前という命にとって確実なものは『死』のみだ。その『死』を片時も忘れることなく、自己探求をつづけるなら、きっと大輪の薔薇の花の咲く日が来るにちがいない」

私の左手の薬指に骸骨の指輪が光っていた。

「先生、なぜ薬指なのですか？」

「ネロの時代に解剖をやった医者が、人間の心臓と薬指は神経系統が最短距離でつながっていることを発見したんだそうだ。嘘か本当かは分からん。しかし、そう思えばなにやら楽しいではないか」

「ありがとうございます」

「最後の言葉を贈ろう。死を友とせよ！　儀式は終わった。さらばだ」

その時、ふたたび柔らかい風が吹いた。

空先生の足音が遠ざかっていく。と同時に、先生の朗々たる声が聞こえてきた。

カバラミネラリスラビシモンベンカンターラ……カバラミネラリスラビシモンベンカンターラ……。

門は音もなく閉じた。

風は次第に強さを増してきた。

もう耐えきれないほどの強さになった。

広場にいた七羽の人間鳥もゴーストも私も、風にあおられて空中に投げ出された。

その風は上へ上へと吹き、私とゴーストは手を取り合って星空を舞っていた。

ゴーストの背中に翼が生えた。

下を見たが、死の門も殿堂もすでになかった。あたりに人間鳥たちもいない。真上には底知れない暗黒の死の一点が、黒い眼のように私たちを見下ろしていた。

第四章　襤褸《らんる》の男

人間はなぜ創造と同時にまた破壊と混沌を極端に愛するのだろうか。

——F・ドストエフスキー『地下生活者の手記』より

最高塔にたどりつくとゴーストは言った。

「君の最高塔はここではないの。君はもっと高いところに登る資格を得たのよ」

「というのは、ぼくは今までのぼくとは変わったということですか？」

「君は魂の錬金術の死の試練に耐えて、この世に生きて戻ってきたんですもの。君はもう一段上の千里眼になったんだわ。だからこれまでよりもはるかに遠くまで見ることができ、目にするものの真髄を透視することができるはずよ」

「第一段階の死から第二段階の変容にぼくが昇級したということ？」

「そういうこと。死から蘇《よみがえ》った君のするべきことは、自分を日々高めることだけ。ほかのことすべてから、君は解放されているのよ」

「それでは、ぼくはまるで死んでいるようなものじゃないかな？」

「まったくその通りよ。普通の人々が楽しむような生活は、もはや送れないわ。第

一、君は、自己を高めること以外のことには一切興味を持てない人間になっているの」
「なぜ、そうまで極端にしなければならないのかな」

「急がなければならないからよ。無駄な時間は一秒たりともないわ」

「急ぐってなにを急ぐの？」

「急いで逃げるのよ」

「どこから逃げるの？」

「世間からよ」

「どこへ逃げるの？」

「孤独の中へよ」

「孤独？」

「そう。たったひとりで森の中へ入っていくの。たったひとり洞窟の中で暮らすの。たったひとり岬の突端で詩を読むのよ。それが詩人というものよ。才能にふさわしい魔物になる約束じゃなかった？」

「うん、確かに約束した」

「今更怖いなんて言わないでしょうね」

「恐怖心は不思議とないな。確かにぼくは変わったかもしれない」

「そうよ。すでに変容は始まっているのだわ。君は日々成長し、日々自己発見し、創造的時間しか過ごせなくなる。そうなってこそ、君が大輪の薔薇を咲かせる復活の時が来るのだわ。その花を咲かせなくっちゃ、死の試練まで超えてきた意味がないわ。『時よ、来い、ああ陶酔の時よ、来い』と言ったのはどこの誰よ」

「ぼくだ」

「そのために最高塔よりもさらに高い最高塔へ、さあ、急ぎましょう」

ゴーストは翼をひるがえすと、大きく旋回し、私を背に乗せたまま急上昇した。最高塔よりも高い塔があるなんて思いもしなかったが、なにか以前とは比較にならないような高みに私は連れていかれた。

私の頭上には満天の星空があり、月も皓々《こうこう》と輝いている。なのに、はるか東のかなたには朝焼けがゆっくりと始まり、西の空には夕焼けが今しも終わりつつある。真上を見ると、オーロラが緑色の大きな光の帯をうねらせている。流れ星までが、次から次へと競うように四方へ飛び散った。

私は天上の美しさにわれを忘れ、呆然《ぼうぜん》と空を見上げながらつぶやいた。

「まるで奇跡だ。こんなことがあるなんて、とてもこの世のこととは思えない」

「これはね、君の第二段階への昇級を夜空全体が祝ってくれているのよ」

「歓迎のための夜空の饗宴《きょうえん》ということかな」

「そうね。しばらく楽しみなさい。私は消えるわね。こんど君が泣きそうになったら、また迎えにきて、その涙を止めてあげるわ」

そんな謎めいた言葉を残すと、ゴーストは止める間もなく飛び去った。

空気は希薄だが、それは清潔感あふれる清涼なものであって息が苦しいということはない。で、ふと足下を見ると、春夏秋冬の花々が色とりどりに咲き誇っている。

花々の香りは私の体を持ち上げかねないような濃厚さだった。

この最高塔はまさに桃源郷だ。私は自分が生きているのか死んでいるのかさえ判然としなかった。しかしそれはどうでもいいことだった。現に私はここにいるのだから。

ひとしきり夜の空は美しき饗宴を見せると、すべてが天空の目のような一点に吸い込まれ、消えていった。

私は真っ暗闇にひとりぽつんと立っていた。

静寂を破って、ガン、ガン、ガン！

ガラス付きの扉をたたく音が聞こえる。

ああ、始まった。最高塔から見る、あの見苦しい戦争の記憶がふたたび私の目の前で展開されるのだ。しかし今の私はそこから逃げようとは思わない。かっと目を開いてそのすべてをくまなく見てやろうという意志に燃えていた。

ガン、ガン、ガン！

「開けろ！　ドアを開けろ！　開けないとマンドリンをぶっ放すぞ！」

この声はソ連軍の朝鮮人通訳だ。

これはソ連兵の女狩りである。毎晩といっていいほどの頻度でやってくる。兵隊たちは入れ代わり立ち代わり、痩せたのや太ったのや、さまざまである。

この事態を予測していたように、避難民たちは講堂に明かりもつけずに身をちぢめている。この避難民の班長役の男がこそこそとドアに駆け寄り、開けた。

廊下の明かりを背景にしてソ連兵の大きな影が浮かび上がった。

「女を出せ！　出さないとマンドリンをぶっ放すぞ！」

なにかというとマンドリンという言葉を繰り出すが、それはソ連軍の自動小銃のことで、このソ連兵も肩にかけている。銃身の腹の部分にある弾倉が丸い形をしていて、それがなんとなくマンドリンを連想させることからそう呼ばれている。

こういう時、今までは化粧焼けした顔の水商売あがりと思われる気っ風《きっぷ》のいい女性

が
「あたしたちに任せておいて」

と自ら犠牲を買って出たものだったが、通訳は懐中電灯で彼女たちの顔をひとりずつ点検し、

「お前たちはこないだご奉仕ねがったから、今夜はいらないな」

とその女を手で払う。通訳は避難民たちに向きなおると、

「もっと若いのはいないのか」

懐中電灯で避難民全員を右から左へ、左から右へと照らしだし、若い女を物色した。私の姉の宏子は丸坊主にしているから男の子にしか見えないらしく、通訳は目にもとめない。

ソ連兵はと見れば、酒に酔って真っ赤になった顔をてらてらと光らせ、首には分捕り品の腕時計や懐中時計や目覚まし時計を五個も六個も紐《ひも》でぶら下げ、軍服の前をはだけ、手にはウォッカの瓶を持っている。

「おい。班長、若い女を出せ！」

命令された男は数人の大人たちを集め、こそこそと会議めいたことを始める。

その時、ソ連兵がぶら下げている目覚まし時計が金切り声を上げた。

ソ連兵はその音の止め方が分からない。あっちこっちいじってみても一向に鳴りやまない。

「××××××……！」

なにやら大声でどなると、目覚まし時計を首からはずし、床に投げ捨て、足でさんざんに踏みつけた。それでも時計は鳴りやまない。

室内にかすかな笑い声がひろがった。

「なにがおかしい。誰か出てきて止めろ！」

通訳の怒声に跳ね起きるようにしてひとりの男が出ていき、時計の金切り声を止めた。

そうこうしているうちに結論が出たと見えて、班長は片隅に隠れるようにしていた一家の前に進みでて、そこの母親らしき人に懇願する。

「どうか、われわれ全員を助けるつもりで、これこの通りです」

と両手を合わせている。

頼まれた母子は低い声で短い言葉を交わすと、若い娘はしぶしぶと立ち上がった。

避難民の服装をしていなかったらさぞかし、と思われるほどの女性だ。

「こっちへ来い！」

通訳は満足げに笑いながら命令する。

若い娘は早くもすすりあげている。

「お前、無駄な抵抗するんじゃないよ。怪我でもさせられたら大変だからね」

母親は娘の背中に向かって言う。

「ダワイ、ダワイ」

急げという意味をこめて、ソ連兵は空《あ》いたほうの手を腰のあたりで振る。

「では、しばらく借りる」

通訳はそう言うと、娘の肩に手をかけ連れていった。

「すみませんね、つらい思いをさせて」

「戦争なんて敗《ま》けるもんじゃありませんな」

「敗けるような戦争をするからいけないんだ」

「そもそも戦争をするのがいけないんだ」

「いや。あなた方親子への恩は一生忘れません」

「本当に恩にきます」

などと口々に言って、避難民たちは娘の母親に向かって頭を下げた。

あとは、果たして結果はいかにといった雰囲気になり、みんな押し黙った。

その静けさの中で、ドアをたたく音が遠くのほうから聞こえてくる。よその部屋でも同じような悲劇が進行しているのだろう。その音は一つや二つではない。約二〇〇人の避難民が収容されているこの三階建ての桃山《ももやま》小学校のあらゆる方向から聞こえてくるのである。暗澹《あんたん》たる空気が室内に立ち込める。

一時間も経《た》った頃、ドアが乱暴に開けられ、ほうり込まれるようにして娘が帰ってきた。

「おう……」

とみんなは意味の分からない声をもらした。

娘はお腹《なか》のあたりを押さえて身をかがめ、苦痛をこらえる表情で母親のそばへ寄った。

「ああ……つらかったろうねえ」

母親はそれだけを言うと、娘をかき抱いてその背中をさすっている。

その時、奇妙な現象が起きた。

犠牲になった娘の母親にたいしてあれほどまでに感謝の言葉をならべていたはずの避難民たちが、みな一様に静かに身をずらしながら、その親子から離れはじめた。

私はこの光景を見て驚いた。娘にたいして感謝と労《ねぎら》いの言葉をかけてやることもなく、まるで汚れたものでも見るようにして、避難民たちは犠牲になった親子を遠巻きにした。

親子はいっそう身を小さくして部屋の隅へのがれ、そこで抱きあって泣きつづけた。そのすすり泣きはいつまでもいつまでもつづいた。

ハルビンには、満洲各地からの避難民が流れ込んでいた。ロシア風の立派な建物の建ちならぶモストワヤ街（石頭道街）を破れた衣装をまとった避難民がぞろぞろと歩いていた。財産を失い、肉親を失い、その上、死の恐怖と飢えに苛《さいな》まれ、ボロボロに疲れ果てた命を二本の足にのせて、ただ前へ前へと運んでいるようだった。生気のない顔、空《うつ》ろな目、埃《ほこり》にまみれた赤い着物をだらしなく引きずって歩く気のふれたような女がいたり、上半身裸で汚れた乳房もあらわに惚《ほう》けたように笑いながら歩く女がいる。

ホテルを引き払って、母が私たちを連れて訪ねたところはモストワヤ街の日本居留民会の事務所だった。事務所の前は広場になっていて、そこは避難民でごった返していた。

流入する数万の避難民のために、学校、劇場、デパート、ホテル、倉庫、官舎、満鉄社宅などが収容所に当てられていた。そこで順番を待っていて、私たちに振り当てられたのが桃山小学校だった。それは埠頭《ふとう》公園の前にあって、ドームのついたロシア建築の淡い桃色をした美しい建物であった。

正面玄関を入ったところの広いロビーには人があふれ返っていた。わめき散らす人の声が、吹き抜けになった天井に反響して耳を圧した。

行列にくっついて入ったところは講堂だったが、そこも足の踏み場もない状態で、どこもかしこも人、人、人の群だった。

それでも私たちは講堂の中を眺めまわし、夜、身を横たえ眠るだけの空間をなんとか確保すると、床に坐りこんだ。ひとり一枚ずつ毛布を与えられた。

ソ連兵の女狩りによって女中たちに犠牲者を出した私たちにとって、夜毎に繰り返されるソ連兵の女狩りは他人事《ひとごと》ではなかった。いつ二人の女中たちが名指しされるか心配でならなかった。女であることがばれたら、姉の宏子だって危ない。ホテルにいるよりは収容所のほうが安全であろうと考え、また父が私たちを捜すとしたら当然収容所から当たるだろうからという思いもあり、もう一つ、物価が日に日に高騰し、私が体に巻いて持っていた金はみるみる減っていったこともあって、ここへ引き移ってきたのだが、危険と惨めさはいたるところで私たちを待ち構えていた。

桃山小学校には二〇〇〇人の避難民が収容されていたが、女子供と老人ばかりだった。男の影は見当たらない。ハルビンでは男という男はみんなソ連軍の男狩りにあって連れていかれてしまっていた。

「お父さんもどこかで、男狩りにあっているかもしれないわね」

母がぽつりと言った。

もう夜中だというのに、またドアをたたく音が時々聞こえてくるのだった。

毛布にくるまり、寝ようとして、心を落ち着けて息を吸うと、避難民たちの酸っぱいような変な臭いがした。目に染みるような臭いだった。ここにいる二〇〇人ほどの避難民たちはみな着の身着のままで逃げ惑ったのだから仕方のないことだったが、たぶん私の身体も同じ臭いを発しているのかと思うと、なんとなく死が近づいてきているような不安感に襲われるのだった。

収容所での食事は、一日に高粱《コーリャン》の粥《かゆ》三百グラム、味噌六十グラム、大豆油五グラムと決められていた。しかしこれは表向きで、実際は赤い高粱粥が二回支給されるだけで、野菜にはめったにお目にかかれなかった。高粱粥は歯に硬いからつい流し込んでしまう。それでみんなお腹をこわした。しかし食べるものはそれしかない。食事の時間になれば、アルミの椀《わん》を手にみな行列をつくった。

順番がくると、アルミ椀に杓子《しゃくし》一杯の高粱粥がそそがれる。それを自分の場所にもどってスプーンでかきこむ。中には、こっそりとお代わりを求める者がいたり、自分の分が少ないと文句を言う者がいたり、子供を押し退《の》けて列の途中から割り込む者がいたりする。食事の時間にはきまって諍《いさか》いがあった。

とはいえ一日二度の食事が収容所で生活する者にとっての最大の楽しみであった。高粱なんて雑穀は家畜の餌《えさ》か、貧しい中国人が食べるものであって、まともな人間が食べるものではない、などと言っていた日本人が、食事の時間になると、その高粱粥をもらうために、アルミ椀を手に持って列をつくった。

そのうち高粱の赤い色にも慣れ、不自然な甘みもなんだか美味しいものに思えてくる。人間変われば変わるものだ。

が、案の定、便所にはいつも長蛇の列ができた。便所といっても、それは正門脇に即席に作られたものだ。大勢の避難民のためにはそうするしか方法がなかったのだろう。塹壕《ざんごう》のような横長の穴を三十メートルほど掘り、そこに幅三十センチの長い板を何枚も渡しただけのものだ。四方に立てた杭《くい》を巻くようにして全体は筵《むしろ》で囲われ、屋根はついているが男女共用であり、中に仕切りはなかったから、隣の人も遠くの人も全部見渡せた。板の厚さは一センチあるかないかで、上に乗ると大きくたわんだ。下は糞尿の海である。よく人が落ちた。

桃山小学校の収容所生活を端的に言うなら、日常的な飢えと死への恐怖だ。一日に赤い高粱粥をアルミの椀に軽く二杯。たまに油揚げのようなものの入った味噌汁が出ることがあるが、薄くてしょっぱくて飲めたものではなかった。しかし、それでも命を保ちつづけなければならないのだ。だからできるだけ身体を動かさないようにする。

夏の太陽はまぶしいほどで、外を駆け回ったらさぞかし楽しいだろうとは思うけれど、窓からぼんやりと校庭を眺めるだけだ。日がな一日そうしているのだ。体力温存、それが第一の義務だった。動くのは便所へ行く時くらいのものだ。行けば便所はいつも混雑していた。みんなお腹をこわしているのだ。居留民会が胃薬を売り出したら、たちまち売り切れになった。わが家も全員が薬の世話になったが、高粱粥はあまり身にならないということだろう。

チチハルやチャムスあたりから逃れてきた人々は、ここへ収容された時点ですでに瀕死《ひんし》の状態だった。数日も経たないうちに老人や子供といった抵抗力のない者から次々と死人が出た。死因は疲労困憊《こんぱい》と栄養失調、そして流行《はや》りはじめていた発疹チフスなどが主だった。これらの病気に効く薬はなかった。もし十一日の夜、軍用列車に乗ることができなかったとしたら、牡《ぼ》丹江《たんこう》からハルビンまで歩くことを余儀なくされたとしたら、果たして生きてハルビンまでたどり着けただろうか。たどり着けたとしても、もはや生ける屍《しかばね》だろう。目の前にいる瀕死の人々を他人事として見ていられなかった。それだけに、あの時の母の決断にはなにか感動に近いものを覚えるのだった。私たちだって、空腹で動けない人間には違いなかったが。

校庭では中国人が二人、鶴嘴《つるはし》とシャベルで死体を埋めるための穴を掘っている。校庭の右隅にはすでに死んだ人たちを埋めた土饅頭《どまんじゅう》が六つほど並んでいるが、今また新しい穴が掘られている。その横では台車に載せられた二体の死体が穴の掘りあがるのを待っている。

私のすぐそばに寝そべっている老人の足下から虱《しらみ》がぞろぞろと這《は》い出てきて、私のほうに向かって来る。つまりもうすぐ死ぬであろう人間から虱たちは逃げ出してきているわけである。収容所に来るなり虱や蚤《のみ》にたかられた私としては虱が住みたいというのなら、まだ自分は死ぬ心配はないだろうくらいに考えて、身体を動かしもしなかった。また少し離れたところで、乳の出なくなった母親が乳飲み子に口移しで自分のつばきを飲ませている。この乳飲み子が死ぬのも時間の問題だろう。

収容所の中では、死が日常の出来事になりつつあった。私は自分が日に日に痩せていくのが分かる。母も姉も痩せていく。この無為な毎日が私の中に死への従順を育てていくようで怖かった。かといって、なにをどうすればいいのか分からない。明日はわが身とならないようにするためには、ひたすら体力を温存する以外に道はないのだった。

希望はないのか。たったひとつある。それは父との再会である。

父さえいたら、この苦境からなんとか脱出させてくれるに違いないとそればかりを考えていた。子供の私から見て、父は不可能なことはない万能の人のように思えた。なにしろ父は母とともに昭和八（一九三三）年に北海道の小樽からこの満洲牡丹江に渡り、関東軍の支援もあったが、とにかく醸造業を始め、それを満洲第二位にまで大きくした。ほかにビールも製造していたし、ガラス工場も持っていた。ホテルも料亭も経営していた。家族にも従業員にも優しく、大きな声を出したことのない温和な人柄だった。背丈は大きく、いつも、のっしのっしと歩いていた。姉はよく父を勧進帳《かんじんちょう》の弁慶《べんけい》に譬えたが、私もそう思う。目の前に立ちはだかる苦難をなんとか切り開いてくれる人だった。

「お父さんに会いたい」

「お父さん、私たちを捜しだしてください」

「お父さんさえいてくれたら怖いものなしだ」

私たちはこの言葉を繰り返し、講堂の入り口への注意を怠らなかった。収容所へ来てからすでに九日が過ぎ、八月ももう終わろうとしている頃の真昼時だった。

「ここに、牡丹江の中西政太郎《なかにしせいたろう》の家族はいませんかあ」

大きな声が講堂に響いた。

お父さんだ。母と私と姉は一瞬顔を見合わせた。その目にはすでに生気が蘇っている。

「牡丹江の中西の家族はいませんかあ」

講堂の入り口に立って大声をあげているのは、黒い綿入れの支那服を着て、耳当てのついた帽子をかぶっているが、まぎれもなく父だ。

「お父さんよ、お父さんが帰ってきたのよ」

母の声はうわずっていた。

「お父さん！」

私と姉はバネ仕掛けの人形のようにその場に立ち上がった。

「お父さんだ。やっぱりお父さんが帰ってきた」

私は嬉しさのあまり万歳を繰り返し、その場でピョンピョン飛びはねた。

「あなた……」

母はもつれる足で走りだした。母のあとを姉と私は走った。寝ている人に躓《つまず》いてよろめきながらも、三人は父に向かって走っていった。

駆け寄ってくる自分の家族を認めて父は、その大きな身体を伸びあがらせ、

「いたかあ。みんな、元気かあ」

と両手を上げた。父のそんな姿には後光がさしていた。

私と姉は母を追い抜き、父の腕の中に二人一緒に飛び込んだ。

収容所の中には家族とはぐれて、まだ会えないでいる人たちがいっぱいいた。その人たちの羨望《せんぼう》の眼差《まなざ》しを浴びながら、私たち家族は抱きしめあい身体をさすりあい、再会を喜びあった。

「中西さん、やっとご家族と会えたか。良かった、良かった」

父のそばに二人の中国人がいた。そのひとりが父に祝福の笑みを送った。

二人の中国人を父が紹介した。

二人は新京で商社を経営している社長たちであり、ひとりは陳《ちん》さん、もうひとりは周《しゅう》さんという。この二人のお陰で父は生き延びてこられたという。

「ありがとうございました」

母は丁寧に頭を下げた。

「お礼にはおよびませんよ。長いおつきあいですから。お役に立てて嬉しいくらいです」

陳は流暢《りゅうちょう》な日本語で話し、

「それでは私たちは帰ります。とにかく日本へ無事にお帰りください。そしてまた、一緒に仕事しましょう」

周は父の手を握った。

二人の手を左右の手で握って、

「再見《ツァイチエン》！」

二人の中国人も、

「再見！」

手を振りながら帰っていった。

「お前たち、よく無事だったなあ」

子供たちの顔をもう一度ひとりひとり見つめなおした。それを見ながら、母ははらはらと涙を流した。八月九日から約二十日間、爆弾や銃弾をくぐり抜け、軍用列車に紛れ込んでまで、子供たちを守り抜いてくるには相当な苦労があったであろうことは子供の私にも分かった。

父は妻に向かってしきりにうなずき、感謝と労《ねぎら》いの気持ちをその笑顔にあふれさせた。

「お父さんが帰ってきたんだもの。もうなにがあったって大丈夫よ」

姉は満面の笑顔で言った。

「ぼくたちのお父さんが帰ってきた。帰ってきた。弁慶さんが帰ってきた」

私と姉は手を取りあってぐるぐると回った。

家族の寝場所に来ると、父はどっかと腰を下ろした。その姿を見た女中の妙子とツネにとっても思いは同じであったろう。

「あなた、どうして支那服なんか着ていらっしゃるのですか?」

「これか、これはな……」

父は自分が着ている支那服を見ながら語った。

「ソ連軍が攻め込んできた九日、さっきの陳さんが、悪いことを言わないからこれを着なさいと言ってわれわれに持ってきてくれたんだ。身の安全を守るためには、この際中国人に変装するにかぎると彼らは言うのさ。日本人の誇りが許さないなどと言って、着たがらないやつも中にはいたけど、俺は喜んで着たよ。そのお陰で助かったようなもんだ。

俺たち満洲酒造組合の理事たちは、彼ら中国商社の連中と今後の取り決めについて、ヤマトホテルで会議を開いていたんだがね、その最中に関東軍からの使者が飛び込んできて、今日、午前零時、ソ連軍が一斉に満洲国へ侵攻してきたって言うじゃないか。その上、所在の第一部隊は全力を挙げて抗戦中であるが、関東軍総司令部は作戦の要求から今日明日じゅうにも通化《つうか》へ移転し、満洲国政府もそれに従って移動する予定である、なんてことを言う。

寝耳に水とはこのことで、酒造組合の理事たちは真っ青になった。みんな日ごろから関東軍とは昵懇《じっこん》で関東軍から正しい情報を得ていると確信している連中ばかりだったから、驚くのも無理はない。こう早々とソ連軍が参戦するなんて誰も考えてもいなかった。しかも、関東軍が退却するなんてね。

もちろん会議は中止さ。

皇帝や中国系の要人が通化へ疎開した。すなわち国の中枢が移転したというニュースはすぐに市民の間に広まって、新京の街は大変な動揺をきたした。

しかもあろうことか、新京在住の軍、満鉄、満洲国政府関係者の家族は、野戦司令部の列車に乗ってすみやかに通化省内に疎開せしめられたい、なんていう司令があって、軍関係の家族から先に避難しはじめたものだから混乱はますますひどくなった。

一般市民の避難は十一日から始まったけど、その前に軍関係の家族はすっかり避難し終わっていた。一般市民は避難列車に乗るために、いちいち市長の移動許可書をもらわなければならなかった。無蓋車に詰め込まれて南下できた人は幸運なほうで、乗りきれなかった人は豪雨の中を歩いて通化に向かった。

俺はハルビン経由で牡丹江へ帰ろうと思っていたのだが、北へ行く下り列車はなぜか不通で、ついに天皇陛下の玉音放送があるまで一本も出なかった。

日本が敗けたとなったら、中国人たちの暴動があっちこっちで起きた。俺たちが乗っていた列車も、中国人たちの集団列車強盗になんども襲われたけれど、俺はこういう格好をしているし、左右を陳さんと周さんに守られていたんでね、指一本触れられなかった。

それだけではない。中国人になりすましていたお陰で、ソ連軍の男狩りからも堂々と逃れることができた。まったく中国商人の知恵の深さと機敏さには頭が下がるよ。

十六日に列車に乗り、しょっちゅう止まりながら走って、ハルビンに着いたのは二十日だった。誰からともなく、牡丹江の住人はみんなハルビンへ避難してきているという話が伝わってきた。だから懸命になってお前さんたちを探したよ。ナショナルホテルにも行った。名古屋ホテルにも行った。そして収容所を片っ端から当たってみた。無料収容所が七ヵ所、有料収容所が三九ヵ所もあった。探しものって、なんで最後に見つかるんだろうね。この桃山小学校が四六番目さ。もうほとんどあきらめていたところだ。本当に会えてよかった。嬉しいよ」

父は話し終わって家族に笑いかけたが、鼻の下にたくわえている自慢の髭《ひげ》が支那服や帽子に妙にぴったりと合っていて、どこからどう見ても中国人の大人《たいじん》の風貌だった。

母は今日までの出来事をかいつまんで話した。

話が一区切りするたびに、父は、

「そうか、残念だったなあ」

「そうか、それも仕方ないか」

「とにかく、お前はよくやった。ありがとう。ありがとう」

と言って、母の手を握って涙ぐんだりした。私はこういう父の仕草になにかしっくりとこないものを感じていた。こんな人ではなかったはずだ。もっと溌剌《はつらつ》としていて、生活力にあふれていたんじゃなかったか。

夜になると、また前の晩と同じように、ソ連兵の女狩りが始まる。朝鮮人通訳が講堂のドアを荒々しくたたく。

「ドアを開けろ！　女を出せ！　出さないとマンドリンをぶっ放すぞ」

ドアを開けると大柄のソ連兵が毛むくじゃらの胸をはだけ、ウォッカの瓶《びん》をぶら下げて入ってくる。

女は選《よ》りどり見どりだ。二十歳前後の若い娘をごぼう抜きにして連れていく。弄《もてあそ》ばれたあげく、放り込まれるようにして帰ってきた娘とその家族は、みんなから遠巻きにされながら、夜更《よふ》けの講堂の片隅でいつまでも泣きつづける。

その声を聞きながら、毛布で身をつつんで寝ている父と母は、ぼそぼそと話をしている。

「俺たちが満洲で過ごした十二年という歳月はいったいなんだったのだろう」

ぽつりと父が言う。

「夢を見てたんだわね、美しい夢を。私たちが今見ている夢だってもうじき醒めると思うわ」

「醒めるかな？」

「醒めるわよ。もっと自信持ってくださいよ」

「あまりにも見事にすっからかんになってしまったもんでね」

「初めて満洲に渡った頃のことを思ったら大抵のことは乗り切れるわ。こんどは日本へ帰って頑張りましょう」

「あの頃は若かったからな」

「なにをおっしゃるの。あなた四十六歳でしょう。まだまだよ。子供たちだっているんですからね、弱気にならないで」

「子供たちの顔を見たら、とたんに安心してしまったのかな」

「あなた、疲れてるのよ」

父は、暗くてなにも見えないのだが、天井を見上げて泣いていた。

私は父の泣く姿というものを初めて見た。それは驚きというより、なにか期待はずれのような寂寥《せきりょう》感の迫ってくるものだった。

父は確かに成功者であった。大成功者といってもいいだろう。しかしその成功には大きなカラクリというか仕掛けがあって、父はその仕掛けのままに動いていたカラクリ人形だったのかもしれなかった。仕掛けの主は関東軍であった。関東軍の勧めに乗って満洲に渡り、牡丹江に腰をすえ、関東軍の勧めによって日本酒を造った。日本兵はどこにいても日本酒を飲みたがるらしく、出来上がった酒はもちろん市場にも出回っていたが、ほとんどを関東軍が買い上げてくれた。初めから損するはずのない事業であった。

しかしだ、それほどまでに息の合った仕事をしていながら、今回のソ連軍の参戦について、前もってなんの警戒情報もくれなかった関東軍にたいして大いに不満があった。思えば、牡丹江一の料亭「富士《ふじ》」は五月頃には店を閉めてさっさと日本に帰っていた。なのに父はおめでたくも、その頃、いい番頭が欲しいから、誰か紹介してくれないかなどと、新潟の酒造業者に手紙を書いたりしている。いい面《つら》の皮だった。まったく。もう少し早く情報をもらえたら、なんとでも打つ手はあったろうに……。

それを思うと悔しくてたまらない。

関東軍を信じすぎたために……。

父は己の愚かさに泣いていたのだろう。

九月一日は、満洲特有の季節風が黄塵《こうじん》を巻き上げてうなる寒い日だった。

正午頃、マンドリンを携行したソ連兵がどやどやと講堂に入ってきた。

なにかただならぬ空気が漂った。

朝鮮人の、といっても夜毎やってくるのとは別人の通訳が書類を積み上げた。

「四十五歳以下の日本男子は全員集合のこと。使役として連行する」

男狩りである。

「数えの四十六歳は入るのですか？」

と尋ねる声がある。

通訳の答えは「入らない」だった。

この答えを聞いて私はほっと胸を撫《な》でおろした。明治三十三（一九〇〇）年生まれの父は数えで四十六歳だったから除外されるわけだ、と思ったからだ。母を見ると、母も安堵《あんど》の表情を浮かべていた。

男盛りはあらかた男狩りに遭《あ》っていていないはずだったが、あちらこちらで立ち上がる者があり、その数は二十人を超えていた。

「いったいどこへ連れていくんだ」

とまた質問する者があったが、答えは「分からない」の一言だった。

「なんだって我々一般人が引っ張られなくてはならないんだ。人一人殺してないのに」

と、くってかかる者には、

「関東軍がさっさと逃げていってしまったから、労働力の絶対数が足らなくなった。それが理由だ。文句があるなら関東軍に言え」

という答えが返ってきた。

家族たちと別れの言葉を交わしたあと、男たちは不承不承《ふしょうぶしょう》、上着を着、靴を履《は》き、マンドリンの先で指示されるがままに整列した。

「きっと帰ってきてくださいね」

「あなた、命だけは……。待ってますからね」

こんな言葉に送られて、その隊列が動きだそうとした時、父は突然右手を高々と挙げ、

「おーい、待ってくれ！　俺も行く！」

と言い、すっくと立ち上がった
周りの視線が一斉に父にそそがれた。

その時の父の目にはなにか思いつめたようなものがあり、暗くどんよりとしていた。頭の中に自分個人はもちろん家族のこともなにもないような、空《うつ》ろなふたつの黒い穴だった。

「あなた、どうなさったの？　気でも違ったの？　あなたは数えの四十六歳じゃないの。どうして自分から進んで連れていかれようとするの？」

母は父の支那服の裾をつかんで言った。

「俺は確かに四十六歳だ。だがたった一つ年下の者が引っ張られていくのを黙って見送るわけにはいかない。俺も日本男児の端くれだ。俺の意のままにさせてくれ」

父は黙々と編み上げ靴を履きはじめた。

「中国人に変装してまで生き抜いたあなたはどこへ行ってしまったの」

私は父の背中にむしゃぶりつき、

「どうして……。お父さん……。なぜ、どうして……行ってしまうの。お父さん……」

姉は父の背中をたたいて「行かないで」と繰り返し泣きじゃくったが、父はもはや表情を変えることなく、

「なに、すぐ帰ってくるさ」

と言うや、隊列とともに講堂の出入り口に向かい、振り返らなかった。

私たちは呆然とそれを見送った。

父は生きて帰ってこないだろうと私は思った。

さっき見た父の目は死に場所を探しているようなものに思えたからだ。

「あの人は死にに行くつもりなんだわ」

母はぽつりと、諦めとともに言った。

この収容所にいる避難民二〇〇〇人の中から集められた日本の男たちの数は意外に多いらしく、その声が玄関ホールに反響してわんわんと響いてきた。が、私ばかりでなく母も姉もがっかりしていて、それを見送る元気もなかった。立ち上がることもできないほどに落胆していたのだ。

男たちは連れていかれる時、やはり歌った。

日本男児と　生まれ来て
戦さの場《にわ》に　立つからは……

またもや『戦陣訓の歌』である。なにかといえばこの歌だ。私にとってこの歌は、日本男児の忠誠心と心の美しさを歌ったものでもなんでもなく、ただただ引かれ者の小唄にしか聞こえなかった。こんな歌を歌って自分たちの敗北を美化しているつもりでいるなんて、なんともはやひとりよがりなものだなあ、と私は思った。そして私の父もそのひとりよがりの美学に深々と侵されている者のひとりなのだということを確信を持って理解させられた。

私は思った。母がもし、もう少しぼんやりした、頼りない母親だったら、父はこんな風に私たちを捨てていったりはしなかったのではないだろうか。子供たちの父である夫が留守をしている合間に、ソ連軍の侵攻が始まったりしたら、大抵の母親なら、なにから手をつけたらいいか分からず途方に暮れ、結局は子供もろとも苦境に陥っていたのではないだろうか。いや、全滅していたかもしれない。それをどうだ。この母は恥をも顧みず関東軍と交渉し、軍用列車にもぐり込み、数々の危機を乗り越えてハルビンにまで見事たどり着いたではないか。たとえ自分がいなくなったとしても、この母なら子供たちをきっと無事育てていくに違いない、と父が考えなかったとは想像しにくい。そうでなかったら、数えで四十六歳、最初から除外されている年齢なのに、なんでわざわざ自分から志願して、強制労働に連れていかれる必要があったろう。現実逃避？　それもあったかもしれない。

第一、父のとった行動には父親としての責任感がなさすぎる。卑怯だ。なにが、俺も日本男児の端くれだ、だ。あなたは、日本男児の端くれである前に、私たち子供の父親である。私たちを守り育てる義務があるのだ、と私は大声で言いたかった。

「中西さんなら大丈夫だよ。ソ連軍だって丁重に扱うに決まってますから」

父が去ったあと、父を以前から知っていたという人が気休めを言ってくれたけど、父までが、そんなことを期待して「なに、すぐ帰ってくるさ」と言ったとしたら、それはもうとんだ甘ちゃんだ。甘ちゃんでないとしたら、自ら進んで死にに行ったとしか言いようがない。

関東軍の意向に乗って事業を始め、成功し、国家とともにあることの喜びを味わっていた。ところが蜜月関係だったはずの関東軍には裏切られ、満洲国という国家そのものが砂上の楼閣《ろうかく》のように崩壊した。母国日本は敗戦し、聖なる正義は世界から否定された。父の人生は幻想国家満洲とそっくりな幻想人生だったのであり、父の人生を支えたはずの正義も否定されたのだ。この敗北感に父は耐えきれなかった。つまり極論を言うなら、父は所詮、ヨーロッパを戦場とした第一次世界大戦の戦争景気に便乗して、小樽の馬車屋から大きな運送会社にまで発展させてみせた祖父亀吉《かめきち》の総領息子であり、失敗と挫折を一度も味わったことのないボンボンだったということだ。そう思うと、父の最後に見せた、しょんぼりとした後ろ姿の意味するところがよく分かる。父は死神のあとについて行った。

生きることを自ら放棄したのだ。

生きるか死ぬかは父個人の問題であり、そこに私たち子供や妻の存在などはなかった。

わがまま坊やの自殺行。そう思うことによって、やっと諦《あきら》めがついた。泣いて、泣いて、子供なりに精いっぱい考えた末の結論だった。

泣き疲れて眠りに落ち、目覚めたら九月二日、私の誕生日だった。今日で私は七歳になった。校庭には昨日と同じく強い風が吹き、黄塵を巻き上げている。その砂埃の中で、中国人が二人、校庭の隅で穴を掘っている。土饅頭はいつの間にか二列になっている。数えてみると一九個もあった。中国人の傍らには例によって台車があり、その上に硬直した死体が三体載っていた。

こうやって収容所の中でぼんやりと日を送っていると、そのうち栄養失調か発疹チフスにかかって死ぬのは時間の問題のような気がした。

蚤、虱にたかられているうちはまだ死なないという証しだろう。そんなことを考えながら、もう大分伸びた髪の毛を指ですくうと、指先に白い虱の卵がついてくる。爪でつぶすとピッと音がする。とたんに身体じゅうがかゆくなり、ぼりぼりとあちこちを掻《か》く。そんなことをしながらなんとか生き長らえ、父に捨てられた衝撃に耐えているうちに、時は過ぎ、短い秋も終わり、もうじき冬になりそうな空の色になった。

満洲の冬は寒い。零下三五度にはなる。そんな厳寒の冬を、一日二回高粱粥をすすり、毛布一枚で身をくるんで、果たして生き抜くことができるのだろうか。

その頃になってやっと母も、夫に置き去りにされた衝撃から立ち直りはじめたようだ。なにを思いついたか、しきりにひとりで出掛けるようになった。帰ってきてもただため息をつくばかりで、子供たちにはなにも話してくれなかった。

そして数日経《た》ったある秋晴れの日、外出から帰ってきた母は私たちに言った。

「さあ、お前たち、急いで用意をしなさい。私たちはここを出ることに決めたから」

まさに藪《やぶ》から棒だった。午後の陽射しがさんさんと降りそそぎ、温室みたいになった講堂の窓際でごろごろしていた私と姉は、なにを言われているのか最初はよくのみ込めなかった。

二人は目をこすりながら起き上がった。

「なにをぼんやりしているの。さっさと荷物をまとめるのよ」

と言われても、牡丹江の家から後生《ごしょう》大事に背負ってきたリュックサックはハルビン駅で中国人兵士たちに没収されて手元にない。要するに、荷物らしいものはなにもなかった。

母は自分の言っていることになんの意味もないことに気がついて苦笑した。

「奥様、私たちも連れていってくださるのでしょうか」

女中の妙子とツネが起き上がって訊《き》いた。

「妙子、ツネ、悪く思わないでおくれね。お前たちを一緒に連れていく余裕はないいんだよ」

「奥様は、私たちを見捨てるんですか。奥様やご主人を心底頼りにして、日本から渡ってきた私たちを……」

妙子とツネは涙声で言った。

「妙子、お前は新潟県から、ツネ、お前は石川県から、大きな夢を抱いて満洲へ渡ってきたことは忘れてはいないわ。でも、これ以上、お前たちを連れていくことは共倒れになることだわ。ね、お願いだから、お前たちも子供じゃないんだから、なんとか生きる算段をしておくれ。私だってつらいんだけれど、もう限界なんだよ」

母も涙をすすりあげた。

二人はわっと声をあげて泣いた。

「奥様はひどい。冷たすぎます」

「私たちだって、ここから出ていって必ず上手《うま》くいくという保証はないんだよ。危険の道連れにすることはできないじゃないか」

母はしどろもどろの言い訳をした。

「奥様と一緒ならどんな苦労もいといません。死んだって平気です」

妙子とツネが母の膝にすがりついた。

母は二人の手をやわらかく左右にはらい、自分が両手をついて頭を下げた。

「お前たちをここに残していくけれど、精いっぱい頑張っておくれ。私を恨もうと憎もうとなんでもいいから、とにかく生き抜いておくれ。ね、お願いだから」

講堂の床板に母の涙がぽたぽたと落ちた。

「ね、分かっておくれ。私たち親子が、主人に見捨てられたところをお前たちも見たじゃないか。私は必死なの。だからお前たちも必死になって生き抜いておくれ」

それを最後の言葉として、私たちは女中たちと別れた。姉は例によって、牡丹江脱出の夜と同じように、母を非情だと言って逆らったが、最後はついてきた。

収容所の人々は不愉快この上ない顔をして、

「あなた方は私たちを裏切るんですね。外で上手くいかなかったから帰ってきたと言っても、受け入れるつもりはありませんからね」

と、最後通牒《つうちょう》のようなことを言った。

モストワヤ街（石頭道街）の買売《マイマイ》通りにある来々軒という支那料理店の角を北側に入って小路を抜けたところに、そのアパートはあった。一階の奥の一室が私たちの部屋だった。窓の小さな、北向きの暗い部屋だった。中国式に上がり框《がまち》が高く、土間が広かった。しかしなんとも言えない重い空気が立ち込めている。

「ここが今日から私たちの住むところよ」

母は得意げな調子で言ったが、姉は、

「なんだか陰気な部屋ね」

と顔をしかめた。

「今日は天気が悪いからじゃない」

「あら、どうして畳《たたみ》が新しいのかしら」

と姉がつぶやいた。母はそれを無視している。

壁は最近塗り直されたようだが、白いペンキの下にはなにやらどす黒いものがこびりついているように見える。

「ねえ、どうして、どうしてなの、夜逃げでもあったの？」

と姉。

「やっぱり分かるのかしらねえ」

「なにがよ」

「夜逃げどころか、ついこないだ、ここで日本人の一家心中があったの。ソ連兵に娘二人を犯されて、悲観したあまり、親子四人、互いに殺しあったのだそうよ。もちろん血の海。だから畳が新しいし、壁も塗り替えてあるのよ」

「どうして、よりによって、こんな不気味な部屋を借りたりしたの」

と、姉は顔を歪《ゆが》めて言った。

「それにはね、ちゃんとした理由があるんだよ。まず家賃がタダみたいに安かった。でもそれだけじゃない」

母はそう言うと、まるで手品師のようにタンスを開けた。すると中から色とりどりの洋服類があふれるように出てきた。冬用もある。

姉はそれを見ると、

「わっ、オーバーもある。セーターもある……。すごい……」

「まだあるわ」

母は押し入れを開けた。そこにはふかふかの布団がみっちりと詰まっていた。

「うわあっすごい。これだけあれば、この冬はなんとか越せるわね」

姉はもうすっかりその気になっている。

「だから、私は思い切ってここに決めたのよ」

「お母さん、正しい選択よ。素晴らしい選択よ」

「まだまだたくさんあるわ」

大きな桐のタンスの引き出しを上から開けるたびに着物が出てきた。男物もある。

「この大島《おおしま》の着物なんかお父さんにぴったりだと思わない？」

「すごいわね。夢みたいだわ」

「ほら、ごらんよ」

と土間をさし、

「長靴だってあるわ。ストーブも。なに一つ不自由なくそろってるわ」

「素晴らしいわ、お母さん。お母さんは、この部屋を探すために毎朝出かけていたのね」

「そうよ。私たちを生かすために、この部屋にいた人たちは死んでくれたにちがいないわ。私は神様に感謝したい気持ちで、ここに決めたのよ」

私たちは急に明るくなり、姉は着物に袖を通して坊主頭のくせに踊りの科《しな》を作ってみせる。私は布団を引っ張りだして、その上で飛び跳ねて遊んでいる。それらの着物や布団が一家心中した人たちの遺品だということはすっかり忘れていた。天から降って湧いたようなこの幸せがただただ嬉しかった。ここで父の帰りを待つのだ。それまでは街頭でのタバコ売りでもなんでもやって、とにかく生き抜くのだ。

「お父さんの帰るまで」

それが無言の合言葉のようになっていた。

ここに住むと決めたら、死の臭いなんかたちどころに消えてしまった。因縁つきだろうとなんであろうと、どこにこんな幸運が転がっていよう。なんといったって先住者の家族は両親と娘二人だったから、ふわふわの布団と純毛の毛布やシーツなどが三組あり、部屋の広さは十畳ほどあったから、三つの布団を並べて寝ることができた。風呂と便所は共同で、風呂は毎日でも入れる。しかも家賃はタダみたいに安い。避難民収容所に比べたらまさに天国だった。母や姉の着る物や履物はすべてそろっていた。男の子むきのものがなかったから、私の分は路上マーケットから買ってきて間に合わせたが、とにかく蚤虱のたかった着物を全部脱ぎ捨て、清潔な衣類で身をつつむことができた。

母と姉は路上で商売をやっている人からその仕入れ先を聞き、母は大福餅《もち》を、姉はタバコを売ることにした。

場所は人通りが多いことを理由に、名古屋ホテルの前あたりを選んだ。あの軍用列車で逃げている時、駅に止まった列車にむかって大勢の中国人が首から箱をぶら下げて饅頭《マントウ》を売りにきたが、姉はあれとそっくりな木の箱の中に前門《チエンメン》、極光《きよくこう》といった二〇本入りの中国製タバコを入れて街頭に立った。母は白い食用の粉でまぶした大福餅の入った木の箱を台の上に置き、自分はその後ろの木箱に坐って露天商のようなことを始めた。

母と姉のこんな姿を見ようとは、私としても思いもしなかったことだが、少しでもお金を稼ぐにはこうする以外に方法はなかった。生まれて初めて路上のタバコ売りや餅売りになったわけで、最初は声を出すことさえ恥ずかしく、か細い声で「タバコいりませんか？」とか「大福はいりませんか？」とやっていたが、そんなことでは道行く人は誰も振り返ってくれない。いろんな人が道のあっちこっちに立っていろんなものを売っている。売り物になるのかと怪しむほどにボロボロになった衣類を売っている人もいる。みんな声をからして叫んでいる。そうしてこそ、人はやっと足を止めて買ってくれるのだ。

しかし二、三日もすると、やっと度胸が据わってきて声も出るようになった。

「タバコいりませんか。中国の高級タバコですよ」

と姉が叫び、

「甘い甘い大福餅はいりませんかあ。日本の味ですよ。美味《おい》しくて頬が落ちますよお」

と母が大声をあげている。それを見ているだけで、私は涙が出そうになったが、私だってなにか手伝いをしなければならない。母のそばに行っては、母と同じ言葉を大声でわめき、姉のそばへ行っては姉と同じ言葉をわめいた。私の中でも羞恥心はどんどん消えていき、時には道行く人の袖を引いて大福餅の前まで連れてきたり、姉のタバコは他の人が売ってるタバコより美味しいと、まるで客引きみたいなことまでやった。

モストワヤ街に面する名古屋ホテルの前は確かに人通りは多く、売り上げも上がったが、一つだけ大きな難点があった。それはすぐ前に日本居留民会があり、道路に避難民があふれていることだった。

みんな腹を空かせている。腰にむしろを巻き、いつ死んでもおかしくないような、蠟《ろう》のような生気のない顔をして、足を引きずっている。

その中のひとりが母の前にくると、ぴたりと止まって、上から大福餅をうらめしげに見下ろしている。

「一つおくれよ、タダで」

そう言って涎《よだれ》を垂らす。

聞こえないふりをしていると、

「ケチ。人でなし」

と力なくつぶやいて去っていく。

次には子供を連れた母親が来て、

「どうぞ、この子のために一つだけタダでわけてください」

とせがんでくる。

母は、

「一個五十銭です。どうぞお買い求めください」

とだけ言って、あとはとりあわない。

「お母さん、あげたら」

と姉が見兼ねて言う。

「だめ。だめなの。そんな余裕がどこにあるの。一つあげたらみんなにあげなければならなくなる。私たちはむしり取られて道に捨てられるだけよ。だめ。絶対にだめ」

母は涙ぐんでいた。

「ケチ。人でなし」

言われる言葉は同じだった。

私は母が正しいと思った。私より七つ上の姉は十四歳という思春期特有の正義感を振り回し、なにかにつけて母の意見に逆らい、いつも大事な時に足手まといになっていたが、その態度は子供の私から見てもいらいらさせられた。危機感のない実に甘ったれたものに思えたのだ。姉は、アパートに引っ越してからはもう男の子であることをやめて女の子に返っていたが、まだ髪の毛の伸びきらない頭に帽子をかぶるとまぎれもなく女の子だった。部屋には女の子用の衣類ならたくさんあるし、それを着て姉は女らしさにふたたび目覚めたようだ。それできっと、あんな優しげな言葉を吐いたのだろう。

こうしている間にも、父がいつ帰ってくるかもしれないと思い、私はいつもあたりの人影の中に父の姿を捜していた。

母たちは商売をする場所を変えた。一日になんども「人でなし」と言われることに閉口したからだ。こんどの場所は道里区《どうり》にある有名なソフィスカヤ寺院の前。そこは石畳の広場になっていて、その前を広い道路が通っている。ロシアの街角を彷彿《ほうふつ》とさせる一角だった。人も車もたくさん行き来していたが、人々がなんとなく集《つど》う場所でもあった。寺院そのものは戦争の影響で荒れ果てていたが、ハルビンのシンボルとしての風格に満ちたロシア正教会の大聖堂は白系ロシア人にとっては祈りの場所であった。

このあたりは収容所のいまだ決まらぬまま歩いている避難民は少なく。比較的穏やかな時間が流れていた。母たちはこの辺を商売の場所と決めたようだ。

母たちの手伝いをしようとして、私が大声を出していると、母は「お前はいいから、アパートの友だちと遊んでいなさい」と言って、私を追い返すことが多かった。子供の見ている前では仕事がしにくいということもあるのだろう。

「アパートの外へ出てはいけませんよ。人さらいがいるからね」

私の背中に向かって母は言った。

その頃、ある支那料理店の餃子の中から、どう見ても子供の爪らしきものが出てきたという噂《うわさ》が立った。それ以来、ひとりの時は常に走った。靴の紐《ひも》がゆるんでもかまうことなく走った。そして、学校に行けない学童たちのために寺子屋と称するものが二つ三つでき、そのうちの一つに私も最初のうちは元気よく通っていたのだが、人さらいが横行しているという噂がどんどん広がって私の足も遠のいた。

アパートは百坪ほどの中庭を囲むように大きなロの字形になっている。この中庭が子供たちの遊び場だ。アパートの住人としては日本人、中国人、朝鮮人、ロシア人などが混在していて、ロシア人が一番少なかったことは確かだが、あとは分からない。子供たちは日本語、中国語、朝鮮語、ロシア語をちゃんぽんに使って遊んでいた。なにをして遊んでいたかというと、大抵は缶蹴《かんけ》りだ。どうもこの遊びは万国共通のようで、ルールもまったく同じだった。中庭はこの缶蹴りにはうってつけの広さで、そこかしこに置いてある荷車や台車やゴミ箱、改築用の材木や空き部屋などが隠れ場所になった。

私たちの遊び仲間は日本人は私ひとり、中国人の女の子ひとり男の子ひとり、朝鮮人の女の子ひとり男の子ひとり、そしてロシア人の女の子ひとりの六人で、年齢は十歳前後、男女の比率はちょうど半々で、なにをして遊ぶにも都合がよかった。雨の日は空き部屋でトランプ遊びをやった。ババ抜き、ページワン、神経衰弱なども万国共通であった。ついこないだまでの残虐な戦争にかかわった民族同士であったが、私たち子供はなんのわだかまりもなく、実に気持ちのよい平和な空間を作っていた。

中でも私の気を引いたのはロシア人の少女だった。すらりとした少女のその仕草、その表情、手の動き、大人びた視線、うっとりするような声、もう私は見るだけで、いつも呆然としていた。むろん、そのことに少女は気づいていた。少女の名前はナターシャ。十一歳。透き通るような白い肌と金髪、そして青い瞳の美しい娘だった。ほとんど意味などないのだろうが、その青い瞳でじっと見られると、私は金縛りにかかったように身動きもとれなくなり、その瞳がほかの男の子と微笑《ほほえ》みあったりすると、もう胸がかきむしられる思いになる。

その日は雨が降っていて、私たちはトランプで遊んでいた。同じような遊びを繰り返しているうちにみんな飽きてくる。でも私はナターシャがいてくれるうちは楽しくて仕方がない。

そのうち、ナターシャが私を見て、その視線を意地悪げにはずすと、ぷいと部屋を出ていった。私は恐る恐るあとをついていくと、ナターシャはぱっと姿を隠した。

あとを追うとそこは階段だった。踊り場が一つあって二階に通じていた。

薄暗い階段を恐る恐るのぼっていくと、二階の部屋の中は暗く、黄昏《たそがれ》の太陽のか細い光がうっすらと窓を照らしていた。

私がおろおろしつつ、「ナターシャ」などと名前を呼んだりしていると、「ここよ」と暗闇から登場したナターシャは私の手をとってもう一つの奥の空き部屋に引っ張り込んだ。

おおおっと思う間もなく、ナターシャは私の口に自分の口を押し当てる。むむむっと私は身をのけぞらす。

「イヤ・リュブリュ・チュビア」

あなたが好きという意味らしい。そう言うと、ナターシャは私の口を自分の舌で押し開き、ぐいぐいと中へ入ってきた。私のキスの経験といえば、乳母の淑子姉さんとの戯れの触れ合いのようなものしか知らないのだが、それでもその経験を生かして、私も対抗した。

「ウワオッ、ハラッショ、オーチンハラッショ」

喜びを顔いっぱいに表し、私の顔を両手に挟んで、顔じゅうに唇の雨を降らせた。もうそれはキスの雨というのではなく、顔をくまなく舐《な》められていると言ったほうが正しい。私の顔の額から鼻から口から頬、顎、耳もぜんぶ、ナターシャは自分の唇の支配下に置いた。

そして私に言葉を教えようとする。イヤ・リュブリュ・チュビアと言えと言う。私はそれを言う。すると「ハラッショ」と言い、なんども私にイヤ・リュブリュ・チュビアを言わせ、言われるたびにナターシャは興奮し、自分もまたその言葉を言い、口づけはいっそう濃厚になった。

突然、子供たちの笑い声が聞こえた。

私とナターシャの抱擁《ほうよう》は足音を忍ばせてやってきた子供たちにたっぷりと見られていたのだ。

私は恥ずかしさに真っ赤になったが、ナターシャはそんな気配も見せず、

「あんたがたはなにをやっているの？　ちょうどいい相手がいるじゃないの。キスしなさい。あんたも、あんたも」

中国人の男の子と朝鮮人の女の子、朝鮮人の男の子に中国人の女の子を組み合わせて、あとは私との抱擁に熱中した。横を見ると、組み合わされた子供たちは、しばらくもじもじしていたが、やがて私とナターシャを見習うようにして大胆に抱きしめあい、音を立ててキスをし始めた。

窓の外はだんだん日暮れていく。薄暗がりの中で、三組の子供たちが幼いなりに気持ちのよさそうな官能の声をあげている。ナターシャはロシア式民族服の胸のあたりのボタンをはずして、ややふくらみかけた乳房を露《あら》わにして私に吸えと言った。私は言われたとおりにした。それまでかいだことのないロシア人特有の体臭がツンと鼻にきて、それが私をいっそう夢見心地にした。いつまでも、いつまでも、すっかり暗くなり、親たちが心配する時間まで、誰ひとり率先してやめようとしなかった。

子供たちがこのような淫《みだ》らなことを極めて自然に受け入れる下地というか、環境というか、なんとも言えぬ退廃的な雰囲気がアパートには充満していた。たとえば、回覧板というものがある。それを読み終えた母が、隣といってもかなり離れたところに住んでいる日本人の家へ私に届けろと言う。私は回覧板を持って、その家まで駆けていく。ドアをとんとんとたたき、「回覧板でーす」と声をかける。すると、「あいよ」という返事は聞こえるのだが、たいていは一分ほど待たされる。やっと鍵《かぎ》のはずれる音がして、ドアが開けられると、部屋には布団が敷いてあり、女の人が薄いものをまとって上向きに寝ていて、腰から下は掛け布団で隠している。ドアを開けた男の人は「ご苦労さん」とかなんとか言ってくれるが、裸に引っ掛けた丹前《たんぜん》の前を帯であわてて合わせたといった風情だ。いくら子供でも、今しも大人たちがなにをやっていたかぐらいはわかるというものだ。女の人のほうも上気した顔に力ない微笑を浮かべて、「ご苦労さん」などとかすれた声で言う。その声のなまめかしさに子供が気づかないと思っているのだろうか。私は見兼ねて目をそらす。すると、男は「あい、駄賃だよ」と小銭をくれる。それを握って私はまた走りだす。私が経験しているようなことを、仲間の子供たち全員がしていた。そういう毎日が子供たちの性への目覚めを早めたのだろう。

そうこうしているうちに十一月になった。

九月から十一月までが一応ハルビンの秋ということになっているが、アカシヤやプラタナスの葉が黄ばみ始めてきたら、もうほとんど冬である。朝晩の気温は〇度から二度くらいになり、ストーブに火をくべないでは暮らせないし、オーバーコートなしで外出はできない。幸いストーブは先住者の置き土産《みやげ》が土間にあったが、私用のオーバーコートがない。それを求めに路上マーケットに行ったが、なかなかちょうどいいのがない。あっても育ち盛りの子供にはすぐ着られなくなってしまうだろう。あれこれ探していると、海軍予科練の紺の制服があった。「これがいい」と言って、母はそれを私に着せてみた。むろん着られるが、袖がやたらと長い。「なあに、袖は折り畳んで縫っておくのよ。成長するにつれて引き出せばいいのだから」ということで、それを買った。私のオーバーコートの七つボタンは桜に錨《いかり》だった。

これほどの寒さになってくると、大福餅は凍ってしまって商売にならないから、母も姉も同じく路上のタバコ売りになった。

足踏みしながら、声をからしてタバコを売っている。私はロシア兵を見つけては母たちの前へ連れてきた。ロシア兵が一番金ばなれがいいのと、彼らの使う赤い軍票《ぐんぴょう》がソ連軍制圧下のハルビンにあっては一番価値あるものだったからである。その頃になると、姉は多少のロシア語は話せるようになっていて、それで愛嬌《あいきょう》を振りまくものだから、若い娘の特権というものであろう、姉の木の箱はすぐ空になった。そこに母のタバコを入れてまた声をはりあげる。

そんな時、タバコ売り仲間の日本人男性が近づいてきて、

「中西さん、これ読みましたか?」

と言って一枚の紙を母に手渡した。

そこにはこう書いてあった。

《ハルビン地区の事情がまったく分からないので、引揚げ交渉を行うにも方法がない。さらに、日本内地は米軍の空襲によって壊滅状態にあり、加えて、本年度の米作は六十年来の大凶作。その上、海外からの引揚げ者数は満洲を除いても七〇〇万人にのぼる見込みで、日本政府には、あなた方を受け入れる能力がない。日本政府としては、あなた方が、ハルビン地区でよろしく自活されることを望む。外務大臣・重光《しげみつ》葵《まもる》》

「私たち、お国に棄《す》てられたわ……」

母は力なく言ったと思うと、ふらふらと道端に倒れた。首にかけていた木の箱からタバコがあたりにこぼれた。

「お母さん、どうしたの？」

姉は母に駆け寄り、その身を助けようと左腕に抱きかかえながらも、母の手にあった紙を奪って目を走らせた。

私は散らばったタバコをあわてて拾い集めた。

姉の目にはみるみる涙があふれてきた。

顔は青ざめていたが母は自力で立ち上がり、ズボンの埃を払いながら大きな溜《た》め息をついた。

母が大丈夫なことを見届けると、まるで演説でもするかのように大きな声でわめきちらした。

「酷《ひど》いわ。酷すぎるわ。国なんて、なんて自分勝手なんでしょう。自分の国の国民を、こんな紙切れ一つで見棄てるなんて。どうしてこんな酷いことができるのでしょう」

「よしなさいよ。みっともないから」

母が制止しても、

「みっともなくたっていいわ。私たちの日本国はもっとみっともないことをしてるんだから」

姉はやめようとせず、涙はオーバーコートの襟やタバコの箱にこぼれ落ちた。

「ハルビン地区の事情が分からないですって？　分からないなら、調べに来たらいいじゃないの。日本内地は米軍の空襲によって壊滅状態だなんてよく言えるわよ。そもそもこの戦争を勝手に始めたのはあなた方、日本政府じゃないの。国民にはなんの責任もないんだわ。日本政府にはあなた方を受け入れる能力がないだなんて、いけしゃあしゃあとよくもこんな言葉を言えたもんだわ。恥を知りなさい！　恥を！」

姉は、ヒステリーのような声を出していたが、あたりの人々はみなうなずきながら聞いていた。

私には姉の気持ちがよく分かる。満洲で大成功した造り酒屋の娘として、それこそ蝶よ花よと育てられ、日舞《にちぶ》を習い、たちまち上達して十二歳で師範代にまでなり、牡丹江劇場を借り切って、歌や三味線、太鼓の地方《じかた》を舞台に並べて踊りの独演会をやった。『浦島』『汐汲《しおくみ》』『藤娘』『京鹿子娘道成寺《きょうがのこむすめどうじょうじ》』などが得意の演目であった。父はそんな娘が自慢で、関東軍兵士を慰問するのだといって満洲の各地にある駐屯地を三ヵ月間にもわたり訪ね歩いて、娘の踊りを披露したりしていた。むろん同時に日本酒も大量にふるまって日本勝利のための気炎をあげた。そうまでして、お国のために尽くしたはずなのに、なんという仕打ちを国はこの私にしてくれたのだろうと姉は悔しい思いでいっぱいなのだ。あの私が、あの華やかだった娘時代を過ごした私が今ハルビンの路上でタバコ売りをやって声をからしている。こんな運命の転変をどうして簡単に受け入れることができようか。私は姉を少し見直した。

「あなた方が、ハルビン地区でよろしく自活されることを望むとはいったいなんなのよ。死ぬも生きるも勝手にしろって言うの？　それが国民を護るべき国家の言うセリフなの？　日本政府も努力をするから、もうしばらくの辛抱を願いたいとか、少しは希望を持てるようなことを、なぜ言ってくれないの？　私たちはなんという非情な国に生まれたのかしら。今日まで、祖国日本よ、母国日本よと思って生きてきたけれど、大きな間違いだったわ。これじゃ、ただのよその国じゃないの。それだけじゃないわ。私たちを満洲にまで連れてきて、ぽいと投げ棄てたのも同然よ。引揚げ交渉をする方法がないですって？　そんなこと大人の国が言うことですか？　まるで子供じゃないの。子供のくせに大人の真似《まね》して生意気な戦争なんかするから、国民がこんなに苦しまなくてはならないんだわ。こんな恥ずかしいことをする国なんて、世界のどこを探したってあるもんですか！」

あとは大声をあげて泣いた。

「そうだ。その通りだ！」

という励ましの声があがった。

「日本はアメリカに占領されたんじゃない。その前に、軍人たちによって占領されていたんだ」

と言う白髪の老人があれば、

「祖国という重い言葉をこんなに簡単に踏みにじるなんて許せない。日本政府は祖国という言葉を破壊した。言葉を破壊したということは日本人の歴史と伝統と精神を破壊したのだ」

と泣きわめく父と同じ年くらいの男がいる。

ソフィスカヤ寺院前の広場には泣き崩れ、泣きながら抱きあい、寄り添いあってい る日本人の姿がたくさんあった。

七歳の私でさえ、この紙に書いてある文章を読んでやり場のない怒りと悲しみを覚えた。私は牡丹江生まれだが、姉は日本の小樽生まれだったから、祖国に棄てられた衝撃は私よりも何倍も大きかったのだと思う。姉が激しく泣くのを見ていると涙も出てこなかった。牡丹江の家では毎晩、杜氏《とじ》や従業員たちが酒盛りをやって、酔えばかわるがわる歌を歌った。『誰か故郷を想わざる』『人生の並木路』『国境の町』。そして、早く日本に帰りたいなあ、日本は美しい国だなあ、と異口同音に言ってみんな泣きだすのだ。その様子が二階で寝ていた私には手にとるように分かる。その度に、「日本とはそんなにも美しい国なのか」と私はなにか羨ましいような感情に襲われたものだが、その日本という国がこんなにも脆《もろ》く崩れ去るとは思いもよらなかった。しかも兄は学徒出陣し陸軍特別操縦見習士官として特攻隊に入り訓練をしている。いったいどんな誉れがあって命を投げ出すために出征したのか、今となっては途方に暮れるしかない。生きていてくれなくてはいけない。こんな国のために死んではいけないと心底思った。

家も財産もすべて投げ出して牡丹江を脱出し、ソ連軍の戦闘機に追われて逃げ回り、やっと終戦になったと思ったら、身ぐるみ剝《は》がされてハルビンの街に放りだされた。ソ連軍の略奪、強姦や男狩りがあり、父までが連れていかれた。中国人たちが暴動を起こし、開拓団民の多くが皆殺しに遭っている。生活の手段もなく、母と姉はタバコ売りをやってなんとか食いつないでいる。避難民は街にあふれ、ばたばたと人が死んでいく。それでも、祖国日本は私たちを迎えにきてくれる、必ずや日本に帰る日がくると思えばこその頑張りであった。それなのに、帰ってくるなとはあまりにむごすぎるのではないか。七十万精鋭とは真っ赤な偽りで、私たちは関東軍に見棄てられ、もう一つの祖国満洲は煙のごとくに消え去った。そして今また祖国日本そのものに棄てられるとは……落胆し、絶望し、がっくりとうなだれて涙にくれる大人たちの気持ちはそっくり理解できた。

ここは中国である。あたりは中国人だらけである。しかもソ連軍の制圧下にある。そこであてどなく生きている日本人は、戦争に敗れたばかりでなく、祖国にまで見棄てられたら、いったいどこへ向かって歩いていけばいいのか。帰る場所を失った人間の行き先はどこなのか……。この先、私たちは何人として生きていくのだろうか。

「帰りましょう」

と母が言った。今日はもう商売をつづける元気などないようだった。

姉はべそをかきながら母の後ろについていった。

ソフィスカヤ寺院の前で物を売っていた日本人は皆、肩を落として家路についていた。まだ昼前だというのに。

家に帰っても、祖国に見棄てられた悲しみの涙と溜め息が出るだけだ。だが、それだけじゃない。この部屋に住みはじめてから今日まで思い出しもしないでいたのだが、私の胸に急に一家心中した先住者のことが迫ってきた。先住者は歯科医をやってハルビンで暮らしていたそうだが、まさか満洲がこんな事態になるとは予想もしなかったことだろう。加えて娘二人がソ連兵たちによって強姦されるなんて、まさに地獄の苦しみだったことだろう。彼らは絶望し、一家心中をはかった。しかしどうやって殺しあったのだろう。父親が妻や娘たちを殺し、最後に自殺したのだろうか。それとも互いに刺し違えて死んだのだろうか。その時の阿鼻叫喚《あびきょうかん》が私の耳に鳴って反響した。壁に飛び散った血は、その上に白いペンキが塗られているとはいえ、透けて見える。透けて見えるどころか、ここまで想像する者の目には色黒々とはっきりと見える。見えてたまらない。こう思うと、歯科医だった先住者の日本人は、ソ連兵に娘たちを犯されたがゆえに一家心中したのではない。そういう状況を生み出した日本という国によって殺されたのだ。

人は他人の血を浴びて生き残るという言葉があるが、私自身がまさにそれだった。軍用列車に乗っていてソ連軍機の機銃掃射を受けた時、私の三十センチ隣の軍人が頭を撃たれて死んだ。私はその人の血を浴びた。そして今生きている。また無蓋車に押しかける開拓団の人たちを列車に乗せまいとして、その人たちの手と指を懸命になって剝がした。大勢の人を見殺しにしたことによって、私は今生きている。そして、ソ連兵によって娘たちを犯された悲しみと絶望のうちに一家心中をした歯科医家族の互いに殺しあった時の血しぶきが壁に飛び散った部屋に住み、その人たちの遺品である衣類や夜具にくるまれて、私たちの家族は今生きている。

部屋じゅう血の臭いがする。死の臭いがする。

私は家にいたたまれなくなって中庭に出た。

が、中庭にはひとりの友達もいなく、しんと静まりかえっていた。

ナターシャに会いたかった。

ナターシャの家の裏窓の前に行き、「ナターシャ」と軽く呼んでみたが、返事はなかった。

小石を拾って、窓ガラスに向かって投げてみた。正面から投げると、ガラスを割ってしまう恐れがあるので、近くてもいいからやや斜めから投げるのがコツだ。と教えてくれたのは実はナターシャだった。私は教わった通りにやったのだ。すると、一個めの石の音を聞きつけて、早くもナターシャの顔が窓から見えた。

ナターシャは窓を開けると、

「オオ、レイ。ダワイ、ダワイ」

と囁《ささや》いて手招きした。

私は音を立てないようにしながら、窓から家の中へ入った。そこはナターシャの部屋らしい。

「お母さん、いないの？」

「うん。仕事に行っている」

ナターシャの母親は白系《はっけい》ロシア人の経営するロシア料理店の受付と勘定係をやっている。今、出かけたところだと言う。

「レイ。どうしたの？　悲しい顔をして」

ナターシャは私の顔をのぞき込んだ。

「ナターシャ……」

私はそれだけを言って、ナターシャの胸に身をあずけた。

ナターシャはなにも言わず、私の肩を抱きよせ、ベッドへと誘《いざな》った。

私はナターシャのなすがままに花柄のベッドに倒れこんだ。ナターシャが上掛けをかけ、それを頭の上にまで引き上げた。藁《わら》布団だった。

藁布団の下でナターシャは私と接吻した。

接吻した唇を放さないまま、ナターシャは私の着ているものを脱がしにかかった。七つボタンのオーバーコートから始まって、上着やズボンそして下着にいたるまで、靴下も全部、私はすっ裸にされた。すると今度は、その体勢のまま、ナターシャは自分の衣服を脱ぎはじめた。藁布団のがさごそという音がする。ナターシャの体臭がどんどん濃くなっていく。ナターシャは脱いだものを足で押し、ベッドの外へ落とした。そして私をすっぽりと腕の中に抱いた。

なんという温かさだろう。優しさに満ちた、命の匂いに満ちた温かさだった。

私は泣いていたが、ナターシャはなにも言わずに次から次と流れる涙を舌で舐《な》め、口に含み、飲みほしていった。

私がなにか言おうとすると、ナターシャは、

「なにも言わなくてもいい。私にはすべてが分かるわ」

と言って、唇で私の口をふさいだ。

私の悲しみのいったいなにがナターシャに分かるのか、私には想像もつかなかったが、私は黙りこみ、言葉のない世界で、いや言葉のいらぬ世界で、ひたすらナターシャに甘えた。

ナターシャは私のまだ子供のチンチンを手で愛撫《あいぶ》し、口に含んで愛《いと》しげにもてあそんだ。

私は夢の中にでもいるかのように快感に身ぶるいしたが、だからといって、それ以上のことにはならなかった。

「レイのピーシャ可愛い！　まだ七歳だものね」

と薄く笑ってナターシャは自分の下腹部に私の手を誘導した。

「これ私のピーシャ。トゥローガチ！」

触れと命じた。私は言われる通りにした。そこにはうっすらと柔らかい毛が生えていて、その下の方にはもう一つの口のようなものがあった。そのピーシャの上を私の手が物珍しそうにさまよっていると、

「ハラショ、ハラショ、ピーシャハラショ」

と甘い声を出して身をよじり、私の指が恐る恐る中へ入ろうとすると、

「レイ、イヤ・リュブリュ・チュビア」

私を強く抱きしめ両脚を開いた。

「愛するということは舐めるということよ。動物も人間も愛しいと思ったものに頬ずりし、舐めるものなの。リーザイチ、それが愛情の表現なのよ。それが自然なのよ」

というようなことを、それほど流暢《りゅうちょう》でない日本語でしゃべり、私の向きを変えさせると顔をその開いた脚の間に押しつけた。

そこはナターシャの体臭の発生源のようなところで、私はその匂いというか香りというか、脳天をしびれさせるような刺激に酔った。

「リーザイチ！　舐めなさい！　私のピーシャを一番感じるところを、犬のように舐めなさい」

命令は上の方から聞こえた。

藁布団につつまれた暗闇の中で私は子犬のように舌を動かしてナターシャのピーシャをリーザイチした。ナターシャも私のピーシャを口に含み、口の中で玉のように転がした。

ナターシャのピーシャは夏の大地に可愛い花を咲かせるカモミールの香りがした。

そこに体温のある生臭さとおしっこの匂いが入り混じり、それをリーザイチしながら世にも美味なるもののように感じて陶然《とうぜん》となっていた。

私が胸いっぱいに抱いていた悲しみのようなものや絶望のようなものが、その甘美な世界ではどんどん遠のいていった。

ナターシャは私の向きをまた変えさせ、今度は私がナターシャの上で正対する形になり、ナターシャは私の腰のあたりを両手で自分のほうに押しつけ、自分も腰を持ち上げて私の腰に押し当ててきた。そんなことをしばらくしていたが、私のピーシャはどこまでも普段のままだった。ナターシャは一生懸命それを自分のピーシャの中へ入れようとしていた。が、ついに入らなかった。

二人は疲れて、ベッドに仰向けになった。

ナターシャはやや大人びた低い声で言った。

「私たち白系ロシア人はね、革命政府によって追放されているのよ。私たちの祖国ロシアは革命軍によって占領されてしまったの。白系ロシア人はひどい迫害を受け、大勢虐殺されたわ。私の父も白衛軍として戦って死んでいった。母は私を連れてハルビンに亡命したの。今はソ連という国になってしまったから、私たち実は何人でもないのよ。故郷を失った流浪の民なのよ。だから、レイ、元気を出しなさい。このハルビンで棄てられた日本人として生きていけばいいじゃない。レイにはナターシャがついているわ」

この時ほどナターシャを愛しく思ったことはない。私はあるだけの優しさを込めてナターシャを抱きしめた。

ナターシャも泣いた。私も泣いた。それはお互いに甘えるような涙だった。

十一月の半ば頃になると、強制労働のために連れていかれた日本の男たちがぽつりぽつりと帰りはじめているという嬉《うれ》しい噂が流れてきた。

それを聞くと母はどこでどう都合してきたのか、有り金をはたいたに決まっているが、真新しい羽二重《はぶたえ》の布団一式を手に入れてきた。その上、先住者の遺品である大島の着物をほどき、中庭に放り出されたままの台車や材木を利用して洗い張りまがいのことをやり、父の裄丈《ゆきたけ》に合わせて着物と襦袢《じゅばん》ひとそろいを縫いあげた。

「さあ、これでお父さんがいつ帰ってきても大丈夫。準備万端、ととのったわ」

母は少し得意げに言った。

「こんな布団や着物を見たら、お父さんびっくりするでしょうね」

姉も嬉しげに相槌《あいづち》を打った。

「これでもうすっからかん。あとは帰ってきたお父さんに任せるわ」

「そうよ。お父さん、商才があるから夕バコだってなんだってもっとたくさん売るでしょうね」

「物売りなんかしないよ」

と私は半畳《はんじょう》を入れた。

「そうね。物売りなんかしないわね。もっと他の仕事を始めるに決まってるわ」

「わあ、早く帰ってこないかなあ」

私たちは急に明るくなった。

だが父はなかなか帰ってこなかった。

十一月も二十日頃になると、気温は零下一〇度まで下がり、昼日中でも零度を上回ることはなくなった。

長靴も冷えきっていて、とてもすぐには足を入れることができない。逆さにして、土間で燃えているストーブの上にしばらくかざし、中を温めてから履く。

母が木の箱の中のタバコを確認し、

「お父さん、帰ってきてくださいよ。私たちは今日も一日頑張りますからね」

と毎朝、家を出る時に呪文のように唱える言葉をつぶやいた時、そう、朝の十時頃だ、誰かがドアをたたいた。

「誰かしら、こんな朝早くから……」

そう言って母がドアを開けると、目の前に二つの黒い影がぬうっと現れた。

私たちは全員息をのんだ。

「あなた、あなた、帰ってきたのね」

二つの影のうちの一つが無言でうなずいた。

「お父さん、本当にお父さんなの？」

姉はうなずいた影に向かって問いかけた。

影はまたうなずいた。

「お父さんだ。父さんが帰ってきた」

私は黒い影にむしゃぶりついた。

父は物凄《すご》い臭いがした。すえたような、むっとくるような物乞《ものご》いの臭いだった。頭を打たれたように私はふらつき後ずさった。

父に寄り添っていたもう一つの影が言った。

「奥さん、ご主人は相当にお疲れです。重い病気といっていいでしょう。すぐに医者を呼んでください」

「あなたは……」

「室田《むろた》です」

「室田さんて、あの室田さん？」

「そうです。あの室田です。詳しいことはご主人が元気になられてから、ぼちぼちお聞きになってください。とにかくご主人をお届けしました。手遅れにならないように、早く医者を呼んであげてください。私は他に用がありますので、これで失礼します」

室田は踵《きびす》を返して立ち去った。

母はしばらく何事かを考えていたようだが、すぐにドアを閉めると、

「あなた、やっと帰ってきてくださったのね」

と言い、姉に手伝わせてとにかく父を上がり框のところまで連れていき、畳の上にまずは寝かせた。

父の変わりようたるや凄《すさ》まじかった。どこもかしこも真っ黒に煤《すす》汚れたボロをまとい、腰を荒縄で結わえている。その煤汚れた荒縄には缶カラが二つぶらさがっている。首のあたりには手拭い用なのか防寒用なのか分からないマフラーのようなものを巻いていたが、それも真っ黒に汚れたボロだ。着ているものはとても服とは呼べず、ズダ袋の端切れをつなぎ合わせて、なんとか上着らしくしていたが、要するにボロの縫い合わせ、ボロにボロを重ねて作った防寒着であった。それが膝のあたりまであ

り、腰を荒縄で結わえているが。その下の二枚重ねで履いているズボンもまた真っ黒であり、誰のものか分からぬくらいに大きなサイズのものを紐でしばってなんとかずり落ちないようにしているといった感じだ。二枚重ねに履いている靴下も穴だらけで左右のサイズも違っていた。靴もそうだ。ソ連軍の兵隊からもらったのか、死んだ人のものをいただいたのか、左右の大きさが違っていて、しかも底が割れていた。これも真っ黒だ。耳当てのついた裏毛皮の帽子も穴だらけでむろん煤汚れている。どこでどうしたらこんな見事なボロ人間を作りだせるのだろうと感心するほどに徹底的にボロに包まれていた。

頬はこけ、目は落ちくぼみ、唇はかさかさに割れていて、骨と皮というより、骸骨《がいこつ》が皮をかぶっているといったほうが当たっているだろう。息をするのも大儀そうであった。坊主頭だったはずの髪の毛は三ヵ月とは思えぬほどに伸びていて、これもまた汚れに汚れていて垢《あか》が肌にこびりついていた。髭も伸び放題だ。少し混じっている白いものさえ汚れていた。

ソ連軍は、あの六尺豊かな偉丈夫《いじょうふ》だった父をこんなにも無残なものにして私たちに返してよこしたのだった。これではただ死ぬためだけに帰ってきたようなものじゃないか。

母は父の荒縄を解き、風雨にさらされ、汚れでずっしりと重くなったボロを脱がせた。そして垢にまみれた身体、そう、肋骨《ろっこつ》の浮き出た身体をタオルできれいに拭いてやった。

「なにはともあれ、お父さん、無事に帰ってきてくれて嬉しいわ」

そう言いつつも、母の手は悔しさにふるえていた。時々、鼻水をすすりあげた。

布団の上に寝かされ、重湯《おもゆ》をすすり、ひと眠りしたあと、父の息遣いはやっと楽になったようだった。

「桃山小学校へ行ったら、出ていったって言われてこの住所を教えてくれた、いったいなにがあったんだろうと心配したのだが、こんな奇麗なところに住んでいたとは驚いたよ」

とかすれた声で言い、

「お前は大したもんだよ」

母を見上げてかすかに笑った。

「偶然見つけただけですよ」

母はそれ以上は言わなかった。

「帰ってきて、こんな羽二重の布団に寝られるとは考えもしなかった。まったく俺はいい女房を持って幸せ者だ」

「そうだよ。お母さんがハルビンじゅうを駆けずりまわって手に入れたんだよ。ぼくたちがどんなにお父さんの帰りを待っていたか、これで分かるでしょう」

と私はつとめて明るい声で言った。

父はしばらく天井をながめていたが、

「人間は死のうと思ってもなかなか死ねないものだ」

力のない声であえぎあえぎ言った。

「あなたらしくもない。なにをそんな気の弱いことを言っているのですか」

「俺が、こうして帰ってきたということは、よっぽどお前たちの顔が見たかったんだろう。そのためだけに帰ってきたような気がする」

「まるで死ぬみたいなことを言わないでくださいよ」

母は涙を手の甲でおさえた。

「いや、いいんだ。無理に元気づけてくれなくていい。俺には自分の寿命が分かっている。こうして最後の会話を交すために帰ってきたのだから」

そこへ姉に連れられて医者がやってきて、聴診器で肺や心臓の音を聴いていたが、
結論はすぐに出た。

「これは肺炎を患った肺が細菌によって感染症を起こし、それが化膿性炎症となってますな。一般には肺壊疽《えそ》と言われてますが、最近では肺化膿症と呼ぶようになっています。熱と咳《せき》、そして痰《たん》がよく出ます。抗生物質があれば治る可能性もあるのですが、なにしろこういう時代ですので手に入ることは、まずありますまい。唆壺を至急お買い求めください。唆壺を洗う人はどなたですかな」

「はい。私がやります」

姉は胸をはって言った。

「肺炎にさえなっていなければ感染しませんので心配なさらないように。あなたも風邪を引かないように気をつけてください」

と言って、飲み薬を置いて帰っていった。

「肺炎といえば、ハルビン組の中では俺が一番最初に罹《かか》ったんじゃないかな。なにしろ寒かったからなあ」

そりゃそうだろう。日頃から寒さなんか感じない生活をしていたんだから。

「ネギ坊主の屋根のあるハルビン中央寺院の見えるハルビン神社、といってももはや神社は目茶目茶に破壊されて廃屋になっていたな、そこの境内というか広場に集められたのは俺たちのほかに花園《はなぞの》小学校を収容所にしている二十人ほどの男たちだった。

合計五十人てとこか。集められた男たちは全員服を脱がされて没収された。そしてコーヒー豆なんかを入れる茶色のズダ袋を与えられて、これで適当に寒さをしのげと言われた。それに穴を開けて頭からかぶり、あちこちつなぎ合わせて、なんとか服のようなものにした。寒さが増すたびに重ねていくのさ。ズダ袋でも死んだ人間からはぎ取ったズボンでもなんでも、なにを着ても、無蓋車に乗って移動する際、トンネルの中で煤煙で真っ黒になってしまう。二つの缶カラがあったろう。一つは食い物を食うためのもの。一つは飲み物を飲むためのもの。それを腰の荒縄にぶらさげて歩くとな、カラカラとイヤな音をたてるのさ。それで右と左に離してぶらさげて歩いた」

父はなにか遠い昔の思い出話でもするように抑揚のない声で話すのだが、聞いている私たちは涙をすすりあげるだけでなく、姉なんかは嗚咽《おえつ》していた。

「食い物は高粱、稗《ひえ》、粟《あわ》、玉蜀黍《とうもろこし》、馬の餌のような穀物を生のまま与えられた。そいつを口に入れて、唾液《だえき》でやわらかくしてふくらませてから飲み込まなくてはならないのだが、あまりに空腹のため、ついあわてて飲み込んでしまう。するとすぐに胃を痛め、みんな下痢になる。だけど、列車はなかなか止めてくれない。やっと止めてくれた時にはみんな一斉に降りて、そこらにしゃがみ込むのだが、意地が悪いのかふざけているのか、すぐに発車しやがるのさ。するとみんな、まだ途中だというのに、ズボンをたくし上げながら列車を追うんだ。待ってくれえと言ってな。それを見て、ソ連兵の奴らは笑っているのさ。惨めといって、あれほど惨めな思いをしたことはないなあ。列車に乗ってもまだ、腹はごろごろいい、たまらずあたりにまき散らしたことさえあった」

私は父を咎《とが》めるように言った。

「だから、なぜ、お父さんは、自分から手を挙げて、連れていかれたのさ」

「その理由は言ってもお前たちには分からないさ。俺のわがままだからな」

「わがまま過ぎるわよ」

姉が泣き声とともに言った。

父はゴボゴボと胸を鳴らし、痰を出したがった。母がチリ紙を口にあてがい、それを受けた。

「俺はな、牡丹江まで歩いて行ってきたよ。途中ちょっと無蓋車に乗せられたこともあるが、鉄道線路の枕木の上を黙々と歩いた。駅の数にして四つ。距離にして約四十キロを一気に歩き、阿城《あじょう》駅にたどり着いた。すでに夜中になっていたが、そこで各地から駆り集められた軍人や民間人の捕虜たちと一緒に無蓋車に乗せられた。

九月になっていたが、夏の雨期の名残りがあって、夜になると決まって雨が降ったが、屋根がないから雨はボロ衣服を通して尻の穴まで濡らした。夜は、寒い時には零下にまで気温は下がり、昼は昼で三〇度を超す暑さが空から降りかかった。

珠河《しゅか》あたりで列車から降ろされ、また枕木の上をひたすら歩かされた。葦河《いか》というところで、何日間か山に入って木の伐採を命じられた。西洋鋸《のこぎり》で二人がかりで押したり引いたりして伐《き》るのだが、伐られて倒されてきた木に頭を打たれて死ぬ者がいたり、滝のように落下していく大量の材木にのみ込まれて命を落とす奴がいたり、危険でつらい労働だった。

一度として屋根のあるところで眠ったことはなかったが、野宿ということについては、監視しているソ連兵とて同じだった。ただし、彼らは缶詰とかソーセージなどといった栄養のありそうなものを食べていた。

黙々と死に向かってわが身をひきずるような行軍をつづけ、ハルビンから約二十日間かけて牡丹江にたどり着いた時は、あまりに疲れていて、自分がどこにいるのか、生きているのか死んでいるのか分からないほどだったなぁ。

しかし牡丹江駅構内の浜綏《ひんすい》線の線路の上でよそから来た民間人の捕虜たちと合流し、黒パンの昼食を食べているうちに、次第に元気をとりもどした。

そしてあたりの景色が思い出を呼びもどし、この街が自分が住んでいたところだということが次第にはっきりしてきた。思い出したらあとは、わが家を一目でいいから見てみたいという思いにつきあげられた」

「で、お父さん、わが家を見たの？　わが家はあったの？」

姉はせかすように訊いた。

「隊列は西五条路《にしごじょう》を進んでいった」

「その道を抜けて左に曲がったところに、わが家があるのよ」

姉は顔を紅潮させて言った。

「そうしたら隊列は左に曲がった。見慣れた景色がひらけた」

「わが家はあったの？」

「あった。わが家はあった。牡丹江市中区平安街《へいあんがい》四ノ六、まさしくわが家はそこにあった」

「で、わが家はどうなっていたの？」

「俺は門のそばに歩みより、そして門柱に頬ずりしようとした。するとな、この家の新しい主らしい中国人が走り出てきて、なにか甲高い声でどなり散らして、俺を突き飛ばした。意味は分からなかったけれどね。この野郎、さっさとうせやがれ！　とでも言ったのだろうさ。その中国人を見ているうちに涙が出てきてとまらなくなった。

俺は両手で顔をおおってその場に泣き崩れた。中国人はまだなにかわめいていた」

「お父さん、かわいそう……」

姉も母も泣いた。父も泣いていた。

「ソ連兵が来て、機関銃の台尻で俺をこづいて、歩けと言った。だけど俺は動かなかった。いや、動けなかったのだ。今度は二人のソ連兵が俺を左右から持ち上げようとしたが、俺はその手を振り切って、道端に大の字になって、それでも泣きつづけた。ソ連兵は俺に機関銃の銃口を向けた。俺はその機関銃にしがみつき、銃口を自分の胸にあてて、さあ、撃ってくれ！ 俺を殺してくれ！ と叫んだ。ソ連兵は困り果てていた。その時だ、彼が現れたのは……」

「彼って？」

母が尋ねた。

「その男は俺の耳元で囁《ささや》いた。中西さん、もう泣かないで。さ、行きましょうってな。どこかで聞いたことのある声だし、顔にも見覚えがある。おおっそうだ！ あなたは、もしかして、室田……。男は、しっ、なにも言わないで、と言った。それはまさしく室田恭平《きょうへい》の声だった」

「室田さんが？ なぜそこに？」

母は想像もつかないような表情で言った。

「お前が驚くのも無理はない。俺もびっくりしたよ」

室田という人は、父が製造する日本酒やビール、そしてガラス製品などの販売を一手に引き受けて、それを満洲全土の卸売商《おろしうりしょう》に買い取らせたり、また関東軍が必要とするあらゆる物資の調達も担当していた商社「協和《きょうわ》物産」の社員であった。

父があえぎながら話したことを整理すると、室田は、

「死んではいけませんよ。命あるかぎりは生き抜くのです」

と繰り返し言いながら、父を隊列から離れた大きな樹の根元まで導き、そこに二人して腰を下ろした。ほかの者は働いていたが、室田には父を休ませる権限があるようだった。

父は言った。

「あなたは確かに室田さんですよね？」

「ええ、しかし、私を室田と呼ぶのはやめてください」

「それはいったいどういう訳ですか？」

室田は協和物産の社員ではあったが、それはあくまで世を欺《あざむ》く仮の姿で、その実態は満洲国保安局の局員であった。保安局というのは満洲国だけにある特殊秘密機関で

ある。憲兵とか警察等のおもてだった権力による諜報《ちょうほう》防諜工作の限界を痛感した関東軍が作った闇の警察組織といっていい。本来の任務は、あくまでも関東軍の仕事の一翼を担う軍の機関として、諜報工作や防諜捜査をすることであったが、逮捕、取り調べの権限はもちろんのこと、場合によっては臨陣格殺《りんじんかくさつ》という名の現地処刑の権限までも持っていた。つまり軍と行政が合体した非合法な機関であったが、局員はれっきとした軍人であり、しかも将校である。保安局長は牡丹江省警務庁長、参与は特務機関長、事務官兼警正《けいせい》は関東軍から将校が派遣されているといった具合だ。ここまではみな軍服を着ている。その下に、陸軍中野学校やハルビン学院を出た、ばりばりの保安局要員が一五人いるが、任務の性格上、その身分は地下に隠れていて、内実を知っている者は本国中央と満洲を合わせてもほんの数人しかいない。彼らはそれぞれの目的にかなった扮装《ふんそう》をしていて、協和服の者もいるし、中国人に化けている者もいる。室田は協和物産の社員として、わが家や会社に出入りしていたのであるが、ポマードで七三に分けた頭にソフトをのせ、長身に三つ揃《ぞろ》いの背広をびしっと決めていた。隙のない精悍《せいかん》な顔立ちをしていた。むろん父も母も室田の正体については知らなかった。

「あなたはなぜ、片足をひきずって歩いているのですか?」

父は最初から不審に思っていたことを訊いた。

「これはですね……」

中西家の一行六人を軍用列車に潜り込ませて、その出発を見届けたのち、室田はすぐに中西の家に引き返した。あとに残って旦那の帰りを待つと言ってきかなかった番頭たちを説得し、明日の軍用列車にでも乗せてやりたいと思ったからだった。

中西の家の前まで来ると、家は暴徒によって荒らされたあとらしく、まだ砂埃が立っていた。門の中へ入ってみると、倉庫も工場も食料庫も各建物の入り口はすべて開け放たれ、あらゆる荷物が持ち去られた後のようだった。

防空壕の入り口からもれている明かりの中にうごめくものがある。男の声らしい悲鳴が聞こえてきた。

室田は小型拳銃ブローニングの安全装置をはずし、静かに入り口へ近づいていった。

中をのぞくと、中西の家の使用人である王《ワン》が今しも大番頭の池田《いけだ》の頭の上に鉈《なた》を振り下ろしたところだった。

「王、動くな！」

室田は銃をかまえて言った。

王は振り返り、室田の拳銃がまっすぐ自分の脳天を狙っているのを見て、血のついた鉈を投げ出した。

王の足下には三人の死体がころがっていた。若番頭村中《むらなか》、大番頭池田、そしてその妻。みな脳を割られ、首を切られていた。

「王、貴様、殊勝な面《つら》をしていたが、ぬけぬけと主人のいない間に、この家を奪おうとしていたのか。人まで殺して。汚い奴《やっ》め」

王は青ざめた顔でじっと室田をみつめていたが、ぽつりぽつりと言いはじめた。

「私は汚くない。日本人はもっと汚い。日本人は私の父を殺した。日本人は私の母と姉を強姦した。私の妹をさらっていった。日本人は私たちの家を焼き払った。私たちの土地を奪った。私たちは牛や馬みたいに働かされ、使いものにならなくなったら順番に殺された。これ、私だけでない。満洲じゅうでいっぱいあった話。王道楽土、嘘ばっかり。五族協和、嘘ばっかり。日本人は、満洲を焼きつくし、奪いつくし、殺しつくした。私にはこの家をもらうくらいの権利はある」

王のつぶやきは次第に涙まじりになり、泣き声になり、しまいには叫び声になった。

室田はゆっくりと王に近づき、その額に銃口をつきつけて言った。

「お前の言いたいことはそれだけか。よく分かった。しかしな、日本国がどんなに残虐であっても、どんなに悪逆非道であっても、俺はその国の軍人だ。目の前で、日本人を殺されて、それを黙って見過ごすわけにはいかないのだ」

「室田さん、助けてください」

「駄目だ。お前みたいな奴を始末するのが俺の任務だ」

室田は引き金を引いた。

防空壕の中に鋭い音が反響した。

王は、がくっと前に倒れ、防空壕の壁に王の頭蓋骨を貫通した弾丸が鮮血とともに突き当たり、ぽとりと下に落ちた。王の後頭部から血潮が音をたてて流れ出した。

その時、室田の頭に閃《ひらめ》いたものがある。

そうだ。たった今、王に殺されたこの村中という若番頭は右足が悪くて兵役を免れていたはずだ。ならば、兵役免除の証明書を持っているのではないか。

室田は村中の死体に歩み寄り、乱暴に服をまさぐった。国防色の協和服の内ポケットから出てきた封書を開けてみると、それはまさしく徴集延期證書だった。

「村中守《まもる》、大正九年五月三日生。右兵役法第四十三条ニ依ツテ徴集ヲ延期ス。昭和十六年三月十二日。宇都宮《うつのみや》聯隊区徴兵署」

満洲国保安局はここ数日で、跡形もなく消滅するだろう。自分はこの先、戦死するのか自決するのか捕虜になるのか分からない。逃亡という道を選ぶこともありうる。その時には、俺がこの村中になりきってしまえば、この証書が大いに役に立つかもしれない。幸い村中の年齢は俺の一歳上なだけだ、と室田は考えた。

封書についている血を村中の協和服でぬぐい、それをポケットにねじ込み、室田は中西の家を出た。

十二日朝、関東軍第二課から保安局にたいして極秘情報として解散命令が出た。即刻、全書類を焼却。留置人はそのまま釈放。特別重大な政治犯は厳重処分。しかるのち局員はすべて、地下に潜れというものだった。

「私は右足に木片をくりつけ、いかにも不自由な歩き方をして村中守になりすましました。中国人の家に潜伏していたところをソ連軍の激しい男狩りに遭ってあえなく捕らえられましたが、足の悪いことを理由にまずは労働を逃れ、次にはロシア語の話せる男として通訳をやるようになりました。そしてうまくソ連兵に取り入り、まんまと捕虜の世話係のようなものになりすましているというわけです」

室田は自嘲《じちよう》的な笑いを浮かべて言った。

「俺は室田さんの機転がきくのに驚くあまり、呆然と彼の横顔を見ていたよ」

父は絶えず痰に悩まされ、呼吸も苦しげで、話もとぎれとぎれ、途中で眠ってしまったり、ここまでの話をするにも三日ほどかかった。

「大杉《おおすぎ》さんの消息を室田さん、ご存じだったかしら？」

母はどことなく遠慮がちに尋ねた。

「ああ、俺もまったく同じことを考えていてね、そのことを尋ねたんだよ」

大杉というのは大杉寛治《かんじ》少将のことで、父と母に満洲へ渡って事業を始めることを勧めた人物である。彼は参謀本部にいて関東軍の満洲進出計画は手に取るように分かっていたから、父に牡丹江移住を勧めた。なぜそのようなことになったのかというと、大杉は母に結婚を申し込んでいたのだが、大正デモクラシーに染まった母は軍人よりも商人の倅《せがれ》である父を選んだという物語が背景にあった。大杉は自分を袖にした女性にたいして最大の寛容さをみせ、満洲移住という一大プレゼントを差し出してみせたというわけだ。父と母はその話に乗り、満洲国建国の翌昭和八年に北海道の小樽から満洲に渡り、醸造業を始めたが、関東軍の御用達のようなものであったから、事業は瞬く間に成功発展した。いわば大杉は父と母にとっては満洲における成功と栄光をもたらしてくれた恩人であった。

その大杉寛治少将について室田の話すには……。

八月九日、大杉少将は第一方面軍第五軍の参謀副長として穆棱《ムーリン》にいた。

その日の未明、元帥ワシレフスキーを総司令官とするソ連の極東軍は西、北、東の三方面から怒濤《どとう》のように満洲国内に攻めこんだ。

これにたいし関東軍は、東辺道《とうへんどう》の山系に立て籠もって抵抗し、朝鮮だけでもなんとか守り抜こうという作戦を立てた。大本営がこの防衛方針を決めた時点で、事実上満洲国の大半は放棄されたのであるが、放棄される地域に居留する日本人の処置についての考慮は一切なかった。居留民は作戦第一主義の立場から、棄てられるべくして棄てられたのである。いや棄てられたのは居留民だけではない。貧弱な装備を与えられ、ただ陣地を死守せよという命令だけで、援軍もなく戦った国境付近の軍人たちもまた国家に棄てられた存在だったのだ。

ソ連軍の攻撃は完全な奇襲であり、また関東軍も隙だらけであったから、西、北、東各方面からいずれも易々《やすやす》と、まるで無人の野を行くがごとくに満洲国内に侵入した。関東軍は決して戦わなかったわけではなかったが、もともと兵力に格段の差があった。ハイラル陣地も璦琿《あいき》陣地も爆弾を抱いて敵の戦車に体当たりをする挺身隊と白刃《はくじん》をかざしての斬り込み作戦で奮闘したが全滅した。東方面には幾多の国境陣地があったが、いずれも玉砕した。天長山《てんちょうざん》と大日山《だいにちざん》陣地も壊滅。虎頭《こと》陣地も玉砕した。中には東寧の勝鬨陣地のようにわずか一個大隊の守兵でもって大軍と戦い、停戦命令が出るまで頑張ったところもあったことはあったが、いずれにしてもソ連の大軍は牡丹江めざして雲霞《うんか》のごとく押し寄せたのである。

ソ連軍の攻撃目標は当初から穆棱であったらしく、その攻撃は激烈を極めた。

この大軍にあたったのが大杉少将が参謀副長をつとめる第五軍の三個師団（第一二四、第一二六、第一三五）であった。戦闘不可能といっていいほどの不完全装備のうえに兵隊は訓練もこれからという新編師団であった。例えば、戦車はソ連軍一キロメートルあたり約四〇台にたいして日本軍ゼロ。戦闘機はソ連軍の数百にたいして日本軍はゼロ。大砲にしても敵は四十倍、といった具合だ。

第五軍司令官清水規矩《しみずのりつね》中将は八月九日、三個師団を穆棱においたまま、主力二個師団を掖河《えきが》付近にまで後退させた。

そこに方面軍司令官から掖河陣地を死守せよとの命令が下った。つまり玉砕せよということだ。清水中将はその決意を固めたが、大杉少将が言った。

「満洲国という広大な地域に散在する同胞を保護することは至難の業でありますが、だからといって同胞の保護に任じない軍など、いったいなんの存在理由がありましょう。無用の長物以外のなにものでもない。少なくとも我々第五軍は牡丹江市十万居留民の保護に死力を尽くすべきではないでしょうか。今や勝ち負けよりも、たとい全滅しても数日間この陣地を守り抜き、牡丹江の同胞を避難疎開させなくてはなりません」

この話をしている間にも、司令本部付近にまで敵のロケット砲弾が飛んでくるようになり、旗手旗護兵のことごとくが死んだ。

大杉少将は、地に落ちた軍旗を拾いあげると、清水中将に向かって言った。

「明朝、早暁《そうぎょう》を期して、突撃を敢行します。その突撃を盾として、本隊は横道河子《おうどうかし》まで後退してください」

清水中将は、うむとうなずいた。

大杉少将は軍旗を持って兵たちの前に現れ、突撃隊の有志を募った。兵たちはこぞって志願した。

折から、太陽は牡丹江の西、小白山脈《ソベク》に静かに沈もうとしていた。

大杉少将は言った。

「太陽は夕陽となって沈んでいくが、また明日には朝陽となって昇り始める。日本もこのたびは恐らく沈んでいくだろう。だが必ずや日本は朝陽となってふたたび輝き昇るであろう。君たちの死が、祖国日本の再生の礎となることを信じて、諸君、明日は死んでくれ。みんな、頼んだぞ」

兵たちは真剣な眼差しをあげてハイと言った。

大杉少将ははるか東方に向かって一礼すると、

「軍旗を奉焼する」

と言い、軍旗にマッチをもって火をつけた。

青白い一条の煙が音もなく夕空に立ちのぼっていった。

兵たちは瞑目《めいもく》して黙禱《もくとう》をささげ、肩をふるわせて泣いた。

大杉少将は言った。

「勝利の望みなき戦いで命を落とせし数多くの兵たちよ、その家族たちよ、祖国を恨むな。満洲に渡り苦難を強いられた数多くの民たちよ、祖国を恨むな。祖国を赦《ゆる》せ、大いなる愛をもって祖国を赦せ。上官の言葉は天皇陛下のお言葉であると『軍人勅《ちょく》諭《ゆ》』にあったはずだ。ならば俺は今、どうしても一言言わねばならぬ。畏れおおくも天皇陛下のお赦しは得ていないが、天皇陛下のお言葉だと思って聞け！　兵たちよ、謝って済むことではないが、私は心から君たちに謝りたい。済まなかった。誠に済まなかった。済まなかった……」

このあとカチリと音がして、兵たちが大杉少将を見た時はすでに遅かった。

大杉少将はピストルをこめかみに当て、引き金を引いた。銃声が鳴った。

大杉少将は膝からがっくりと地に倒れ、絶命した。

兵たちは、大杉少将の遺体を蛸壺と呼ばれる塹壕《ざんごう》の穴に埋め、盛りあがった土の上に大杉少将の軍刀を鞘《さや》のまま刺した。

翌早朝、突撃隊に志願した兵たちおよそ四〇人は、大杉少将との約束どおり、白刃をかざしてソ連軍戦車隊にぶつかっていき、むなしく散っていった。

「立派な死でした、と室田さんは言ったけれど、俺としては、これでまったく俺がこの世に生きているべき理由がなくなったと確信したよ」

父は、満洲という大芝居の舞台装置ががらがらと音を立てて崩れ去ったのを実感したのだろう。

生まれて初めての重労働と長旅の疲れもとれ、医者の処方してくれた薬が効いたのか、父はやや快方に向かっている様子を見せていたが、それは父の、命を楽しむ最後の強がりだったのかもしれない。

共同便所は離れたところにあったから、父は土間でオマルに大小の用をたしていたのだが、十二月になるとそれもかなわなくなった。食欲はなくなり、口に入れたものをすぐにもどした。黒いクリーム状の痰をしきりに吐くようになった。毎日何回も痰壺洗いをしている姉の表情は日に日に暗くなるばかりだった。

「痰の臭いがね、なんというか日に日に死の臭いが強くなっているような気がするの。私、怖いわ」

とりたてて家の中を寒くしていたわけではないが、父は風邪を引き、熱が出はじめた。頭を枕からあげることもできない状態になり、痰がしきりと喉にひっかかり、言葉を発するのもままならなかった。それでも言った。

「俺はな、満洲国というもののからくり芝居の仕掛けのすべてを最初から見ていた。その暴力的悪も偽善も幻想も妄想もみんな知っていた。俺はそれを本心では憎み軽蔑していた。しかし憎みきれないまま、その芝居の手伝いを買って出た。それがたとえ幻の喝采《かっさい》、偽りの歓呼《かんこ》であってもいい、人生の甘い蜜を味わってみたいと、情けないことにやはり思ってしまったのだ。しかし、その終わりは思ったより早く来た。終わりが来てしまえば元の木阿弥《もくあみ》さ。それでなんの不足もないのだが、俺には関東軍という名の日本国とともに犯してきた大きな過ちがある。誰に言われたわけでもない。俺自身がそう感じ、そう認めざるをえない明白な罪だ。その罪を素知らぬ顔してやり過ごすわけにはいかない。罪には罰があるべきなのだ。その罰を受けないまま、のうのうと生きつづけることは、俺にはどうしてもできない。しかもその罰は俺が俺自身に与えないことには意味のない罰なのだ。責任を国に押しつけることだってできないことではない。しかしそれでは、俺自身の人生が欺瞞《ぎまん》に満ちた空虚なものになってしまうのだ。だから今思い返せば、まるで空虚な闇夜のような人生ではあったけれど、そこにたった一点、俺の真心のようなものがキラリと光ってくれたら、それは俺がこの世に生きてきた証しになるであろうし、俺はそれで満足なのだ。そのために、俺は俺自身の意志で、お前たち家族を棄ててまでソ連軍に引かれていったのだ。俺は自分に死刑を宣告し、それを実行するために行ったのだ。随分と緩慢ではあったけれど、その日がやっと来てくれたようだ」

父の声はかすれていたが、言葉は整然としていた。父は、真心などと言ったけれど、私にはそれがどういうものなのか、はっきりと像を結ぶことができなかった。しかし魂といえば大袈裟《おおげさ》であろうし、良心といったら説教臭い。やはり真心しかないのだろう。私は自分の中に真心があるのかないのか、にわかに心配になってきた。

「でも私たちがいったいどんな罪を犯したというのでしょう」

母は納得のいかない顔で訴えた。

「俺たちが舞台の上で浮かれ踊った栄耀栄華《えいようえいが》のすべてが罪なのだ。その舞台下の奈落《ならく》の底には、奪われ、犯され、苛《いじ》められ、焼け出され、酷使され、殺された多くの中国人や朝鮮人たちの暗黒の地獄があった。その地獄の上の舞台で、地獄なんか見えないふりをして馬鹿な踊りを踊りつづけていたのさ」

「幻が消えてしまったら、私たち、この先、もう生きていけない」

母は嗚咽した。

「幻と言ってはいけない。幻では美しすぎる。確かな現実だったのだ。罪深い現実だったのだ」

「どうすればいいのでしょう」

「お前たちだって、今、こうして苦しみ、罪を贖《あがな》っている。その罰を受けているのだ。そう思って生きるのだ。そのことを生涯、一瞬も忘れることなく生きるのだ。たった一つの真心を大切にな。これ以上に雄大な理想はない。あとは無だ」

「なぜ、あなただけ先に死のうとなさったんですか。なぜ、私たちも一緒に連れていってくれようとなさらなかったのですか？」

母は父の肩を揺するようにして言った。

「俺はこの家の主人だ。責任をとってこそ主人なのではないか。それが俺の生き方なんだから、誰にも止められないさ」

「なぜ、ぼくたちを棄てて行ってしまったの？」

私は父を咎《とが》めるように言った。

「お前たちは俺の希望ではないか。俺はお前たちを棄てたのではない。希望のある死を迎えたい一心で、お前たちを残したのだ」

この時初めて、私は父の真意をまるまる理解した。

「あなたに死なれたら、私たちにどんな希望があるのでしょう」

母ははらはらと涙を流していたが、母も父の心の内には他人の力ではどうしようもない確固たるものがあることが分かったようだ。

「ところで、お前、関東軍の軍人にお願いして軍用列車に乗せてもらったと言っていたが、誰にお願いしたんだい？」

「あのう……、室田さんに……」

「室田さんが軍人であることをお前はいつ知ったんだい？」

気まずい沈黙が流れた。

「あのう、八月九日の夜、突然、室田さんがトラックに乗った大勢の国境警察隊牡丹江隊の隊員たちを引き連れて訪ねていらして、エレナを出せとおっしゃいました。うちに下宿して宏子にロシア語を教えていた家庭教師です。理由はスパイの嫌疑があるということでした。その時、室田さんは自分が関東軍の秘密情報局員であることを明かしました。それで知ったのです」

「エレナはもともとロシア人だから疑われることもあるだろう。しかしエレナと室田さんは恋仲だったのではないか？　エレナはどうなった？」

「エレナの部屋からスパイとしての動かぬ証拠が出てきたということで、エレナはうちの庭で処刑されました」

「処刑？　殺されたのか？」

「室田さんが日本刀でエレナの首をはねました」

「室田さん自身がやったのか。で遺体は？」

「わが家の庭の隅に埋められました。エレナはソ連のスパイだったかもしれませんけど、あんな残酷な殺し方をしなくても……」

「それを知っていたら、牡丹江のわが家を訪ねた時、念仏の一つでも唱えてあげられたのに」

父はかすかに涙ぐみ、両手を軽く組み合わせて瞑目した。

「そうだったのか。分かった。もういい。もう気にかかることはなにもない。心安らかに死ねる。いや、一つだけ気がかりなことがある」

「なんでしょう」

「凍原《ツンドラ》で野垂《のた》れ死にしてもおかしくない俺が、この家にたどり着けたのは本当に室田さんのお陰だ。感謝してもしきれないくらい世話になった。しかし、お前、室田さんに惚《ほ》れるなよ」

「あなた、なにをおっしゃるんですか。そんな……、あなたらしくもない」

「彼は人殺しだ。かぞえきれないほどの人を殺したと言っていた。しかし彼にはなんとも言えない魅力というか魔力のようなものがある。だから心配なのだ」

「天に誓って、そんなことはあり得ません」

「俺はあの世から見ているからな」

父はそう言ってニヤリと笑ってみせたが、それは私たちへの告別の笑顔だった。

父には最後の呼吸がついにやってきた。

「あなた、正一《しょういち》になにか残す言葉はございませんか？ たぶん特攻隊として散華《さんか》してしまっているとは思いますが、もし生きて帰ってきたら、なんと伝えましょう」

「お前たちと同じだよ。真心を大切に。それこそが雄大な理想だと伝えてくれ」

それから父は喉をひゅうひゅう鳴らしながら、胸を激しく上下させ、荒い呼吸をしばらくつづけていた。

「私、おしっこ」

姉はあわただしく立ちあがり駆け出していった。

父は荒い息を繰り返していた。

人間が死ぬ時はこんなふうに荒くて深い息を吸ったり吐いたりするものなんだと、
私は父を注視していた。これが死の苦しみというものなのだろうか、と思う間もなく、大きな息をゆったりと吐きだし、父は静かに息絶えた。

母は父の手にすがりついて悔しそうに泣いていた。

私は姉に早く知らせてやらなくてはと思い、共同便所へ向かった。

「姉さん、どこにいるの？」

私は便所の戸を端から順に開けていった。五番目の戸を開けると、姉がしゃがみ込んでいた。

「お父さん、今、死んだよ」

私はややぶっきらぼうに言った。

姉は白い尻を出したまま、泣きくずれた。

父が死んだ。

昭和二十（一九四五）年十二月十七日早朝。数え四十六歳。

父がいくら私たちに希望を託そうと、私たちには希望のかけらもなかった。

母も姉も私も、ほんの少し泣いただけだった。

あまりに多くの死を見てきたせいだったかもしれないが、死なんて、すぐそばに転がっているものとしか思えなかった。自分を例外にすることなく、それが誰の死であってもだ。

「困ったわ」と母が言った。

「なにが？」と姉が訊いた。

「お父さんを荼毘《だび》に付すお金がないの」

「それじゃあまりにお父さんがかわいそうだわ。せめて火葬にはしてあげないと」

「お父さんが帰ってきてから、私たちほとんど働いてなかったじゃない。だから、私たちが食べていくのが精いっぱいのお金しかないのよ」

「お母さん、お願いだから、お父さんを焼き場へ連れていってあげて」

「その焼き場がね、みんな中国人たちに差配されていて、物凄く高いお金をとられるんだよ」

「調べたの？」

「昨日、収容所の事務の方に相談して調べてもらったんだよ」

「なんとかしてお父さんを火葬にしてあげて。お骨にして日本へ連れて帰ってあげたいわ。そのためになら、私、飢えたっていい」

姉は感情的には、いつも正しいことを言う。しかし現実は、そんな生易しいものでないことは、この私だって知っている。

母は、まだ生きているかもしれない父の亡骸《なきがら》にむかって深々とお辞儀をし、言った。

「あなた、ごめんなさい。あなたを火葬にすることはできません。一生後悔することは分かっておりますが、子供たちを死なすわけにはいかないのです。赦してください」

母の目からこぼれる涙は畳を濡らした。

そばで姉が父の右手を布団から取り出し、涙でふるえる手でその爪を鋏《はさみ》で切っている。髪の毛も少し切った。それらを白い紙に包み、風呂敷で包むと、箪笥《たんす》の上に厳粛な仕草で置いた。

母と姉の二人が力を合わせて、硬直した父の亡骸に紺大島の着物を着せ終わった。帰ってきた父は死ぬ時になって初めて母の丹精込めた着物を着る機会を得た。

母は桃山小学校の収容所へ行き、そこにいる東本願寺《ひがしほんがんじ》の住職を連れてきた。東本願寺は牡丹江のわが家の北側の隣だった。

住職はお経を一通りあげてくれた。

至極簡単な通夜と葬儀だった。

翌日、黒い綿入れの服を着た二人の中国人苦力《クーリー》がやって来て、まず羽二重の布団を荷車に敷いた。その上に父を寝かせ、掛け布団をかけた。それが父の霊柩車《れいきゅうしゃ》だった。顔には白い布をかぶせてはあるが、父は病にふせっていた時よりも少しお洒落《しゃれ》をして墓地へ運ばれていった。

荷車は一人が引き、一人が押した。私たち三人はその荷車霊柩車につき従った。

墓地はハルビン市の南、土でできたような中国人の家々がひしめきあっている町中を抜けたあたり、やや郊外の荒涼たる土地にあった。墓地とは名ばかりの、要するに日本人難民の死体を埋める空き地だ。

中に入れてもらえなかった私たち三人は柵の外から中国人苦力たちのすることを見ていたが、彼らはシャベルで穴を掘り終わると、私たちの見ていることを知りながら、平然と父の体から大島の着物を脱がせ、下着もつけていない丸裸の父の手と足を二人でつかみ、一度反動をつけて、よいしょとばかりに穴の中へほうり込んだ。襤褸《らんる》の男は今や骨と皮だけの男となって、穴の中へ頭から墜落していった。男たちは上から土をかぶせ、その土を二人して踏みつけた。

墓石もなければ墓標もない。父は広大な満洲荒野の土に還《かえ》った。

私たちは信じられぬものを見る思いでそれを見ていた。

着物と布団はむろん彼らのものになった。

「だから、どんな無理をしてでも、火葬にすべきだったのよ」

姉は帰りの道々、同じ言葉を言いつづけた。

母は私の手を強く握りしめ、

「これで良かったのよ。これしか方法はなかったのだから」

と繰り返し言った。

家に帰ると、土間に封書が落ちていた。

中に便箋一枚の手紙が入っていた。

中西雪絵《ゆきえ》様
明日午前十時、お迎えにあがります。お待ちください。鄒琳祥《すうりんしょう》

「宏子、お前なにか心当たりはあるかい？」

「さあ」

二人は手紙をなんども読み返し、首をひねるばかりだった。

翌日の午前十時、こつこつとドアをたたく音がした。

母がドアを開けると、黄色の支那服をまとった中年の中国人が立っていた。

「中西雪絵さんですか」

微笑を浮かべて問い掛けた。

「はい」

「お迎えにまいりました」

中国訛《なま》りはあったけれど流暢な日本語だった。

「事情がよくのみ込めないのですけれど」

「あなたがたのお荷物を返してさしあげたいのです」

「私たちの荷物？」

「ええ、八月十五日に、ハルビン駅で、中国人兵士たちによって没収されたあの荷物ですよ」

「ええっ」

声を発したのは姉だった。

牡丹江のわが家からハルビンまで命がけで背負ってきたリュックサックは中国人兵

士たちに奪われたままだった。もはや返ってくることはないとほとんどあきらめていたものだった。

「私たちの荷物が返ってくるの？　嬉しい」

姉は大きな声を出した。

「この手紙の差出人は……」

「鄒琳祥です。大観園《だいかんえん》の所有者です」

「と言われても、私どもにはどこの誰やら……。どこへ行くのでしょうか。しかも私、こんな服装で」

「ご心配なく。来れば分かります。さ、馬車が待ってます」

怪しい雰囲気はなかったが謎めいていた。

「お母さん、いってらっしゃいよ。私はいつものところで仕事をしてるわ」

表通りではぴかぴかに磨きたてられた立派な馬車が止まっていた。

幌のついた座席に母と中国人はならんで坐り、手を振る姉と私に送られて馬車は走りはじめた。

母はどこへ連れて行かれるのだろう。

第五章　春の嵐

自己独特の運命を見出すこと、そしてそれを徹底的に生きつくすことだ。——ヘルマン・ヘッセ『デミアン』より

私はナターシャに会いたくなって中庭に出た。

中庭にも、父が埋められた荒野と同じ風が吹いていて、それが庭の真ん中あたりでつむじ風になって積もり始めた雪を巻き上げていた。

私は小石を拾ってナターシャの家の裏窓に向かって投げた。

裏窓はすぐに開いて、ナターシャは私を窓から部屋に入れてくれた。

ナターシャはなにも言わずに私を抱いてくれた。私も力なくそれに応じた。ナターシャの口づけはなにか弱々しいものだったが、思いはそれで十分に通じた。私もうつろな思いで口づけを返していた。

ナターシャは私をベッドに連れていき、そこに二人して倒れこんだ。今日は服を脱がす気配はなかった。

ナターシャはじっと私の目をのぞきこんだ。

私もナターシャの目をみつめていた。不思議な目だった。青くていつも潤んでいて、なにか深いことを考えているのかと思うと、そうでもなくて、微笑したりすると子供の目に返った。しかし金色の睫《まつげ》に縁取られた瞳は神秘以外のなにものでもなく、私はこの瞳の湖の中でなんど溺《おぼ》れ死にたいと思ったことか。この人の持っている神秘な魅力に比べたら、自分なんてなんという見苦しい生き物なのだろうと、自己嫌悪に陥ることもたびたびあった。しかしそんな自己嫌悪も、ナターシャが私の顔を両手ではさんで口づけしてくれるといつの間にか忘れた。

「ナターシャ……」

ナターシャはなにも言わずに私の口を自分の唇でおおった。

私は涙が出てきた。我慢していたものがこぼれ出すと、まるで堰《せき》を切ったように止まらなくなった。私はおいおいと声を出して泣いた。ナターシャはただだまって、私の頭を撫《な》でさすっているだけだった。

そうされている間にも、私の頭にはいろんな思いが交差した。

母は知らない男と一緒に馬車に揺られていったが、果たしてどこへ行ったのだろう。危険なことはないだろうか。

私は母のあとを追いたい気持ちがあったが、その方法は皆目思いつかなかった。

姉は仕事にでかけた。今頃はソフィスカヤ寺院の前で、足踏みをしながら声を張り上げていることだろう。かと思うと、一糸まとわぬ姿で穴の中へ頭から墜落していった父のあんなにも無残な姿がくっきりと目の前に再現された。

「ああ」

と私は声をあげ、また激しく泣いた。

私はナターシャの胸の中で思い切り泣いた。涙のかれるほどに泣いた。心の中とか魂の中になにもなくなってしまったかのような感覚にとらわれ、私は一人になりたくなった。

「ナターシャ、ありがとう」

私は裏窓から外へ出た。

私は瞑想というか妄想というか、とにかく茫漠《ぼうばく》とした頭をかかえ、一人っきりでいた。十二月に入るとハルビンにも雪が降りはじめ、高い建物は屋根に雪をたたえて、そびえ立っていて、道路という道路には五センチほどの雪が積もっている、いや積もっているというのではなく、気温が低いのでいつまでも消えずに残っているというのが正しいだろう。街全体を白一色に染め上げる。私はこの冬の季節のハルビンが、清潔でロマンチックで大好きだ。気温は零下一五度から三〇度に達する。しかし寒さにかんしては牡丹江《ぼたんこう》生まれの私としてはさほど苦にならない。それにしても今日は風が強い。私は急に、土の中に眠る父を思い出して、もうたまらない気持ちなり、「わぁー」と叫んで百メートルほど走った。ちょうど黄昏《たそがれ》時だった。白い街が薄紫色になって、凹凸もなく、まるで舞台の書き割りのように建っていた。ふと、見ると、街には誰もいない。こんなことってあるのだろうかと思っていたら、道の向こうに一人の女が立っていた。この寒いなかに木綿の貫頭衣を着ている。ゴーストだ。

私はゴーストに向かって走り出した。

「ゴースト、やっと迎えにきてくれたんですね？」

「お父さんが亡くなるまで、迎えにいくのを遠慮していたのよ」

「なぜ？」

「一応、そうしないと区切りが悪いじゃないの」

「うん。まあ、そうだけどさ」

「思い切り泣いた？」

「うん。もう一生分泣いたよ」

「でも感傷にひたっている時間はないわ」

「なにがあったの？」

「うん。ちょっとね、大事な用事があるの」

「どんな？」

「チャンスなのよ。とにかくチャンスが君に向かって向こうから押し寄せてきてる感じなのよ」

「なにがあったの？」

「道々話すわ」

「どこへ帰るの？」

「昭和四十一（一九六六）年の夏へよ」

私はすでに二十七歳の身体に戻っていた。

「さあ、乗って頂戴」

ゴーストは背中を向けた。

私はゴーストの背中にむしゃぶりついた。

腕を前に回すと、ゴーストの丸い乳房が手に触れた。私はなぜかその手をほどいた。

「あら、どうしたの？　ナターシャの小さな胸が愛しくなったの？」

言い当てられて私は赤くなったようだ。

「君はとうとう、夢と現実の区別もつかなくなったのね」

「なにを言うのさ。まわりはすべて夢だらけじゃないか。夢でないのは……」

「これから舞い戻る世界よ。そこには夢よりもなお夢のような現実が待っているのよ」

ゴーストは異次元に突入し、闇の世界に縦横にめぐらされている、さまざまな回路の中から的確に私の自動式記憶想起装置の回路をみつけだし、その中に滑りこみ、疾走した。

そこでやっと話を始めた。

「君の最後の訳詩『知りたくないの』は『恋心』のB面だったわよね。それがね、じわじわと売れてきて、ついにA面になったのよ」

「ええっ、本当？　A面になったの？　やったね。あなたの過去など知りたくないの、の『過去』の部分を最後まで頑張って、書き替えなかったことがやっぱり良かったんだ」

「かつて、この話題が出た時、この歌は絶対にヒットするって私言ったわよね」

「うん。言った。なぜって訊《き》いたら、君の閃《ひらめ》きにたいする自信にかけると言った」

「その通りよ。君の意志がついに世間の無知や偏見を刺し貫いて思いを遂げたのよ」

「実はね、君に『知りたくないの』を発注したポリドールの藤原慶子《ふじわらけいこ》ディレクターが君に会いたがっているのよ。すぐに会わないと、大きなチャンスを逃してしまうわ」

「もし、ぼくに実力があるなら、そうあわてなくてもチャンスなんて何度だってやってくるんじゃないのかな」

「お馬鹿さんだね、君は相変わらず。チャンスというものは自分ではどうにもならないものなの。だから、目の前にあるチャンスは絶対に逃してはダメ。小さなチャンスを的確につかんだものだけに、また次の小さなチャンスがくるのよ。それを繰り返しているうちに大きなチャンスがめぐってくるものなの。これはもう例外のない万国共通の歴史的真理なのよ。ね、君、イメージしてみて。今君は、宇宙空間の流星群の真っ直中にいる。まわりには流れ星が街の雑踏で行き交う人のごとくにヒュウヒュウと音をたて、もの凄い速さで通りすぎてゆく。なのに君は、その流れ星をつかまえることができない。手を伸ばした瞬間、流れ星は君の手をかいくぐって先へ行ってしまう。振り返ってももう遅い。幸運の女神には後ろ髪がないからね。だから、待ってくれと言ってうしろからつかまえることができない。そう、人生にはチャンスというものが、それこそ道行く群衆のように満ちあふれている。しかし、誰もそれをつかまえることができない。あれこれ品定めをしている暇はない。そのくらいの速さでチャンスは通りすぎていく。もの凄《すご》い反射神経がないとチャンスをつかまえることはできない。その反射神経は、実は最高塔に登ったことのある人にだけはそなわっている」

「なぜ？」

「千里眼の人には、チャンスがはるかかなたにある時から見えているからよ。だから、たとえ流星のような速さであっても、スローモーションのようにゆっくりと見えるんだわ」

「なるほどそういうことか。で、今ぼくはどんな状態に置かれているの？」

「いよいよチャンス到来って感じよ」

「なんか下品だね」

「チャンスに下品も上品もないわよ。つかむかつかまないか。二つに一つ。それしかないの。いい?!　まず冷静になって話を聞きなさいね」

「分かった」

「君はまだ駆け出しの作詩家でしかない。なのに、敏腕ディレクターが会いたいと言っている。なぜ、そのチャンスをつかみにいかないの？」

「自信がないんだ」

「自信はチャンスをつかみながら育てていくものだわ。まあ、悪いことは言わないから、藤原ディレクターに会いなさい。あの方はお慶《けい》さんで通っているから、そう呼んでもかまわないわ」

まるで不夜城のような東京の夜景を下に見て滑降し、ゴーストが着地したのは渋谷《しぶや》の裏通りにある雑居ビルの前だった。

「このビルの六階の『ブラザー』っていうバーでお慶さん待ってるはずよ。急ぎなさい」

私はゴーストと別れてエレベーターに乗った。

バーのドアを開けると、カウンターに向かってお慶さんが一人グラスをかたむけていた。客はほかにいない。

「ごめんなさい。遅くなって」

「なんだか礼ちゃん、忙しそうね」

「そんなことないですよ。ただふらふらしているだけで」

「礼ちゃん、『知りたくないの』がA面になったことは知っているでしょう?」

「ええ、みんなそんなことを言っているので」

「礼ちゃん、あんたたいしたもんよ。あれだけの反対を押し切って、『過去』という言葉を書き直さなかったもの。あんたの才能の勝ちよ。それでね。軽く祝杯を上げようと思って誘ったのよ。かなりな勢いで売れているから、ひょっとして大ヒットになるかもね」

お慶さんはニコニコ顔である。

私にはまだ実感がない。

「そうなるといいですけど……」

「ねえ、礼ちゃん、あんた作詩家でしょう？　なにか書き置き持ってないの。普通の新人ならダンボール箱いっぱいくらいあるもんだけど」

「ぼくにはないです。残念ながら」

どうやら話の本題はこちらのほうのようだ。

「本当に？　一曲も？」

「一曲作詩作曲したのがあるんだけどね、これは石原プロに持っていった曲なんだ」

「で、レコードになるの？」

「わかんない。もう一年近くなにも言ってこないから、ボツだと思うよ」

「ま、聴かせてよ」

バーの壁にギターがかかっていたので、私はそれを借りて、歌いはじめた。

涙と雨にぬれて
泣いて別れた二人
肩をふるわせ君は
雨の夜道に消えた

「いいじゃないの」

「本当に？」

「本当によ。今ちょうど石原プロから裕圭子《ひろけいこ》という女の子預かっているの。その子とロス・インディオスっていう男性コーラスでいくのよ。ヒット間違いなしよ。そうすりゃ、石原プロは肩の荷はおろせるし、裕ちゃんはあんたとの約束は守れるし、万々歳じゃないの。とにかく、一週間以内に石原プロから、あんたのところへ電話が行くようにするわ」

お慶さんは新しいなにかを発見した喜びに頰を火照《ほて》らせていた。

なんということの展開だろう。こんな風にして幸運は流れくるものなのだろうか。

一週間後、本当に、石原プロの銭谷《ぜにや》という男から電話があった。

「遅くなりましたが、お預かりしていた作品のレコード化が決まりました。十一月×

×日、ポリドールのスタジオにいらしてください」

その日、生まれて初めて、正真正銘、自分が生み出した作品のレコーディングに立ち会った。

編曲も担当した早川博二《はやかわひろつぐ》のトランペットが鳴る。聴いた瞬間、「これが俺が作った歌か？」ぞくぞくっと悪寒《おかん》が走った。喜びの悪寒だ。女の子と男声コーラスの組み合わせの妙。まさにお慶さんのプロの腕を見せられた。自分の作った歌が世に出るという感覚、これはもう麻薬よりもなお魔力をそなえたものだった。

この『涙と雨にぬれて』は翌四十一年の二月に発売されたが、さほどのヒットにはならなかった。五万枚ほどか。しかしゴーストは軽い興奮状態にある。

「レイ君、私がチャンス到来って言った意味が分かった？　次になにが起こったと思う？　君の『涙と雨にぬれて』を今度はビクターの和田弘《わだひろし》とマヒナスターズが田代美代子《たしろみよこ》と一緒に歌いたいって言ってきてるのよ。裕圭子とロス・インディオスとの競作っていうことになるのよ。そこは君はフリー作詩家なんだから誰にも束縛を受けずにOKって言えばいいんだわ。それらに加えてね、石原プロモーションにね、歌の上手《うま》い若い女の子が入ったの。驚くなかれ、レイ君、その子の作品を全部、君に書いてもらうことになったと、昨日会議で決まったのよ。裕次郎さんの強い推薦があったことは間違いないわ。そしてね、裕次郎さんも書いてほしいんだって」

「裕次郎さんまで」

「そしてね」

「まだあるの？」

「あるのよ。渡辺《わたなべ》プロがね、ザ・ピーナッツとか園《その》まりとか布施明《ふせあきら》なんかにぜひ書いてほしいって言ってきているのよ」

「ザ・ピーナッツ？　園まり？　布施明？　信じられない」

「そうよ。事実なのよ。これがチャンスでないと誰が言えるの？　ねえ、武者震いしない？　ね、するでしょ？」

「ああ、武者震いで頭がおかしくなりそうだ」

「でしょう？　でも興奮しちゃダメ。ここで冷静にならなくっちゃ」

「なにをどう冷静に考えるのさ」

「全部成功させようと心に決めてかかるのよ」

「そんなの無理だよ。一人の作詩家や作曲家がヒットに恵まれるのは一生に数回しかないんだから、そういう確率はそう簡単に変わるとは思えないな」

「君はいつからそんな平凡な人間になったの？」

「いつからって、それが常識だろ」

「その常識を破るのよ。あれもこれもみんなヒットさせるのよ」

「そんなことできるわけないだろう」

「できるわよ。一つ一つ全力をあげてやるのよ。どの作品も一世一代の情熱をこめて書くのよ。それをやったら、このチャンスはビッグチャンスになるわ」

「どういうこと？」

「君が、一挙に世に出るってことになるのよ。でも、このチャンスをものにできなかったら……」

「どうなるの？」

「君は消えていくのみよ」

「それは哀れすぎるな」

「じゃあ、やるしかないわね」

「しかし、どうやったらいいのだろう」

「私が教えてあげるわよ」

ゴーストがいくら熱っぽく語っても、私はぼんやりしているばかりだった。私の作詩作曲による『涙と雨にぬれて』はそこそこの売れ行きだった。だけど、同じ歌でも人気者のマヒナスターズが歌えばきっとまったく違った展開をみせるだろう。それは喜ばしいことではあったけれど、この歌にかんしては、私の中ではもう終わったことだった。私は新しく生まれ変わるために、最高塔に登り、悲しくも無残な戦争の追憶を詳しく目下検証している最中である。その答えもまだ得ていないのに、さあ書けと言われても、私にはなす術《すべ》がなかった。

話がこのように進行するまえに、私は妻と離婚訴訟を開始していた。理由は性格の不一致であるが、その不一致の原因は、私がまともな仕事につこうとせず、文筆でなんとか暮らしていこうとすることに妻が反対していたことだ。

昭和三十九（一九六四）年に訳詩リサイタルをやってシャンソンと決別したはずではあったが、やはり金に困れば訳詩をやった。しかし、こういうやり方ではアルバイトの域を出ず、正業とはとてもいえなかった。じゃ、なにをやる、と言われても、『涙と雨にぬれて』を書いただけの私はとてもプロとしてやっていく自信がなかった。

でも、とにかく離婚だ。と私はわがままな意志を押し通し、妻の実家である浅草の家を出て、赤坂《あかさか》にアパートを借りた。アパートとはいえ鉄筋であるからマンションと呼んでもいいのだが、エレベーターがなかった。だからやはりアパートだ。その金はどう都合したかというと、レコード業界に限らず業界にはアドバンス（略してバンスという方式というか通例がある。私はこのシステムによって大いに助けられた。心臓病で入った病院も、四十五日間も一人部屋にいたから相当な金額になったが、これも私の才能を先物買いしてくれたプロダクションが肩代わりしてくれた。そして今度の引っ越しもである。これらにかかる費用もほかのプロダクションが支払ってくれた。たった一曲『知りたくないの』がややヒットする気配があるというだけで、こういう扱いをしてくれるのだから、私としては業界に入る前に借金を作ってしまった感じで、ややおろおろとした気分でいたのだが、「なあに、一曲ヒットが出れば、たちどころに綺麗《きれい》になるよ」と言って、貸してるほうが一向意に介さない。この歌謡界全体が与えてくれた好意は私にとって大いなる自信になった。みんなが、私が一人前になるのを、今や遅しと待っているようにも思えた。

港区《みなと》赤坂、日大三高近くのアパートのわが家は五階建ての四階にあって、入ったところが寝室兼応接室でソファベッドがあり、奥の部屋が仕事部屋で、そこの家具は和の民芸調のがっちりしたものをそろえた。壁にむかって机が置いてあるのだが、その壁には歌手の名前を書きつけた色とりどりのメモ用紙がピンでとめてある。昭和四十二（一九六七）年二月発売予定として、ザ・ピーナッツ、石原裕次郎、泉《いずみ》アキ、布施明、フランク永井《ながい》、橋幸夫《はしゆきお》、ザ・ゴールデン・カップス……。

こうなっているからには、とうぜん私がレコード会社におもむき、ディレクターやプロデューサーや作曲家などと打ち合わせをしたはずだが、その内容はなに一つ思い出せない。大体業界のさまざまな約束事とか、難しい音楽用語だとか、歌謡界特有のサカサ言葉などチンプンカンプンで、しかも慣れない世界に迷い込んで、いくぶんアガッているから、あれよあれよと言う間に時は流れ、

「じゃ、礼ちゃん、楽しみにしてるよ」

の言葉で打ち合わせはしめくくられた。

「ねえ、ゴースト、どうする。どうやって、こいつらをみんなヒットさせるんだ」

「なあに大丈夫。私には秘策がある。私の言う通りにすれば、大ヒット間違いなしよ」

「秘策って、どんな秘策があるんですか？」

私はさほどの意味も込めずゴーストに訊いたのだったが、ゴーストは急に怖い顔になって怒りだした。

「レイ君、君はいったいなにを考えているの。私には君を導く秘策はあるけど、歌を書く秘策はないわよ。書くのは、レイ君、君だよ。君が書かないと歌はこの世に生まれないのよ。分かってるの？」

「分かってるさ。分かってるけど、まだ実感が湧かないんだ。自分が今置かれている状況がつかみきれていないんだ」

「それはさっき説明したでしょう。君には今、大きなチャンスがやってきているって」

「それは聞いたよ。だから、どうすればいいのかが分からないんだ」

「無理もないわね。初めての経験ですもの。そのうち慣れてくると、ほら来た来た、待ってました！　なんて生意気なことを言うようになるんだけど、まだ訳詩とオリジナル作品一曲のレコードを出しただけの、ほんの駆け出しなんだものね」

「そうだよ。それがいけないかい？　誰だってそんな時があるんじゃないのかな。ただぼくは誰にも弟子入りしていないから、業界の現状がつかめてないんだ」

「歌謡界の状況なんて一言で教えてあげられるわ。歌のよしあしがどんなところにあるかだってたちどころに教えてあげるわ。問題はそんなことじゃないのよ」

「じゃ、なんなんだよ」

私は少し不貞腐《ふてくさ》れた。

「あなたのその態度よ。そのやる気のなさ。なんとかならないの。どうして君はそう燃えないの？　なんでそう冷静なの？　なんでそうつまらない感じなの？」

「だって、ぼくはなにを書いたらいいのか、皆目分からないんだもの。しょうがないじゃないか。ぼくはね、最高塔に登って戦争体験を追体験している最中だ。まだ途中で、結論がつかめてないんだ。だから、自信がないんだ。自分の言葉を発見できてないんだ。ぼくは人間のあまりの愚劣さとあまりの残酷さ、あまりの非情さ、悪辣《あくらつ》さを見てしまって、ほとんど人間に絶望してるんだ。ただもう呆然《ぼうぜん》としていると言えば聞こえはいいけど、本当は、こんな人生なんかクソくらえとさえ思っている。そんなぼくがどうして歌なんか書けるんだよ」

「今、君が書くべき歌があるはずよ。人生はつねに流れているものなの。芸術家はその流れの途中で作品を書くものよ。流れの最後まで見とどけたら人生が終わってしまうわ。今の自分が今の人生の一瞬を切り取って作品にするのよ。それが詩人というものだわ」

「………」

私は分かったような分からないような微妙な気分にいた。

「ちょっと外へ出ましょう」

ゴーストはアパートの四階の狭いベランダに出た。私がついて行くと、ゴーストは、やにわに私を抱きしめて、宙に舞い上がった。背中には翼が生えていた。しかしそれはほんの一瞬で誰の目にもとまらなかったであろう。

私のアパートの右隣は日大三高である。広い屋上がある。ゴーストは私をかかえたまま、ついとその屋上へ登った。今学校は夏休みで、夜ということもあって人の気配はなかった。星がきらめいていたが、それさえかすんでしまうほど、赤坂の街の灯は明るかった。

「ほら、見てごらんなさい。これが赤坂よ。やたらと綺麗でしょう。もはや都会は不夜城よ。あの大きな建物がTBS、あそこのラジオとテレビからヒット曲が日本中に流れていくのよ。もちろんテレビ局はTBSだけじゃないけどさ。TBSの前の通りが去年大ヒットした『赤坂の夜は更《ふ》けて』で歌われた一《ひと》ツ木《ぎ》通り、そして、そこが芸能人の溜《た》まり場である喫茶店アマンド、向かいの建物には、伴淳三郎《ばんじゅんざぶろう》や大津美子《おおつよしこ》のいる芸映プロダクションもあるわ。TBS会館の地下には君がきっと毎日通うことになるシド、ざくろ、トップスなど美味《おい》しいレストランがあるわ。赤坂という街はね、TBSというテレビ局のいわば城下町のようなものなの。わかる?」

ゴーストは右に手を振って、

「ほら、こっちを見て。あの辺にあるのがナイトクラブのコパカバーナ、その向こうがホテルオークラ、そしてその左の奥が国会議事堂と官庁街よ」

こんどは逆方向を指さして、

「あの辺にあるのがホテルニュージャパン、その左隣が有名なナイトクラブ・ニューラテンクォーター。綺麗な子がいっぱいいて、君なんかいちころよ。きっと毎晩通うでしょうよ。でも、昼間は化粧を落とした女の顔みたいでどうってことないわ。でもね、夜になると、こうして満艦飾《まんかんしょく》に飾りたてて人間どもを誘惑するのよ。その誘惑の大事な要素が『歌』よ。歌がなかったら、この世は闇よ。その歌を君が書くのよ。ねえ、なにかファイトのようなものが湧いてこない？」

ゴーストは私の顔をのぞき込んだ。

「昔の青年なら、この景色を見て、俺は天下を取るぞ！　とかなんとか叫んだものでしょうけど、君はそんな気にならないの？」

「恥ずかしくて……」

「じゃ、西洋流に行きましょうよ。君、教養あるんでしょう？　バルザックの小説の主人公みたいなこと言ってよ」

「今、それを思い出していたところだよ」

「誰？『ゴリオ爺さん』のラスティニャック？　それとも『幻滅』のリュシアン？」

「どちらかというとラスティニャックだな。高台からパリの社交界を見下ろして、今度は、俺とお前の一対一の勝負だぞ！って彼は言った。ぼくも今言いたい。歌謡界よ、今から俺とお前の一対一の勝負が始まるぞって」

私はさほど気分をこめて言ったつもりもなかったが、ゴーストは、

「ああ」

と喜びの声を発して私に抱きついた。

「そうよ。そうこなくちゃ、私の弟子でも生徒でもないわ。さあ、抱いて！　今夜を誓いの夜にしましょう」

ゴーストは日大三高の屋上の上に大の字になった。

「もう誓いはたくさんしたよ。まだ誓うことがあるの？」

「あるわよ。今言った君の言葉を実行することよ。難しいわよ」

「難しそうだね」

「さあ、私の中に入ってきて」

貫頭衣を敷くと、素っ裸でその上に大の字になった。またどこからかゴーストは吐息の交換器を持ちだしてきて、それを自分にはめ、私にもはめると、ゆっくりと呼吸を交換し始めた。

「こうして命と魂の交換をしながら私たちは宇宙に抱かれているのよ。大地と宇宙は

命の源なんだから、片時も忘れては駄目よ。片時もよ。私たちは恋をする。命があるから恋をするんじゃないわ。命を愛しているから恋をするのよ。命を否定する人には恋する資格がそもそもないの。だから、恋して敗れて泣いて歌を歌っている人たちはみんな命を愛しているのよ。どんなに悲しい歌であっても、これ以上ないほどに悲しい歌であっても、現実に恋を失った人にとっては生温《ぬる》いものにすぎないのよ。それほどに悲しんでも人はまた恋をするのよ。そしてまた歌うのよ。歌は不滅よ。君は絶望していると言ったけど、その言葉には間違いがあるわ。君はナターシャに恋をしているじゃないの。追憶の中ではあるけれど、君はまさに今、絶望の中で恋をしている。君が命を愛し、君が命を肯定している、それがなによりの証拠よ。絶望しようと、幻滅しようと、地獄に堕ちようと、君は、絶望の中で、幻滅の中で、地獄の中で、書きたい歌を書きたいように書きたいだけ書けばいいのよ。それが、君がこの世に生きている意味よ」

ゴーストの熱弁はそっくりそのまま理解できた。だが歌を作るのは言葉だ。その言葉が私にはまだない。言葉、言葉、言葉……どうすればいい。

私はゴーストから身を離し、吐息の交換器もはずし、星空をながめた。ゴーストも私も素っ裸だ。夜空には、私たち人間が素っ裸になった時のような形をした星たちが無数に散らばっていた。私は叫んだ。

「おーい、言葉たち、俺の言葉たち、降りてこい！　今すぐ俺の脳髄に降りてこい！」

その時、あたりの空気がなにか変わった。まるで舞台転換でもするように。空の色まで変わっている。今まで星々と思っていたものが、突然、私に向かって降下しはじめた。鋭い切っ先を光らせ、獰猛《どうもう》な牙をむき出しにし、私一人に狙いを定めたかのように群れをなして襲いかかってくる。人間のような形をした星々はいつの間にか爆弾に形を変えていて、尾翼をくるくると回しながらもうすぐ目の前にまで迫ってきた。ちょうど牡丹江の我が家の、昭和二十（一九四五）年八月十一日の朝のように。

私は落ちてくる爆弾を右に左にと避《よ》けた。避けても避けても爆弾は落ちてくる。無数の爆弾だ。星の数の爆弾が落ちてくる。私は悲鳴をあげて、爆風に吹き飛ばされながら屋上のコンクリートの上を転げ回った。素っ裸の頼りない格好で、おろおろと、逃げ惑った。ゴーストはと見ると、ゴーストは元いた場所に吐息の交換器をはめたまま、なにごともなかったかのごとく寝そべっていた。

と同時に爆撃は、嘘のようにやんだ。硝煙《しょうえん》の影すらない。まぼろしを見たのか。

「いいものを見せてもらったわ。これで君の謎がすべて解けた」

交換器をはずしながらゴーストは言った。

「ぼくの謎？」

「そうよ。君の謎。君が求めて求めてやまなかったもの。すなわち、君の言葉よ。その言葉たちがこんなにたくさん落ちてきてくれたじゃないの」

二秒ほど間があった。

「そうだ。戦争だ！」

私にもすべてが分かった。

これで私は闘える。

私には武器がある。その武器とは、私の言葉だ。戦争によって色濃く染め上げられた言葉である。私がどんなに逆らおうと、私がどんなに否定しようと、その言葉たちは厳然として私の中に存在しているのだ。

戦争を見て、そこにうごめく人間たちの愚劣さと醜悪さにあきれ、絶望のあげく、私は戦争という記憶を開かずの間に閉じ込めて、二度と開けまいとしていたけれど、私は自分という人間の歴史にたいして、なんという無駄な抵抗をしてきたことだろう。

「ねえ、君、君の人生で最大の経験っていったいなんだったの？」

うーん、私は首をひねって考えるふりをした。

「もっと素直になって！」

ゴーストは裸で突っ立っていた。手にしている吐息の交換器が鞭《むち》のように見えた。

「もう、迷うことなく言える。ぼくの人生における最大の経験は、戦争だった。あの戦争の中には、ぼくの人生で味わった喜怒哀楽の最大最高最低最悪のものがあった。あれを超えるものに出会ったこともないし、これからも出会うことはないだろう」

「君の言葉のすべては戦争によって裏打ちされている。世の中の人はそれを見て贋金《にせがね》と最初のうちは思うかもしれない。しかしそれこそが純金無垢《むく》の本物の貨幣だということを人々に思い知らせてやるんだわ。君の生きる道はそれしかなのよ、レイ君」

「分かった。今こそ分かったよ。ゴースト、ありがとう。なんだか泣きたい気分になったけど、約束だから涙は見せない。しかし、次の言葉は覚悟の涙とともに言っていることを忘れないでくれ」

「分かってるわよ。ラスティニャックの言葉をもう一度言いたいんでしょう？」

「ラスティニャックだけではない。『幻滅』のリュシアンの言葉も一緒に言ってやるんだ。今度こそ、本気でね」

　私は日大三高の屋上の最先端にまで歩いていき、そこで素っ裸の仁王立ちになり、ＴＢＳを中心とする赤坂の街を見下ろして、叫んだ。

「おい、歌謡界よ、今度は俺とお前の、一対一の勝負だぞ。ここが俺の王国なんだ！俺が服従させることになる世界なんだ。待ってろよ！」

私は泣いていたかもしれない。しかし涙は夜風が吹き飛ばしてくれただろう。

泣き声がする。私は振り返った。

素っ裸のゴーストがしゃくりあげている。

私はゴーストを抱いた。

「泣くなんてルール違反じゃないのかなあ」

「私はいいのよ……」

学校の屋上で素っ裸の若い男女が抱きあっている。さぞかし星たちにはいい眺めだったろう。

翌日、私は久しぶりに、虎ノ門《とらもん》にある石原プロモーションに顔を出した。南東向きの窓から真昼の陽光が燦々《さんさん》とふりそそぐ晴れやかな事務所だ。初めてここを訪ねた時は、自信作でもない歌を売り込みに来たわけだから、ただおどおどして脂汗《あぶらあせ》を流していたものだが、今はもう、ここの事務所所属の裕圭子に『涙と雨にぬれて』という作品を提供したれっきとした作詩家であったから、扱いは歴然として違う。私も遊びに来たような風情で堂々と入っていき、顔見知りのスタッフたちに気楽な挨拶《あいさつ》をする。

「礼さん。今日は社長が見えてますよ」

銭谷という眼鏡をかけた男が奥を指さした。

「裕《ゆう》さん、いらしてるの？」

私はそう言いながら事務所の奥にむかった。

石原裕次郎はデスクに腰かけて、台本のようなものを読んでいた。

「おはようございます」

「おお、礼ちゃん、裕圭子がお世話になったね。ありがとう。今度は俺が面倒をみてもらおうと思ってね」

これが、下田のホテル以来、二度目に会った時の裕さんの第一声であった。お礼を言わなければならないのはこちらの方なのに、言う暇も与えない。

「これ、頼むよ」

と渡されたのは映画の台本であった。

『嵐来たり去る』、主題歌を書いてくれという。

「ええ？　ぼくが？　裕さんの映画の主題歌を？」

私は一瞬ポカンとした。裕さんの映画の主題歌なんて、歌うものであって書くものではないと思っていたからだ。

「それからな。も一つ頼みたいことがあるんだよ。おい、荒木《あらき》、その子、こっちへ連れてきな」

奥のソファにちょこんと坐っていた女の子が荒木という男に連れられてきて、ぺこりと頭を下げた。

「この子をな、なんとか売り出してやりたいんだよ。名前はなんていったっけ？」

「渡辺順子《わたなべじゆんこ》といいます。一枚レコードを出したんですけど、あまり売れなくて。こんどうちで預かることになったんです」

マネージャーの荒木が説明した。

「名前もなにかいいのをつけてやってくれよ。とにかくヒットが出るまで何曲でも、ヒットが出たら出なくなるまで、そっくり礼ちゃんに任せるからよ。なっ、礼ちゃん、頼んだよ」

裕さんは急ぐようにして出かけてしまった。

渡辺順子という女の子は美人というのではないが、目と唇に色気がある。ミニスカートの似合ういい脚をしていた。

「黛《まゆずみ》ジュンってどお？」

荒木は待ってましたとばかりに応じて、

「いいですね。黛ジュン。これでいきましょう」

確実に追い風が吹いている。背中が寒い。

黛ジュンという名前はどこから来たかというと黛敏郎《としろう》からだ。一九五三年に團伊玖《だんいく》磨《ま》、芥川也寸志《あくたがわやすし》、黛敏郎という日本を代表する作曲家が「3人の会」という名のグループを結成した。積極的に映画音楽にも参加し（團は『雪国』、芥川は『地獄門』、黛は『カルメン故郷に帰る』など）、その活動にはめざましいものがあった。特に第三回演奏会（一九五八年、新宿コマ劇場、岩城宏之《いわきひろゆき》指揮、NHK交響楽団）で発表された黛敏郎の『涅槃《ねはん》交響曲』には圧倒的な興奮を覚えた。その頃の私はクラシック音楽にのめり込んでいて、なけなしの金をはたいて、ダヴィッド・オイストラフ（一九五五年）、レオニード・コーガン（一九五八年）の演奏会に足を運んでいたものだ。むろん「3人の会」の演奏会にも行っていた。そんな経験があったものだから、なんとしても黛敏郎の「黛」を拝借したいと考えたのだ。そうすれば、なんとなく再デビューの若い女の子にも風格というか、もっともらしさが加わるのではないかというさもしい魂胆であった。むろん黛氏ご本人の承諾など得ていないが、上の名前を黛とした。で、下の名前は本名の渡辺順子から順だけをいただいて片仮名でジュンとした。この芸名は満場一致で決定した。

レコード会社は東芝レコード。発売レーベルはキャピトルとなった。担当ディレクターは俳優高島忠夫《たかしまただお》の弟である高嶋弘之《ひろゆき》となった。

ここまでは順調であった。しかし肝心の作曲家が決まらない。いろんな名前が挙がったが、ほとんどが他社ないしは他のレーベルで活動していた。何人かフリーの作曲家がいたが、その作品を聴いたかぎりでは、それらの音の中に私がイメージするものはなかった。

私の初めてのレコードは芦野宏《あしのひろし》『チャオ・ベラ』（訳詩、昭和三十八〈一九六三〉年、東芝レコード）。担当したのは渋谷森久《しぶやもりひさ》という新人ディレクターだった。この曲は渋谷本人にとっても初レコーディングであったから、私と彼とは軽い友人関係になっていた。そこで、東芝レコードの裏手にある喫茶店で落ち合い、コーヒーを飲みながら、彼に訊いてみた。

「ねえ、シブちゃん、黛ジュンという新人のデビュー曲をまかされてるんだけどさあ。誰か若くて、才能のある作曲家いないかなあ」

作詩家、作曲家そしてレコードおよびテレビ・ラジオのディレクターなどを含むいわゆる音楽業界では、みんな「ちゃん」付けで相手を呼ぶ。ちょっと敬意を表する場合は「さん」付けになるが、先輩後輩お構いなしにみな、「ちゃん」である。なにか無礼講な感じがして、私はこの風習が気に入っていた。

彼は一瞬考えてすぐ答えた。

「いるよ、一人。クンちゃん」

「クンちゃん？」

「鈴木《すずき》邦彦《くにひこ》っていうんだよ」

「若いの？」

「礼ちゃんと同い年くらいだよ」

「どんな曲書いたの？」

「今さ、若い子の間で『好きなのに好きなのに、なんにも云えないのー』って歌がかすかに流行《はや》ってるの知ってる？　その作曲をしてんのがクンちゃんだよ。大ヒットするとは思えないけどさ、才能あると思うよ」

渋谷が歌ったメロディには不思議な優しさと自由な感じがあった。私は考え込んだ。

「クンちゃんは変わったやつでさ。慶應《けいおう》の経済学部出身なのに、なぜかジャズピアニストになっちゃってさ。ヨーロッパに行くっていうから、ジャズのツアーかなにかと思ったら大違いで、世界体操選手権大会で日本代表選手の、確か床運動だったかな、伴奏音楽を作曲したり演奏するんだって言うから、笑うよね」

なにがおかしいのか、渋谷は大きな口を開けて笑った。考えようによってはおかしいかもしれない。アドリブが身上のジャズピアニストが体操の伴奏音楽の演奏をするのだから、おかしいことはおかしい。でも、私には笑っている余裕がない。

「ヨーロッパのどこ行ったの？」

「西ドイツのドルトムントとか言ってたなあ」

「もう帰ってきてるの？」

「たぶん帰ってきてると思うよ」

「至急会えないかなあ」

「至急？　じゃ、明日、礼ちゃんとこへ電話入れさせるよ」

翌日、昼頃、電話が鳴って、出ると鈴木邦彦だった。

挨拶と前置きが終わると私は早速切り出した。

「そこでね、とにかく思いっきり自信のある曲を書いてほしいんだよ」

「どんな詩なの？」

「詩は曲を聴いてからなんとでも書くよ」

「なんのイメージもないわけ？」

「ないわけではないんだけどさ。詩のテーマは若い女の子の失恋だよ。でも音楽は、そうだなあ、ジュークボックスから聞こえてきた時、日本語なのに日本の歌って感じがしないくらいパンチの利《き》いたものが欲しいんだよ」

「じゃ、曲先《きよくせん》ってことね」

「うん。そうなんだ。詩が先にあるとね、日本語のアクセントとかニュアンスに、なんのかんのといって、しばられてしまって、どうしても演歌や小唄っぽくなってしまうしさ、結果、あまり代わり映えのしないものになるに決まってるんだ。日本語のアクセントに忠実なんてのは作曲家の言い訳に過ぎないと思うよ。アクセントが逆になっていたっていい歌はいい歌なんだよ。『春が来た』だってそうじゃない。山に来た、里に来た、野にも1来た、だよ。アクセントは必須条件ではないのだ。要は音楽の魅力だよ、音楽が音楽として自由にはばたけば、アクセントなんか多少違っていたってどうってことないよ」

私は自分の勝手な理論をまくしたてた。

「じゃ、礼ちゃん、君は絶対にいい詩をつけてくれるわけね」

「ああ、もちろんだよ」

「まだ顔も見たことないけど、礼ちゃんて相当な自信家だね。恐れ入ったよ」

「ああ、過剰なくらい自信はあるよ」

「ちょっとだけヒントをおくれよ」

私はドキッとした。ヒントなんて言えるわけがない。なにしろなんにもないのだから。

「それはさっき言ったじゃない。今までになかったような斬新な曲を書いてくれればいいんだよ。あとはまかせておいてよ」

「分かった。じゃあ明後日《あさって》、持っていくよ」

とにかく相手の闘争心をかきたてて、それによって自分も重い責任を持つという意識だった。相手が高いところへ上りつめていったら、自分はそれ以上の高みにまで上らなくてはならない。それを繰り返せば想像以上の高みにまで達することができるかもしれない。そういう状況に自分を追い込むことによって、私自身がここ一番の創造能力を発揮できるのではないかという、なんの根拠もない論理が私の胸の中に厳然としてあった。

私には戦争体験というものがある。あの悲しみを、あの苦しみを、恋の終わりの悲しみや苦しみなんかと比較できようか。どんなに悲しい恋の終わりであろうと、私が、私たちが、味わった故郷喪失の悲しみに比べたら児戯《じぎ》にも等しいであろう。どんなに苦しい恋の状況であろうと、私の、私たちの、国家に見棄《す》てられた状況に比べたら、甘きに過ぎるであろう。そう思うことによって、私は百万回の恋とその別れを経験したような心持ちになっていた。加えて、日大三高の屋上から赤坂の街を見下ろして大言壮語したこと。それが、あえて言えば、私の自信過剰の根拠であった。

こまかい雨の降る夜だった。

十月の終わりごろで、夜空は暗く、雨は冷たかった。東芝レコードのレッスン室で待っていると、鈴木邦彦が現れた。着ている革のジャンパーも髪の毛も雨で少し濡れていた。穏やかな顔をした青年だった。

「できたよ」

クンちゃんは笑いもせずに、挑戦するような顔つきで言った。

「じゃ、早速、聴かせてよ」

クンちゃんはアップライトピアノの椅子に坐った。

「何曲できたの？」

「八曲」

「ええっ、そんなにー」

「あれだけ言われたら、それぐらい書かなくっちゃ気がすまないよ」

「それもそうだね」

クンちゃんは、どうだ、と言わんばかりに弾きだした。リズムはドンーストトン。ローリング・ストーンズやアニマルズが流行らせたリズムアンドブルースである。

確かに今までになかったメロディではあったが、もう一つ魅力に欠けていた。

どう反応していいか私は迷ったが、おざなりを言ってもしょうがないので、

「うーん、次聴かせて」

二曲目も三曲目も同じ印象だった。

私は「いいね」という言葉を言う心の準備はしていたのだが、それを言わせるほどの曲をクンちゃんは聴かせてくれなかった。

一曲目が一番の自信作だったらしく、あとは弾いても弾いても、「好きなのに好きなのに」と同工異曲の感は否めなかった。でも私は鈴木邦彦が紡《つむ》ぎだす音楽の中に、私がイメージするヒット曲の萌芽があるような、その萌芽がかそけく匂うような、そんな気配を感じていた。

「なに、結局、ぜんぶダメっていうわけ？」

振り向くなりクンちゃんは怒ったような顔で言った。

「うん。今日のところはね。でも、クンちゃんの音楽にはクンちゃん独特の甘くて、

ねばっこい、人間の肌にまとわりつくような力があると思うよ。でもね、ヒット曲にはならないと思う」

「なにが悪いわけ？　どこがどういけないのか言ってよ」

クンちゃんは口をとがらす。

「うーん、そうだなあ。クンちゃんはね、自分の音楽を理解してくれる人が百人中一人でも二人でもいてくれれば嬉《うれ》しい、というような気分で作曲しているんじゃないか。違う？　クンちゃんの音楽を聴いて、百人の人間のほとんどがボーッとしている時に、一人の人間が立ち上がって、ブラボーって拍手してくれたらそれで満足するようなさ」

「そうだよ。それ以上の理解者を求めるなんて不遜だし、第一、俺の音楽を理解してくれる人がそんなに多くいるはずがないと思ってるよ。第一、礼ちゃんだって分かってくれないじゃないか」

「悪いけど、俺は理解しているつもりだよ。でも俺たちはいい曲悪い曲の話をしているんじゃないよ。ヒット曲の話をしているんだ。ヒット曲はね、クンちゃんの考えていることと正反対でね、百人中の九十九人が〝好きだ〟って思ってくれないと成立しないんだよ」

「そんなこと、最初から狙って書くわけ？　まるで神業《かみわざ》だね」

「そんなことないさ」

「俺にはできないよ。そんな神がかりなこと」

「神がかりでもなんでもないよ。百人中の九十九人に〝好きだ〞と思わせることを狙ってやらなかったら、たとえそうなっても偶然の結果じゃん。偶然まかせなんて、それこそ神頼みじゃないか。つまんないよ」

「ほほう、言うねえ。それじゃ、どうすればいいのか、その方法を教えてよ」

レッスン室には私たち二人っきりだった。クンちゃんはピアノの椅子に裏向きに腰掛け、ピアノに寄り掛かって私を見据えている。私はうろうろと落ち着きなく歩いている。私は必死になって考えていたのだ。第一、私にだって、狙ってヒット曲を書いた経験などないのだから。

顔が真っ赤になるまで考えたが、なにを言ったらいいか分からない。

「おーい、ゴースト！　助けてくれ！　なにかいい考えはないか」

私は心の中で叫んだ。

と、その時、私の中に電流が走った。それは私の中にゴーストが入り込んできた衝撃だった。私の体は私自身のものでないようにふわっと空中に浮いた。そう思われた。

「具体的にだよ」

　クンちゃんは念押しのように言った。

「ああ、もちろんそのつもりだよ」

　私の口は滑らかにしゃべりだした。

「たとえば今回の場合はだよ、勝手なことを言うけど怒ったりしないでよ」

「分かってるよ」

「ここに美空ひばりの『リンゴ追分』があるとしよう」

「あの、リンゴーの花びらがーね」

　クンちゃんは鼻歌で応じた。

「日本人なら誰でも知っているし、また大好きな歌でもある。そしてもう一つ、ここに『タブー』があるとしよう」

「タータラリタラー。ストリップの時に欠かせない有名なやつだね」

「うん。世界中で聴いたことがないのは誰一人もいないといえる大ヒット曲であり名曲でありポピュラー音楽の古典だよね。この二つの曲にクンちゃん自身がまず大いに感動し影響を受け、どっぷりと浸《つ》かってほしいんだよ。そしてほかのあらゆる曲をこの世から消してしまうんだ」

「すると、どうなるわけ?」

「クンちゃんが日本の大ヒット曲と世界の大ヒット曲しか知らない人間になるんだよ」

「ああ、分かった。今、気分はそうなったよ。で、どうするの?」

あまりにたやすい対応に、私はちょっとがっかりした。

「あとは? クンちゃんが作曲するだけさ」

「それじゃあ、盗作になっちゃうじゃないか」

「盗作になっちゃいけないさ。どちらにもないメロディを創造して、二つの曲が持つ魅力そのものを身にまとって新しい名曲を作るんだよ。そうすれば、日本人の誰もが、また世界へ出しても、たぶん誰もが、好きだなあって感じてくれると思うんだ」

「なあんだ、そういうことか。簡単じゃないか。そんなこと、アドリブをしょっちゅうやっているジャズピアニストにとっては朝飯前だよ」

クンちゃんはそう言ったが、どうもピントが合っていないような気がした。なぜなら、ジャズのアドリブは人々を感心させることはあっても感動させることはないからだ。感動を与えるのは曲のテーマそのもののほかにはないはずだ。

それから一週間後、鈴木邦彦は、もう会う気はないとみえて、作品をテープで送ってきた。

やはり八曲あった。しかし、前の四曲はあきらかに『リンゴ追分』を連想させるし、後の四曲は『タブー』の変奏曲に近かった。

私はクンちゃんに電話をかけた。

「ねえ、クンちゃん、あんた、真面目にやってないんじゃないの？」

「真面目にやってるよ」

「どこが？　鈴木邦彦ここにありっていうオリジナリティがまったくないじゃないか」

「………………」

「勘違いしてもらっちゃ困るんだけど、これは鈴木邦彦の作品だよ。分かりやすく言うとね、『リンゴ追分』を露払いにして、『タブー』を太刀持ちにして、クンちゃんが土俵入りをするんだよ。主役はあくまでもクンちゃんであって、あとは素材にすぎないんだ。ねえ、クンちゃん、この歌で鈴木邦彦が誕生するんだよ。クンちゃん自身が生まれ変わらなくっちゃ、作曲に命をかける意味がないじゃないか」

「生まれ変わるねえ。ふーん、作曲に命をかける意味ね。ふむ」

電話の向こうでクンちゃんは考えている。

鈴木邦彦からはそれっきりなんの連絡もなかったが、私は動揺しなかった。関係者からはほかの作曲家を起用する案も出されたが、私はそれには乗らなかった。とにかく彼に賭けてみようと私は思っていた。それだけのものが鈴木邦彦の音楽の中にあることを私は確信していた。どこで彼が自分自身の音楽に出会うか、肝心なのはそのことだけだった。それさえやってくれれば、いい作品ができあがるのは時間の問題だろう、と。

電話があったのは、十一月の初旬も終わる頃だった。私はわけもなくほっとした。いい作品ができた予感がやんわりと私をつつんだ。

ふたたび、溜池《ためいけ》にある東芝レコードのレッスン室で待ち合わせることにした。

その日もこぬか雨が降っていた。

クンちゃんは前回と同じ革ジャンパーで現れた。書類カバンみたいなものから譜面を取り出した。

「今日は一曲だけだよ」

鈴木邦彦はにこりともしない。一曲とはよほど自信作なのだろう。

クンちゃんは譜面を広げた。

ト音記号のあとにフラットが四ついている。Ｆマイナーだ。

クンちゃんはピアノを弾きはじめた。

ドンーストトンのリズムアンドブルースではあったけれど、メロディそのものはこれまでの作品とはまったく違っていた。パンチがある。気品がある。独創性がある。『リンゴ追分』でもなければ『タブー』でもない。それらの曲の印象はまったく感じられないけれど、なんとも言えない魅力があった。サビに入るタイミングもメロディも素晴らしい。私は感動していた。

「クンちゃん、見事な土俵入りじゃないか。素晴らしいよ」

と私は握手を求めたのだが、クンちゃんは私の手を握りもしないで、

「もう一度聴かせようか」

と言って弾きはじめた。

一回目の緊張がとれたのか、二度目はのびのびとした開放感があって、マイナー（短調）の曲なのに明るさがあった。その明るさに私はたまらない新鮮さを感じていた。

いい曲だなあ。それが実感だった。

「クンちゃん、いいよ。素晴らしいよ。大ヒット間違いなしだよ」

クンちゃんは立ち上がり、ピアノの蓋を閉め、そそくさと帰ろうとする。

「もう帰るの？」

「ああ。気に入ってくれたのならそれでいいよ。俺の仕事はこれでおしまいだ。これ譜面、そして、テープ。ピアノで入れてある」

クンちゃんは譜面とテープの入った箱を私に手渡して歩きだし、ドアのところで振り返ると言った。

「あっそうそう。Fマイナーは黛ジュンの声が最高に響くコードだからね。変えないでよ。それだけは頼むよ。あとは煮て食おうと焼いて食おうと勝手にしてくれていいよ」

「B面はどの曲にする？」

「そんなの好きにやってよ」

それだけ言うと。ぷいと帰っていってしまった。鈴木邦彦はきわめてご機嫌ななめだった。

なんという素晴らしい曲だ。この曲に私の詩がついて、黛ジュンの歌う声がジュークボックスから鳴り渡る光景を想像して身震いした。

が、それはいい。ところで、いったい私はどんな詩を書けばいいのか。第一、書けるのか。あれだけ大風呂敷を広げておいて、書けなかったで済む話ではなかった。

私は東芝レコードのレッスン室を出たものの、心は空《うつ》ろで、タクシーを拾う気にもなれず、こぬか雨に濡《ぬ》れながら、とぼとぼと歩いた。足は自然と赤坂のわが家のほうに向かっているが、どこをどう歩いているのか、意識はまるでなかった。頭の中ではたった今聴いたばかりのメロディが繰り返し鳴った。特に出だしの四つの音符が悪意あるもののごとくに私の耳について離れなかった。心なしかそこにクンちゃんの笑う声までが混ざっている。

「ははは、礼ちゃん、どうだい、参ったかい？　どんな詩をつけてくれるか、お手並み拝見するとしよう。はははは」

鈴木邦彦を追い込むためにさんざん大きなことを言ってのけたが、鈴木邦彦は見事にそれをクリアしてみせたではないか。今度は私の番であり、私はこの曲にぴったりな、いや、この曲に負けないほどの詩を書かなくてはならない。誰かに約束したとか、そういう問題ではなく、私が私に課した一世一代の大仕事だった。この曲に私のすべてがかかっているのだ。今、このチャンスをつかまなかったら、裕ちゃんに声をかけられた幸運も、千曲近いシャンソンの訳詩をやってきた経験も、また私の追い風となってくれている歌謡界の人たちみんなの期待も、なにもかもが消し飛ぶのだ。私は哀れな能無しに成り下がるのだ。残るのは借金だけ。

そう、私には戦争という体験がある。なにものにも代えがたい悲惨と苦難を知っている。だから、どんな感情でも、決して他人に真似《まね》のできない言葉で表現できると自惚《うぬぼ》れていたのではなかったか。ならば、さあどうする？　なにをどう書いてみせてくれるのか、レイ君？

そう自分を呼んだ瞬間、私はゴーストを思い出した。

そうだ。ゴーストに相談しよう。

私は足早になり、アパートの階段を二段ずつ上った。家にはほんのりと明かりがついていた。

手前の部屋にゴーストが立っていた。貫頭衣を着てぼんやりと立っていた。すすり泣きが聞こえる。

「どうしたのゴースト、なにを泣いているの？」

マスクの下から涙が流れ、頬を濡らしていた。

仕事机の上の電気スタンドの赤い笠《かさ》からもれる光がゴーストのシルエットを作り、その影を斜めに手前の部屋を横切らせている。

「ゴースト、どうしたの？」

ゴーストはぽつりぽつりと言った。

「レイ君、君はね、日大三高の屋上で立てた誓いを忘れている」

「いや、そんなことはないよ」

「ならば、なにをそんなにうろたえているの？　それぐらいの曲の前で、今にも脱帽しそうじゃないの。君はそんな自分が情けなくないの？」

ゴーストは泣きながら怒っている。

「私はね、君の応用力のなさが悲しいのよ。それじゃあ、どんな厳しい体験をしたって一つも身につかないわ。厳しい体験なら誰だってする。だけど、そこから重要なことを学んで、なにかを創造してみせるのは限られた人だわ。君はその一人にならなければならないのに、なにをぐずぐずと凡庸な悩みの中をうろついているの？」

「だから、ゴースト、あなたに教えを乞おうとしたんだ」

「さあ、私のすることを見ていらっしゃい」

ゴーストは居間兼寝室と仕事部屋の二部屋しかないこの家の四隅に香《こう》を立て、火をつけた。

伽羅《きゃら》の匂いが漂ってきた。

香の煙は風のないままゆらぎつつ、部屋全体を満たしていった。まるで大寺院に迷い込んだようだ。

「君の頭は俗世間の雑事にすっかり侵されて使い物にならなくなっているわ。そんな個人的なこだわりや競争心にとらわれていては、閃きなどという価値あるものが君の上に降りてくるはずがないわ」

ゴーストは仕事場に座布団を二枚、対峙するように置いて、

「お坐りなさい。楽な気持ちで。あぐらでいいわ」

私は言われる通りにした。ゴーストは私に対面して坐った。その背後には赤い笠のライトがほんのりともっている。

「では、目を閉じて」

「沈思黙考するのかな？」

「またそんなバカなことを言う。沈思黙考していい考えが浮かぶなら苦労はないわ」

ゴーストは私を鼻で笑った。

それでも私の頭の中には鈴木邦彦が書いてきた音楽の冒頭のメロディが鳴りやまない。それは横に稲妻状に上下し、四つ目の音は上に向いている。つまり人生を肯定し、命の喜びを歌っている。が、調子はマイナーであるから憂いはある。ここにどんな日本語の言葉が乗るのだろう。私はそのことばかりを考えていた。

「さあ、レイ君、心をすっかり無の状態にして、雑念をすべて追い出しましょう」

と言われてもなかなかそうはならない。頭の中には鈴木邦彦の音楽が鳴っている。

「レイ君、君はまず作詩家ではない」

「……？」

「はい、と答え、私の言った言葉を繰り返しなさい。そしてその気になりなさい」

ゴーストの声には怒りがこもっている。私はあわてて「はい」と答え、「ぼくは作詩家ではありません」と言った。

「君は男ではない」

「……？　は、はい。ぼくは男ではありません」

「君は女ではない」

「……？　は、はい。ぼくは女ではありません」

「君は若者ではない」

「はい。ぼくは若者ではありません」

「君は老人でもない」

「はい。ぼくは老人でもありません」

「少しは私の言うことの意味が分かってきた？」

「いや、まだ。なんのためにこんな儀式めいたことをやっているのかよく分からない」

「そう。この儀式が大切なの。この儀式によって、常識とか伝統とか世間体とか出世欲、金銭欲、肉欲など日常生活をがんじがらめにするしがらみから自らを解放するのよ」

「そうか。少し分かってきた」

「つづけるわよ。さあ、もっと伽羅の匂いを吸い込んで、全身にゆきわたらせ、名僧智識の境地に少しでも近づこうとするのよ」

「急には無理だと思うけど」

「黙ってやりなさいよ。もっと集中して！」

「はい」

「富めるものでも貧しきものでもありません」

「はい。ぼくは富めるものでも貧しきものでもありません」

「善人でも悪人でもありません」

「はい。ぼくは善人でも悪人でもありません」

「善魔にも悪魔にもくみしません」

「はい。ぼくは善魔にも悪魔にもくみしません」

「過去はありません」

「はい。ぼくには過去はありません」

「未来もありません」

「はい。ぼくには未来もありません」

「今現在もありません」

「はい。ぼくには今現在もありません」

「君は生きていないかもしれない」

「？　はい。ぼくは生きていないかもしれない」

「君は死んでもいないかもしれない」

「？　はい。ぼくは死んでもいないかもしれません」

ここまで来た時、私にはゴーストが私になにを教えようとしているのか、かすかに分かりかけてきた。

「君は、男でもない女でもない、若くもなく老いてもいない、生きてもいない、死んでもいない。一つの塊《かたまり》のような存在になって、ただ浮遊している」

私はゴーストの言う通りの心境にやや近づいてきた。

「ぼくは空中に浮遊している」

「君はもはや何者でもない」

「はい。ぼくはもはや何者でもありません」

「君は透明な存在である」

「はい。ぼくは透明な存在である」

「まわりに見えるのは、果てしない宇宙の空間だけ」

私はゆっくりと左右の両手を広げ、無窮《むきゅう》の空間のそのそら恐ろしさにおののいていた。

「ぼくが広げた両手の先は果てしない宇宙を指さしている」

「君の目の前には何百億年もつづいた時の流れが一本の道となってはっきりと見えるはずよ」

「はい。見えます。どこまでも蒼《あお》い空間に一本の白い道が、無限につづく時の流れの道がはっきりと見えます」

この時、鈴木邦彦の音楽は私の頭の中からすでに消えていた。

「レイ君、君は今、無限につづく時の流れの中の今というこの一点に浮かんでいる。君は今、無窮なる宇宙のここ、この一点に浮かんでいる。君の命は、時間と空間が交差する黄金の十字路のその中心に坐っている。そのことを考えてみただけで、これを奇跡と思わない？」

「思います。これこそ奇跡です。ぼくは今、無限の時間と無窮の宇宙が交わるその一点にあって、命の神秘にふるえている」

「創造という作業はこの黄金の十字路から出発することなのです」

やや沈黙があった。その沈黙の中で、次第に、まさに、朝が明けていくように自分の心が澄みわたっていくのを私は感じていた。

「さて、透明な心になった君に一つ質問します」

ゴーストは目を閉じたまま言った。

「君は戦争体験の中で残酷と危険と暴力と人間の愚劣とおぞましさを知ったという。だけど、一つくらい喜びの瞬間もあったのではないかな？」

「うむ……」

私は考えた。ほんの一分くらい。

「そういえば、ありました」

「どんな？」

「昭和二十一（一九四六）年の八月の終わりごろだった、ぼくたち避難民がついに母国日本へ引揚げることが決まった時。あの時は、胸の中に突然大きな光が差し込んできた。あれは確かに喜びだった」

「ふーん。それだけ？」

私はふたたび考えた。瞑想《めいそう》し、連想し、真っ暗な思い出の中に一点の光を探した。

「もう一つあったような気がする」

不確かながら私は答えた。

「どんなの？　言ってみて」

私は目を閉じて記憶をたどった。

「ぼくたちは重いリュックサックを背負い、ハルビン駅から石炭を運ぶための無蓋車にぎゅうぎゅう詰めにされて乗った。列車は中国の子供たちに石をぶつけられながら大連《だいれん》に向かって南下し、二十日ほどかかって遼東《リャオトン》湾の西側にある葫蘆《コロ》島《トウ》という港町に着いた。

その港町を歩いていると、海の香りがしてきた。その香りに導かれるようにして砂浜が作る小高い丘を上った。這《は》うようにして砂丘を上りきって、ふと目の前の開けた景色を見ると、そこには雲一つない真っ青な空が広がっていて、その下には波一つない真っ青な海がたゆたっていた。そして沖のほうには、ぼくたちを日本に向けて乗せていってくれるはずのアメリカのフリゲート艦が錨《いかり》を下ろして待機していた。煙はゆらめきながら立ち上っていた。

ああ、この時の喜びは、ぼくの戦争体験の中での白眉《はくび》とも言える喜びの瞬間だ。それを今の今まで忘れていた。

「その時の感動にもっともふさわしい言葉はなにかしら」

うーん、あの時は、喜びにうちふるえ砂浜に四つん這いになったまま涙を流していた。

言葉はなかった。それにあえて今、言葉を与えるとしたら……ハレルヤ！　ハレルヤだ。

「ぼくはクリスチャンでもユダヤ教徒でもないが、あの時のあの喜びはハレルヤだ。神をたたえよ！　その言葉しかない」

「それなら、もう決まったじゃない」

ゴーストはにこりと笑った。

「ハレルヤ。出だしの四つの音はハレルヤで決まりだ。恋のハレルヤだ」

私の全身から力が抜けていった。

「ゴースト、ありがとう。ぼくは秘中の秘ともいうべき秘術を教わったようだ。創造するということは、宇宙というこの想像を絶する超自然と無限に来たりまた無限に去りゆく生命の神秘とが交歓し共鳴することだということを」

「ただし言っておくけど、この黄金の十字路という閃きの場所に、君が好きな時に行けるというものではないわ。それだけは覚悟しておいてね。自分の意志で黄金の十字路に行けるのなら、そんな便利なことはないわ」

「ということは、自分の意志ではどうにもならないということ？」

「そうよ。どうにもならないわ。残念だけど。かの厭世《えんせい》思想の哲学者ショーペンハウエル（一七八八―一八六〇）によれば、インスピレーションは長い無意識の省察と無数の着想の結果ということになるわ。そのインスピレーションとは、天才が狂気と触れ合った瞬間にやってくる一瞬の『冴《さ》えた束《つか》の間』にすぎないとも言う。天才は狂気のほんの一階上に住んでいるにすぎないの。でも、その一階の差が深遠でね。意志はこの昇降を調節することができないとショーペンハウエルでさえ告白している。つまり自分の意志ではどうにもできないものなのよ。ただし……」

「ただし、なんなの？」

「ただし、知の詩人ヴァレリー（一八七一―一九四五）は言っているわ。インスピレーションは純粋に詩人本人の知性による産物であって、神が降りてきたり天から降ってくるようなものではないと。ただし……」

「また、ただしなの？」

「ヴァレリーにとってさえ、インスピレーションは長い長い思索の末に到達するある種の知的な祭典なのよ」

「じゃ、どうすればいいんだい？」

「今一度、黄金の十字路に立つために、もがき苦しむのよ」

「もがき苦しむ？」

「そう。知性を総動員して全身全霊をかけて、もがき苦しむのよ。そのもがき苦しむ闇の向こうに黄金の十字路がうっすらと浮かんでくる時がきっと来るでしょう。閃きとはそれぐらい希有《けう》なことなのよ」

「でも、ぼくは黄金の十字路に一度立ってしまった」

「それは私の導きによってだわ。その記憶は永遠に君の中に残るでしょう。それは君にとって幸福なことでもあり、不幸なことでもあるの」

「なぜ？」

「君のこれからの人生は、黄金の十字路を再現するための悪戦苦闘になるでしょうから」

「でも、僕は今なら書けそうな気がする」

「むろん、今なら書けるわよ」

「今すぐ書きたいんだ。悪いけど一人にしてくれないか?」

「分かってるわ。創作とは孤独な闘い。しかもインスピレーションを逃してはいけないわ。早く始めなさい。君が黄金の十字路に立っている間に」

ゴーストはにっこり笑い、

「わが弟子の顔がやっと一人前になるところが見られて私も幸せだわ。困ったことがあったら、いつでも呼びなさい。飛んで来てあげるわ」

私の顔を両手ではさむと額に軽くキスをして、その場で消えた。

私は早速、鈴木邦彦からあずかった譜面を机に広げた。

冒頭の稲妻状に上下して右肩上がりに終わる四つの音に「ハレルヤ」という言葉を入れてみた。声に出して歌ってみたが、違和感はなかった。しかし、違和感のないのは私だけで、この言葉をのっけから聴かされたら誰だって違和感を覚えるだろう。違和感どころか拒否反応さえ起こしかねない。そこでだ、このハレルヤという日本人がめったに使わない言葉、ほとんどの日本人がヘンデルの『メサイア』でしか聴いたことのない言葉に誰もが納得する必然性を与えなければならない。必然性とは、大いなる力、それが悪によるか善によるものかは問わない。とにかく大いなる力が歴史をぐらりと動かす、その抗《あらが》いがたい力が作り出す風景を描写すれば、それに異を唱える人はまずいないであろう。

私は昭和二十一年十月上旬、あの葫蘆島《コロトウ》で見た真っ青な空と真っ青な海を思い浮かべた。空には雲一つなく、太陽は真上にあって、やや西に向かって傾いていた。沖合には、私たちを乗せて日本に向かうに違いないアメリカのフリゲート艦が待機していた。風もなく、フリゲート艦の煙突から立ち上る灰色の煙はゆらめきながらも真っ直ぐに空に向かって上っていた。

私たちが乗船するまでにはその日から十日待たなければならなかった。

しかし、ついにその日が来た。

私たちは大きな箱型の上陸用舟艇に詰め込まれ、沖のフリゲート艦に向かった。近づいて見ると、フリゲート艦は船と呼ぶにはあまりに無味乾燥な鉄の塊だった。ぐらぐらと揺れるタラップを上りつめ甲板《かんぱん》に立つと、日本人の若い船員が「ご苦労さまでした」と声をかけてくれた。

太陽が西に沈む頃、汽笛が鳴り、船は動きだした。

甲板にいる人々は遠ざかる大陸をぼんやりとながめていたが、誰かが突然、

「満洲のバカヤロー!」

と叫んだ。

すると甲板にいた大勢の人が大声を出してそれにならった。

「満洲のバカヤロー!」

人々はそう叫びつつも、顔をくしゃくしゃにして泣いていた。

空中に紙吹雪が舞った。それは緑色の満洲国紙幣だった。今やただの紙屑《くず》であり、なんの価値もないが、それこそが満洲国に生きたものたちの無残な姿を象徴するものだった。

「満洲のバカヤロー!」

人々は泣きながら紙幣をばらまいていた。満洲への未練を断ち切るような思いを込めて空に向かって投げている。無数の緑色の紙幣は船から尾を引いて空中をただよい、やがて海に舞い落ちていった。

「満洲のバカヤロー!」というこの思いを、さりげなく、しかし嘘偽りなく歌にできたら、きっといいものになるだろう。歴史とか世界とか人々の生活を無残に崩壊させる大いなるもの、神の力などとは言わない、悪魔の手になるのか善魔のなすものかは分からないが、とにかく止めようのない大いなる力がある。それをさりげなく恋の歌の形で表現できたら、そこには万人が納得する必然性が歌の柱になってくれるだろう。

タイトルは『恋のハレルヤ』で決まりだ。

ハレルヤ　花が散っても
ハレルヤ　風のせいじゃない

幻のごとくに消えていった満洲国への未練とあきらめを散りゆく花にたくして歌ってみた。ああ、そのためには数多くの若者たちが散華《さんげ》していったことであろう、また無辜《むこ》の民たちがどんなに苦しみかつ死んでいったことであろう。

ハレルヤ　沈む夕陽は
ハレルヤ　止められない

あれほどまでの隆盛をみせた日本国も戦争に敗れ、今や海のかなたに没していく。これぱかりはどうしようもなく、落ちるところまで墜落していくのだろう。一国を滅ぼす、この大いなる力は誰にも止めることはできない。

満洲国に移り住んだ人々は、いかにそれが国策だからといって、国家に追従したわけではない。扇動された人々はむろんいただろう。が、総じて国民はみな国家を愛したのだ。一途に一方的に愛したのだ。その時、国民の側に国家に踊らされているとか騙《だま》されているといった考えはさらさらなかった。みな国家とともに燃え、国家とともに未来に夢を見たのだ。それもまた国家によって踊らされていたのだと言えば言えたが、少なくとも踊っているその時は、国家をひたむきに愛していたのだ。

愛されたくて
愛したんじゃない
燃える想いを
あなたにぶっつけただけなの
帰らぬあなたの夢が
今夜も　私を泣かす

悔いても悔いても詮《せん》ないことではあるけれど、満洲で生きた人々にとって、満洲で見た夢は膨大であり、その夢を実現した人も、また志半ばで終わった人もみなひとしくゼロの状態に、いやゼロ以下の状態に落とされ、そこから新しい人生を始めなければならない。夢に向かって歩みつづけた充実感と躍動感は生涯忘れがたいものになっている。だが、それらはみな蜃気楼《しんきろう》のごとく消え去った。その蜃気楼がふたたび現れる可能性はまったくない。この虚脱感と無力感の中で人々はどう生きていくのであろうか。

そのフリゲート艦は戦車などを運搬するための戦艦であり、私たちが収容された船底はがらんどうの鉄の箱だった。そこに毛布を一枚支給されて寝場所を与えられた。床一面、戦車の滑り止めであろう凸面の鉄の線が引かれてあって、横になると背中に当たって痛かった。その船底で、毛布に身を包み、ただただ無口でうずくまる引揚げ者たちは、無限にすすり泣いていた。

ここまで書いた時、私が意図していた、大いなる力の理不尽な猛威は、歌という形の中で十分に描ききれたと思った。この必然性を前にしたら「ハレルヤ」という言葉にはもはや唐突さはない。ここに、二〇〇〇人の、一度は、故国に見棄てられ、再度拾われて故国に帰ることを許された人々が今玄界灘《げんかいなだ》を渡りつつある。これはまるで紀元前六世紀の、バビロンの捕囚《ほしゆう》たちの故国帰還とそっくりではないかと思った。紀元前六〇七年にネブカドネザルによってエルサレムは滅ぼされた。以来、紀元前五三七年まで、生き残ったエルサレムの民たち約一万五〇〇〇人はバビロンに強制移住させられ、その地で七十年間にわたり捕囚生活を送らされた。ついに、ユダヤの民はペルシャ王キュロスによって解放され、故国エルサレムに戻ることになるのだが、この時、ユダヤの人々はきっと「ハレルヤ」と叫んだことであろう。日本人引揚げ者はクリスチャンではなかったが、心の中ではあふれんばかりの涙におぼれるようにして、神への感謝の思いにうちふるえていたはずだ。

二番はサビから繰り返しのワンハーフのスタイルだ。

愛されたくて
愛したんじゃない
燃える想いを
あなたにぶっつけただけなの
夜空に祈りをこめて
あなたの　名前を呼ぶの

普通の恋の歌なら、最後に「あなたの帰りを待つの」となって当然なのだが、私はそうしなかった。「満洲のバカヤロー！」とは言ったけど、愛して愛してこよなく愛した満洲、少なくとも生き残っていることのうしろめたさに苛《さいな》まれながらも、家族を失い、自分の全財産をそこに埋没させ、万華鏡《まんげきょう》のように思い出のつきない第二の祖国。今後、思い出す時は、そのたびに目には、うっすらと涙のにじむであろうその名前だけは、永遠に、命あるかぎり、いっぱいの愛情をこめて呼ばせてもらおう。

書き終わって、私はもう足すものも引くものもないと思った。確かに持てる知性を総動員し全身全霊を込めて書いた。その仕上がりに不満はない。むしろ勝利感のほうが強かった。

鈴木邦彦の曲はまるで私の詩に出会うがためにこの世に登場したのではないか。

できた！　詩と曲が見事に合体したではないか。これはヒットする。間違いない。素晴らしいアレンジがついて、ちょっとかすれた声の黛ジュンが歌ったら、全国のジュークボックスで外国曲に負けないほどの人気を博すだろう。ラジオから、テレビから、パチンコ屋のスピーカーからこの歌が街中に流れでるだろう。私はそんな光景を想像してひとり戦慄《せんりつ》した。

ついにできたということで、早速、製作会議が東芝レコードの会議室で開かれた。

一読するなり、

「ふーん、ハレルヤねえ、意味不明のところがジュンに合ってるかもしれませんね。神秘的で」

とマネージャーの荒木が言った。

「いやあ、何か力強くていいな。これは間違いなく大ヒットするよ」

大きな声で断言したのはディレクターの高嶋だった。つづけて、

「ねえ、礼ちゃん、ハレルヤってどこから出てきたの？」

「いやあ、なんとなく聞いた瞬間、なにがなんだか分からないけど、パンチの利いた言葉で歌いだしたかったんだよ」

「でも、図星だね。ハレルヤ、当たりだよ」

会議は大成功だった。

つづけてアレンジャーを誰にするか、B面はどの曲にするかなど話し合いが持たれたが、それも私が勝手に決めた。アレンジはエミー・ジャクソンのヒット曲『涙の太陽』を作曲した中島安敏《なかじまやすとし》にやってもらいたかった。

「クンちゃんの意見も聞かなくていいのかな」

と高嶋がちょっと心配そうに言った。

「大丈夫だよ。クンちゃんは、この曲ができあがった時、あとは煮て食おうと焼いて食おうと勝手にしてくれって言ったんだから」

「へーえ。そんなら問題なしだ。そうしよう」

翌日、中島安敏の伴奏ピアノで黛ジュンが実際に歌ってみると、歌は想像以上の効果を見せた。やはり伝達者としての歌手の力というものは大したものだった。私たちスタッフはますますヒットの確信を強めていった。

いよいよ中島安敏のアレンジができあがって、レコーディングの日が来た。

東芝レコードの第一スタジオにオーケストラがそろい、中島安敏が指揮棒なしの右手を降り下ろして、冒頭の硬質なエレキギターが力強く鳴った時、スタジオにいる人間はみな勝利を確信した。みるみるみんなの顔色が紅潮してくる。

「いいね」「やったね」「こいつはすごいや」「うーん、金の匂いがする」みな口々に感嘆の声を発している。そして黛ジュンが歌いだすと、もうスタジオの中は興奮状態で室温が一気に真夏日になったかのようだった。

『恋のハレルヤ』は予定通り昭和四十二（一九六七）年二月中旬に発売されたが、プレスが追いつかないほどの売れ行きを示した。ヒットチャートをどんどん上昇していく。もう大ヒットだ。

私は大きな責任を果たしたような安堵感《あんど》にひたっていたが、作曲の鈴木邦彦とはあれきり会っていない。それが心残りだった。

電話が鳴った。出るとクンちゃんだった。

「クンちゃん、どうしてたんだよ」

「俺かい? 俺はあれ以来、不貞腐《ふてくさ》れていたよ。そんでね、昨日、六本木の中華料理店で飯食ってたらさ、突然、テレビから『ハレルヤ』って曲が流れてきたんだよ。あっ、俺が書いた曲だと思ってさ。ディレクターの高嶋さんに電話したんだよ。そしたら、おめでとうって言われちゃってさ。俺は一応照れ隠しにさ、なんで俺にアレンジさせなかったのさ、と文句言ったんだ。そしたらね、クンちゃん、あんた、あとは煮て食おうと焼いて食おうと勝手にしてくれって礼ちゃんに言ったそうじゃないのって言われちゃってさ。ぎゃふんだよ。とにかく、礼ちゃんすごいよ。ありがとう。これからも頼むよ」

クンちゃん、ありがとう! 感謝はお互いだ。

私は石原裕次郎に恩返しをしたくてやきもきしていた。恩返しとは、ほかならぬ私がヒット曲を書いてみせることであったが、それがなかなか思うようにいかない。裕次郎は自分が歌う歌の作詩まで私にやらせてくれる。映画『嵐来たり去る』の主題歌『男の嵐』のほかに『ひとりのクラブ』『帰らざる海辺』などを書いたが、ヒット曲程度には売れたが、それまでの裕次郎作品に比べたら迫力魅力ともに欠け、あまりぱっとしない。私はますます焦っていた。なのに、石原裕次郎が私に与えてくれた好意とチャンスというものの理由が今でもよく分からない。なんで、さしたるヒット曲もない私に黛ジュンという新人の全作品を任せたのか。いくら考えても不思議だ。

ところがだ。その黛ジュンの『恋のハレルヤ』が爆発的に売れ出したのだった。この成功は音楽出版権を保有する石原プロモーションに多大の利益をもたらした。

石原プロモーションに遊びにいくと、黛ジュンのマネージャーの荒木が私をちょっと隅に呼んで言う。

「礼さん、ひょっとして手元不如意なんじゃないすか？」

「ひょっとしてどころか、年中手元不如意だよ」

「もう、印税がたっぷり入ってくることは分かってるんですから、先にお渡ししましょう」

「いいの？　そんなことして」

「大丈夫ですよ。社長も了解済みですから」

裕さん、まだ俺に気をつかってくれている。

私はまったく頭の下がる思いだった。

「そうなの。じゃあ、もらえるだけちょうだい」

こうして私が生まれて初めてもらった印税で、業界の心優しいプロダクションからのバンス（前渡金）という名の借金すべてを返済してもなお私の手元にはかなりのものが残った。なんとなく恩返しの真似事ができたような、まだまだし足りないような、いずれにしても以前ほどのコンプレックスからは抜け出せたような解放感を味わった。

家に帰ると、各レコード会社やプロダクションから依頼された作品の注文が、机の前のボードに鋲《びょう》で留めてある。それがまたたっぷりあって、どれから手をつけていったらいいのか分からないほどだ。

電話が鳴った。菅原洋一《すがわらよういち》の所属する小澤《おざわ》音楽事務所社長の小澤惇《あつし》からだった。

「あ、礼ちゃん、あのさ、例の『知りたくないの』がさ、もの凄い売れ行きだってこと知ってる？」

「ああ、業界ではもっぱらの噂《うわさ》だよ」

「噂なんかでなくてさ、その目で確かめてよ。凄いことになってるんだから」

「どんな風に凄いのさ」

「だから、自分で確かめてよ。今夜、ホテル高輪《たかなわ》のトロピカルラウンジへ来てよ。招待するからさ。若い綺麗な子でも連れてさ」

「分かった。行くよ」

私はゴーストに電話なんかしない。心の中で、声にも出さずに呼べば、私の意思は通じるようになっている。

「ゴースト、今夜はデートだ。とびっきりのいい女になって迎えに来ておくれ」

私が濃紺のスーツにネクタイを着けているところへ、夕方六時、ゴーストが登場した。

「こいつはとびっきりのいい女じゃないか！」

私は目を見張った。化粧はばっちり決めている。口紅の色も赤すぎず、しかも艶っぽい。背中の途中まである髪は軽くカールして無造作に右側に流している。色は黒だ。着ている服は手首までぴっちりとした袖のある黒のワンピース。襟ぐりはラウンドしているが全体が体の線にぴったりとそっていて、いやが上にも、ゴーストのめりはりのある肉体を強調してみせる。つんと前に突き出た胸、腰はくびれ、お尻は丸く張っているがショーツのラインは見えない。たぶんなにも穿《は》いていないのだろう。その代わり、ガーターベルトで靴下を留めていることが分かるほど太股《ふともも》はスカートの上からでも圧倒的な存在感を見せていた。丈は膝下、その下にはやや肌の透けて見える黒い靴下を穿いて黒のエナメルハイヒールだ。アクセサリーは腰に巻いたチェーンとブレスレット、すべてゴールドに統一されていて、今アメリカで流行のブラック＆ゴールド・ファッションだ。ところがちょっと場違いな感じで、首に黒革の犬用にしか見えない首輪をしている。

「その首輪どうしたの？　アクセサリー？」

「これ？　これはね、今夜のスペシャル・プレゼントよ」

「なにさ。スペシャルって？」

「これは、私がレイ君の奴隷ですっていう証明よ」

「それ、本物の犬の首輪じゃない？」

「そうよ。ペット屋さんで買ってきたの。私の首まわりはダルメシアンの雌《めす》と同じサイズだったわ」

ゴーストは体を回してよく見せた。まさしく犬の首輪であった。金縁の穴がいくつも開いていて、リードを留めるリングまでついていた。

「ぼくはまた高級なアクセサリーかなにかかと思ったよ。あまりシャレてるんで」

「そして、はい。これ、あなたに渡しておくわ」

ゴーストは犬の散歩の時に使う黒革のリードをくるくると三重巻きにすると私の首にかけた。

「あら、シャレてるわ。似合うじゃないの」

「これ、なにするの？」

「決まってるじゃない。私をそばにつないでおいたり、引っ張って連れて歩くのよ」

「ふーん……」

ゴーストの言っている意味を私はまったく理解できていなかった。

私たちはTBS会館地下のシドで軽い食事をし、ボルドーワインでほろ酔いになったところでタクシーを拾った。

ホテル高輪の前でタクシーを降りると、小澤が待ち構えていた。

「どうしたの？　お出迎えなんて」

小澤はゴーストのほうをちらちらと見たりしていたが、ちょっとどもり加減の口調で言った。

「あの、部屋とってあるからさ」

「なにそれ？」

「いや、明日菅原がNHKに出るんだけどさ、急にNHKが日本語で歌ってもらいたいって言うんだよ。英語の歌なんだけどね。せっかくのデートの時に申し訳ないけど、大至急、その仕事をやっちゃってほしいんだよ。礼ちゃんだったら、一、二時間でできちゃうと思うんだ」

あっけに取られたままゴーストを見ると、ごく自然に笑っている。この状況を楽しんでいるみたいだ。

「これ、譜面。これ、テープね。テープレコーダーは部屋に置いてあるから。ね、お願い。恩に着るよ」

そうまで言われたら断るわけにはいかない。

エレベーターに向かって歩きだすと、うしろから小澤が、

「終わったらラウンジへ来てよ。席取って待ってるから」

部屋は大きなダブルベッドのあるデラックスルームだった。

「ゴースト、あなたどうしてる？」

「レイ君、なにを言ってるの？　今夜の私はレイ君の奴隷よ。リードをつけてベッドの脚にでもつないでおけば、私はうたた寝なんかしてるわよ。犬は寝るのが得意だから。それとも、仕事しているところを見ていてもらいたい？」

「好きにしてていいよ」

私はすぐにデスクに向かって、譜面を広げテープを鳴らした。

『四つの壁』というアメリカの恋歌で、内容は君と暮らした思い出が塗り込められた四つの壁に囲まれて、ひとり暮らすのはつらいという割とありふれた、四つの壁というアイデアだけが秀逸な、しみじみとしたバラードだった。

ゴーストはベッドの端にクッションを持ってきて、まるで犬が退屈した時にそうするように、クッションに顎をのせてじっと私をみつめていた。形のいいお尻が天に向かって突き出している。なにひとつ言葉は発しない。

部屋の隅々に　釘で打ちつけた
二人の思い出が　私を泣かせる
四つの壁　小さな部屋で
泣きぬれる　あなたゆえに

歌は三番まであるが、とにかく書き上げた。

「終わった」

と言うと、ゴーストは跳ねるように起き上がり、私の顔をペロペロと舐めた。まるで犬だ。私の顔や手を舐めるゴーストの無心な表情はそれだけで私を恍惚《こうこつ》とさせた。こんないい女が四つん這いになって、お尻を突き出し、鼻ではくんくんと犬のような声を出し、私の体にまとわりつく。私は気を取り直して、

「はい。それまで。行かなくちゃ。ゴーストも化粧を直しな」

ゴーストは立ち上がり服の埃《ほこり》をはらうと、これぞセクシーと言っていいキャットウォークで化粧室に向かった。女であることを最高に強調して見せる歩き方だ。

「ゴースト、今日は一日その歩き方でいっておくれ」

「はい。ご主人様」

「ところで、人前ではゴーストのことなんて呼ぼうか」

「摩耶《まや》と呼んで。摩天楼の摩に耶蘇教の耶」

「いいね。どことなく妖しげで」

「まやかしの摩耶よ。うふふふっ」

私たちがホテルの一階にあるトロピカルラウンジに着いた時は十時を少し回っていた。

中は全体に薄暗く、壁の至る所に模造の熱帯樹が大きな赤い花を咲かせ、南国的な

雰囲気を醸《かも》しだしている。ここには接客するホステスがいないから厳密にはナイトクラブとは言わない。名前の通りのラウンジなのだが、百近くある各テーブルには赤い笠のランプがともっていて、それだけでもムード満点だった。そのランプのぼんやりした明かりの中では、どのテーブルでも男と女の影が寄り添っている。恋の熱気と煙草の煙でむっとくるような客席の向こうでは七色のライトに照らされたステージの上で、私の書いた『涙と雨にぬれて』を歌ったロス・インディオスがラテン・アメリカの音楽を奏でている。それに乗って、フロアでは二、三組の男女が軽くルンバのステップを踏んで踊っている。

小澤が暗闇から現れ、

「あっ、礼ちゃん、もうできたの？」

「うん。できたよ。いい歌じゃない」

「そう。いい歌なんだけど、ちょっと地味なんだよね。でもとにかくありがとう。助かったよ」

小澤は私たちを最前列の真ん中の席に案内した。その席は客席からもステージからもまったくの丸見えだった。

「こちらは摩耶さん、今夜のパートナーだよ」

と紹介すると、ゴーストは、

「摩耶と申します。礼様の奴隷です」

真面目な顔でお辞儀をした。

「またまた、奴隷だなんて。驚かさないでくださいよ。奴隷ならこっちがなりたいくらいだよ。いやあ、あんまり綺麗なんで、さっきから気になって仕方がなかったんだよ。摩耶さん、名前もいいな。礼ちゃん、いったいどこでこんないい女をみつけてくるのさ。売れっ子は羨《うらや》ましいよ。ま、最後までゆっくりしてってよ。そのうち最高の景色が見られるから」

まずはシャンパンで乾杯と思ったら、ゴーストは私の首から黒革のリードをはずすと、リードの留め金を自分の首輪のリングに留めた。そしてリードの持ち手の輪になった部分を私の右の手首にはめ、にやりと笑った。

これで摩耶は私によって自由を奪われた一匹の雌犬になった。二人の間を橋のようにつないでいるリードはあたりからもよく見えたであろう。そんなことなど一向に気にすることなく、

「これも一種の吐息の交換よ」

「うん。摩耶の息がじかに伝わってくる」

もう、まわりのことは目に入らなくなった。

「二人の初デートに乾杯！」

「美しい摩耶に乾杯！」

このラウンジのステージショーは十時から始まり、休憩をはさんで夜中までやっているらしい。菅原洋一は座長として、毎晩このステージで歌っている。

さて、その菅原洋一がステージに登場すると、客席は急にざわざわとしだし、拍手が鳴りやまない。菅原洋一はもともとタンゴ歌手だから、『奥様お手をどうぞ』などタンゴの名曲をいくつか歌っていたが、いよいよ『知りたくないの』を歌う段になると、待ってましたとばかりに客席の男女のほとんど全員が立ち上がってダンスフロアーに向かう。

あなたの過去など
知りたくないの
済んでしまったことは
仕方ないじゃないの

菅原洋一の、恋人の耳元でささやくような歌声が流れはじめる。すると、フロアーの男女はもうぴったりと寄り添って踊る。それだけではない、ラウンジ全体に恋の妖気が漂い、みなじっとしていられないかのように手に手を取ってフロアーに向かう。ダンスフロアーは抱きあった男女であふれんばかりだ。

「私たちも行きましょうか」

私が先に歩く、私の手にはリードがある。そのリードの先端は摩耶の首輪につながっている。摩耶はみんなの視線を意識しつつ、腰を振ってセクシーに歩いてついてくる。みんなが驚きの目で私たち二人を見ていることが分かる。

こんないい女に首輪をつけ、リードで引っ張って歩いている男がいる。

摩耶は、ことさらうっとりと私の肩に手をのせ、腰をぴったりと私に寄せて、踊りはじめた。

私は、自分が書いた歌が、今まさに爆発しつつあるという感じを固唾《かたず》をのんで見守っている。それは肌寒いような、手に汗にぎるような、恥ずかしいような、快哉《かいさい》を叫びたいような、不思議な恍惚《こうこつ》と戦慄だった。

菅原洋一は私を見つけ、歌いながらにっこりと笑いかけてきた。私も笑いながら、軽く手をあげてそれに応えた。私は自分がもうじき大地から飛び立つことの予感につつまれて、かなり興奮していた。身体が一フィートほど浮き上がって、地に足がついていない感覚だ。

「ねえ、レイ君、街を歩けば自分の書いた歌が流れている。ダンスフロアーでは自分の歌に合わせてみんなが踊っている。しかも自分は恋人を抱きよせ、その輪の中で踊っている。こんな幸福がこの世にあることをレイ君は知ってた？」

「夢見たことはあったけど、まさか自分が身をもってそれを知るとは考えもしなかったなあ」

「この首輪というスペシャル・プレゼントはね」

「それ、なんだったの？」

「これはね、こうやって群衆の中にいても、レイ君は異次元の人間であることを忘れさせないためよ。さあ、私を振り回して！」

　私は摩耶を突き放し、リードを左右に振った。摩耶はワルツのリズムに乗って身をくねらせ踊っている。七彩《なないろ》のミラーボールの光の中で金粉を振りまいているようだ。眠りの粉をまいて天国の神々を眠らせる眠りの神モルフェウスのごとく。

　踊る男女はみな恋に酔いしれた風情だ。ステージを見上げると、菅原洋一も右の親指を突き上げて笑っている。トロピカルラウンジ全体に幸福感のようなものが広がった。なにがなんだかもう分からなくなった。ただ嬉しかった。

私がグイッとリードを引っぱりよせると、摩耶は、あたりをはばかることなく、私に抱きつき、濃厚なキスをした。

菅原洋一が歌っている。フロアーではすべての男女が唇を重ねたまま踊っていた。

私は摩耶を抱きしめながら、俺は今、黄金の十字路で踊っていると思った。


渡辺プロダクションの会議室でみんなが集まるのを待っている私の心は妙に落ち着かない。今日、作曲のすぎやまこういちがザ・ピーナッツの曲を持ってくることになっているのだが、私はなんだかいたたまれないような気分だった。その理由の第一は作詩のテーマがなに一つ決まっていないということもあるが、なにしろ取り組む作曲家と編曲家の二人が目下最大の売れっ子であり、年齢的にも先輩にあたることが、私の気持ちを怯《おび》えさせていた。作曲のすぎやまこういちは二月にザ・タイガースを『僕のマリー』でデビューさせ、それが一九六六年三月発売のジャッキー吉川《よしかわ》とブルー・コメッツの『青い瞳』と競うくらいに売れている。

もう一人、編曲の宮川泰《みやがわひろし》はすでにザ・ピーナッツ『恋のバカンス』『ウナ・セラ・ディ東京』などのヒットを飛ばし、テレビ番組『シャボン玉ホリデー』などの音楽を担当し、売れっ子中の売れっ子でもあった。編曲能力も高い。そういう一種の気後れが私の心を小さく小さく縮めているのだ。

宮川泰が入ってくるなり、

「やっ、礼ちゃん、売れてるね『恋のハレルヤ』抜群だよ。どうだい売れっ子になった気分は？　車買った？　アメ車のデカいのでも買って、派手に乗り回すんだよ。そうしないとね、売れっ子の神様がどこか行っちゃうぞ。仕事も派手に、生活も派手に。これが売れっ子の秘訣《ひけつ》だよ」

なにしろ宮川泰はよくしゃべる。

そこへすぎやまこういちが、やや暗い顔つきでやってきた。

「よっ、すぎさん、できた？」

「うん。あまり自信ないんだ」

「まあ、聴かせてよ」

社長の渡辺晋《しん》も担当プロデューサーの中島二千六《なかじまにちろく》も席について、音の鳴りだすのを待った。私も固唾《かたず》をのむ思いだった。

なにかえらい緊張感が室内を重くしていた。

すぎやまこういちがピアノを弾いた。そう流暢《りゅうちょう》という演奏ではなかったが、出てきた音は期待からまったくはずれていた。なにかタンゴの一節のような、聴いたことがあるような、ないような、明確なオリジナル性が感じられなかった。テンポもゆるいし、ムード歌謡なのかポップスなのか判然としなかった。

「うーん、全体の流れはいいんだけれど、なにかもう一つ訴えてくるものがないな。ピーナッツにはね、今までになかった新機軸といったものが欲しいんだよな。彼女たち特有のジャズの魅力というのかな」

渡辺晋が社長らしい総評を述べた。

それまで貧乏ゆすりをしながら話を聞いていた宮川泰は、なにかが閃いたかのようにすっくと立つとピアノに向かった。

「いや、こうすれば一挙に解決だよ」

で、弾きだした音楽は、そこにいた人のうち誰一人想像しないようなものだった。

まず激しいイントロが鳴った。のちに金管楽器やティンパニーで演奏される部分を宮川泰はピアノで見事に表現し、テンポも思いきり急速なものに変え、あっと言う間に、アップテンポの快い、実に真新しい音楽を出現させた。しかもそこに鳴り響いているのはまぎれもなくすぎやまこういちの音楽である。みんな顔を合わせて、確信の笑みを浮かべていた。私はアレンジャーの能力というものに感嘆した。

ああ、これがプロというものか。私はプロの底力に圧倒され、自分なんてまだまだ駆け出しに過ぎないことを思い知らされた。

「さあ、曲はできた。あとは礼ちゃん、あんたの番だよ。期待してるよ」

渡辺晋はにやりと作り笑いを浮かべて煙草を灰皿にもみ消すと席を立った。

「どう、礼ちゃん、いい詩ができそう？」

すぎやまこういちが遠慮がちに訊いた。

「なあに大丈夫だよ。目下、冴《さ》えまくっているから、かならず俺たちがびっくりするような詩を書いてくるって」

宮川泰はせわしげに煙草の煙を吐きながら私のかわりに答えてくれている。

「お宮みたいに、この場でああ鮮やかにはできないよ。でもきっとこれ以上ないって詩を書いてみせるよ。まかしといてよ」

私は精いっぱいの強がりを言った。

「礼ちゃん、頼むよ。俺もね、ザ・ピーナッツ初めてなんで、ちょっと堅くなっていた。俺の曲を生かすも殺すも詩しだいだ。頼むよ」

すぎやまこういちは顔全体で笑って言った。

そりゃあ、そうだろう。もう曲は完璧といっていい。あとはどんな詩がつくか、それだけだった。そこに私自身の今後の運命もザ・ピーナッツの成功もかかっている。若手ヒットメーカーとして名指しされた私としては、逃げ出したい気分であったが、もはや退くに退けない状態だ。やるしかない。

家の仕事場に帰ると、私は自然にゴーストが教えてくれた儀式の準備を始めていた。こうしたからってどうなるものでもないことは分かっていた。しかし無駄にはなるまいとも思っていた。

まず部屋の四隅に香をたいた。そしてオイゲン・ヨッフム指揮、バイエルン放送交響楽団のブルックナー『交響曲第七番』のLPをかけた。総計一時間十分にわたる長い曲だ。仕事場の真ん中に座布団を敷いて、まるで座禅僧のようにして聴いた。いったいどこからこんな幸福感にみちたメロディが発想されるのだろうと思われる導入部の美しさ。素晴らしい。第二楽章はワーグナーの死を悼《いた》む葬送の音楽だ。第三楽章はがらりと変わって、野性的でのどかなスケルツォ。第四楽章になると第一楽章の第一テーマが再現し、めまぐるしい転調が繰り返され、急にゆったりとしたテンポになって終わる。途中立ち上がったのは香をたき足した時だけ、あとはひたすらゴーストにならった呪文を唱えていた。

私は男でも女でもない。男でも女でもある。私は生きているのか死んでいるのかも分からない。私は日本人でもないし外国人でもない。私は無限なる時間の今この時にあり、広大なる宇宙の今この場所にいる。今ある私、それが私の命だ。私の魂だ。その魂が今歌を歌おうとしている。

ブルックナーの音楽を聴いていると、些事《さじ》にみちた日常生活がはるか下界のかなたに消えてゆく。国家も伝統も習慣も道徳も常識もちょっと気になっていた女の子のことも、人間世界の愚行の数々も青空の中にうち溶けていってしまう。これをしもゼロすなわち無限大、無限大すなわちゼロというのか。私は自分自身が透明な魂的存在となって、座布団から十センチほどの高さに浮きあがったかのような錯覚に陥る。この時私の頭脳は空《くう》の空である。

私は今こそ、無限の時間という縦軸と広大なる宇宙空間が作りだす横軸が交差する黄金の十字路の、少なくとも見える場所にまでは来ていると確信した。

そう感じた時、ブルックナーの音楽は終わっていた。

私は、一時間前とはまったく違った人間となって机に向かった。

私は考えた。ザ・ピーナッツは双子の姉妹である。二人にはそれぞれ役目がある。妹のユミがリードヴォーカルで姉のエミがハーモニー担当である。つまり二人は主と従の関係にあるということだ。「主と従」という言葉を口の中でなんども繰り返していると、私の頭に主調と応唱《おうしょう》という音楽用語が思い浮かんだ。これはフーガという形式で使われる言葉だ。フーガとはバロック時代に完成した音楽形式の一つで、この道の作曲家としてはバッハが有名で、『フーガの技法』とか『トッカータとフーガ　ニ短調』など名曲を残している。フーガには二声フーガ、三声フーガ、四声フーガ、五声フーガとさまざまあるが、二声フーガで話すと分かりやすい。たとえば主調が一つのテーマを歌う。すると従の応唱が、五度上または四度下で応答する。つまり同じテーマを繰り返す。輪唱のように。主調は逃げる。応唱は追いかける。しかしいかに追いかけても応唱は主調に追いつくことはない。フーガとはそもそもイタリア語で「逃げる」「遁走《とんそう》」の意である。そこから日本ではフーガを遁走曲と呼ぶようになった。

そこでだ。逃げる主調と追いかける応唱、しかも二つはついに結ばれることがないという、この音楽形式を愛する男と女の宿命と捉えるなら、恋の歌ができあがるではないか。

私の頭は一挙に全開した。

なんとまあ、おあつらえ向きのように冒頭のメロディの字足《じあし》（字数のことをプロの作詩家作曲家はこう言う）は五、五である。そこに、「追いかけて　追いかけて」という言葉をあてた。なんの無理もなく、ぴったりはまった。あとは、フーガという音楽形式を恋愛哲学にした内容を書き進めるだけだ。

『恋のフーガ』

追いかけて　追いかけて
すがりつきたいの
あの人が　消えてゆく
雨の曲がり角
幸せも　思い出も
水に流したの
小窓打つ　雨の音
頬ぬらす涙
初めから　結ばれない
約束の　あなたと私――
つかのまの　戯れと
みんなあきらめて

泣きながら　はずしたの
真珠の指輪を
初めから　結ばれない
約束の　あなたと私―
帰らない　面影を
胸に抱きしめて
くちづけを　してみたの
雨のガラス窓

バロックという言葉を辞書で調べると「ゆがんだ真珠の意」と書いてある。そこで小道具は真珠の指輪とした。そしてむろん音楽から発想したものであるから、絶え間なく鳴りつづけている雨の音が、どうしても背景音として必要になる。またしても、もはや足すものも引くものもない詩ができあがり、曲と文句無しの合体をした。

キングレコードのスタジオは、録音が始まる前からお祭り騒ぎで、誰もがヒットの予感に燃えていた。特に、出だしの「追いかけて　追いかけて」がみんなのお気に入りのようであった。狙いどおりだ。

ザ・ピーナッツの歌の上手いこと。デュエットとしては世界一だろう。サビ部分がハモるところなんか天下一品だな。もう聴いているだけで恍惚境だ。こういう絶妙な歌唱というものはいったいどうして生まれるのだろうと私は不思議でならなかった。

『恋のフーガ』、この難解なタイトルを一見して理解した人はいなかったが、不満をとなえる人もいなかった。ザ・ピーナッツの圧倒的な歌唱力とアレンジの斬新さでヒットチャートを驀進《ばくしん》した。

この昭和四十二（一九六七）年という年は、まさに私にとっての正念場であった。『恋のハレルヤ』『恋のフーガ』についてはすでに書いたが、石原裕次郎にさえ『男の嵐』『帰らざる海辺』『ひとりのクラブ』の三曲を書いている。つまり前の年に来ていた注文はすべて受け、すべて書いたということだ。大ベテランの作曲家吉田正《よしだただし》と組んでフランク永井に『生命ある限り』、泉《いずみ》アキのデビュー曲『恋はハートで』、作詩作曲でロミ・山田《やまだ》に『知りすぎたのね』、作曲家鈴木邦彦と再び組んで橋幸夫に『そばにいておくれ』、ザ・ゴールデン・カップスに『いとしのジザベル』、黛ジュンの第二作目は中島安敏《なかじまやすとし》の作曲で『霧のかなたに』、布施明には『愛のこころ』ともう一曲平尾昌晃の作曲で『榛名《はるな》湖の少女』、倍賞美津子《ばいしょうみつこ》に訳詩で『時計をとめて』などなど。全部が当たったわけではないが、ほとんどがヒットチャートにランクインしてヒット賞の対象となった。まあ、上々の滑り出しと言っていいのではないか、と私は自己採点した。

しかし、私の自己評価はそう大きくはずれてはいなくて、年の暮れが迫ってくると、日本レコード大賞の話題が持ち上がってくるのだが、大方の批評家は作詩賞に私の名前を挙げてくれていた。レコード大賞そのものはブルー・コメッツの『ブルー・シャトウ』が売り上げ、人気、浸透率、あらゆる点でずば抜けていて、たぶんぶっちぎりで取るであろうと予想されていたが、事はそう簡単にいかないのが業界事情というやつだ。

日本レコード大賞は、昭和三十四（一九五九）年に始まって今年で九回目を迎えるが、本来の目的は日本のレコード産業発展のための事業であったから、邦楽レーベルの作品を推奨することが当然という暗黙の了解があった。そこへ二年ほど前から、洋楽レーベルからフリー作家たちの作品が登場し市場を席巻《せっけん》しはじめた。その理由は、それまでの専属の作詩家作曲家とそれらを守る会社側が若い作家の作品を認めようとしなかったというそれだけのことだ。ならばとばかり、和製ポップス側は洋楽レーベルに使用料を払って、そこから新しい音楽を発信する方法を考えだした。

だが時代の転換期というものは守旧的なものだ。洋楽レーベルの『ブルー・シャトウ』が大賞を獲るか獲らないか、もし獲ったら、それは日本の音楽史を変える革命的事件になるであろうとまで言われていた。

しかし、時代の風は誰にも止められない。

年末、ブルー・コメッツ『ブルー・シャトウ』は水原弘《みずはらひろし》『君こそわが命』をおさえて堂々と日本レコード大賞を獲った。これはまさに、洋楽レーベル系和製ポップスの大勝利宣言であった。分かりやすく言うならば、専属作家対フリー作家の試合でフリー作家が勝った、日本歌謡界にとっての大きな時代の変わり目でもあった。と同時に、私（私も洋楽レーベル系のフリー作家である）は『恋のフーガ』『霧のかなたに』によって、第九回日本レコード大賞作詩賞をもらった。なんとこの私が作詩賞をもらうなんて、まるで夢のような話ではないか。

なんだか、やっとプロとして認められたような安心感と、これで明日をも知れぬ若者に機会を与えてくれた石原裕次郎といういわば私の人生におけるたった一人の恩人に、やっと顔向けができるような心地になった。

十二月十六日午後三時、渋谷公会堂の下手舞台袖で出番を待っていると、その日、『夜霧よ今夜も有難う』で特別賞を受けることになった石原裕次郎が調布《ちょうふ》の日活撮影所からヘリコプターを飛ばし、和服の着流しに雪駄《せった》ばきという映画衣裳のまま駆け付け、そばに来ると私の手を握った。

「よっ、礼ちゃん、おめでとう。早いんだか遅いんだかよく分かんねえけど、お前さん、よく頑張ったよ」

「ありがとう。裕さん……」

私は危うく涙をこぼしそうだった。

女性アナウンサーが石原裕次郎の名を呼んだ。場内割れんばかりの拍手と喝采である。それを聞くと、

「礼ちゃんよ、俺まだ人気あるみたいだぜ」

裕さんは雪駄を鳴らして、ステージの光の中へ出ていった。

私の出番が来た。

私は光あふれるステージの真ん中で賞状、エンブレム、その他持ち切れないほどのトロフィを与えられた。拍手、拍手、無数のフラッシュ、夢に見た場面ではあったけれど、夢よりもなお夢心地だった。

そのあとザ・ピーナッツが私の代表作として『恋のフーガ』を披露した。

（下巻に続く）

|著者| なかにし礼　1938年、中国黒龍江省（旧満洲）牡丹江市生まれ。立教大学文学部仏文科卒。在学中からシャンソンの訳詩を手掛け、1964年に菅原洋一に提供した「知りたくないの」のヒットを機に作詩家として活動を開始。数々の名曲を世に出し、日本レコード大賞ほか多くの音楽賞を受賞する。作家としても2000年に『長崎ぶらぶら節』で直木賞を受賞。著書に『兄弟』『赤い月』『三拍子の魔力』『人生の教科書』『天皇と日本国憲法』『平和の申し子たちへ　泣きながら抵抗を始めよう』『芸能の不思議な力』『わが人生に悔いなし』など。

夜《よる》の歌《うた》 上

なかにし礼《れい》

講談社文庫

定価はカバーに
表示してあります

2020年1月15日第1刷発行

発行者――渡瀬昌彦
発行所――株式会社　講談社
東京都文京区音羽2-12-21　〒112-8001
電話 出版（03）5395-3510
販売（03）5395-5817
業務（03）5395-3615

デザイン―菊地信義
本文データ制作―講談社デジタル製作
印刷―――大日本印刷株式会社
製本―――大日本印刷株式会社

Printed in Japan

ISBN978-4-06-518331-1

JASRAC出1914201-901

講談社文庫刊行の辞

二十一世紀の到来を目睫に望みながら、われわれはいま、人類史上かつて例を見ない巨大な転換期をむかえようとしている。

世界も、日本も、激動の予兆に対する期待とおののきを内に蔵して、未知の時代に歩み入ろうとしている。このときにあたり、創業の人野間清治の「ナショナル・エデュケイター」への志を現代に甦らせようと意図して、われわれはここに古今の文芸作品はいうまでもなく、ひろく人文・社会・自然の諸科学から東西の名著を網羅する、新しい綜合文庫の発刊を決意した。

激動の転換期はまた断絶の時代である。われわれは戦後二十五年間の出版文化のありかたへの深い反省をこめて、この断絶の時代にあえて人間的な持続を求めようとする。いたずらに浮薄な商業主義のあだ花を追い求めることなく、長期にわたって良書に生命をあたえようとつとめるところにしか、今後の出版文化の真の繁栄はあり得ないと信じるからである。

同時にわれわれはこの綜合文庫の刊行を通じて、人文・社会・自然の諸科学が、結局人間の学にほかならないことを立証しようと願っている。かつて知識とは、「汝自身を知る」ことにつきていた。現代社会の瑣末な情報の氾濫のなかから、力強い知識の源泉を掘り起し、技術文明のただなかに、生きた人間の姿を復活させること。それこそわれわれの切なる希求である。

われわれは権威に盲従せず、俗流に媚びることなく、渾然一体となって日本の「草の根」をかたちづくる若く新しい世代の人々に、心をこめてこの新しい綜合文庫をおくり届けたい。それは知識の泉であるとともに感受性のふるさとであり、もっとも有機的に組織され、社会に開かれた万人のための大学をめざしている。大方の支援と協力を衷心より切望してやまない。

一九七一年七月

野間省一